란의
결혼

란의 결혼

서은호 장편 소설

SCARLET ROMANCE STORY

Ran's Wedding

contents

1

하얀 웨딩드레스를 입은 란은 천천히 거울 앞으로 걸어갔다. 정말 이 결혼을 하게 되는구나. 가족, 친구 하나 없는 쓸쓸한 신부대기실을 둘러보며 란은 붉은 입술을 달싹여 낮은 한숨을 내뱉었다.

"네가 스스로 선택한 거야."

살아오면서 스스로의 선택을 후회한 적은 한 번도 없었다. 란은 이제 곧 자신이 남편이 될 이현의 얼굴을 떠올리며 주먹을 꽉 쥐었다.

11년 만에 다시 만난 이현의 수려한 외모는 여전했다. 긴 다리, 오뚝한 코와 섹시한 입술, 매력적으로 뻗은 긴 속눈썹. 하지만 그 매력적인 눈매 안에 담긴 차가운 눈동자에서 자신이 알던 순박하고 착한 이현은 그 어디에도 없었다.

그는 너무나도 많이 변해 있었다. 증오, 욕망, 알 수 없는 감정이 뒤섞인 이현의 검은 눈을 마주하고 있자니 란의 심장이 이상하게 울렁거렸다.

이렇게 그를 변하게 만든 데엔 자신의 책임도 있으리라. 11년 전, 그토록 모진 말로 그를 내쫓아 버렸으니. 하지만 이현을 살리려면 그 방법밖에 없었다.

그렇게 이현을 쫓아내고 란은 수없이 많은 날을 눈물로 지새웠다. 그가 너무 그리워 견딜 수가 없었다. 어디에 있든 그가 잘 살기만을 간절하게 바랐는데, 하필이면 이런 모습으로 다시 재회하다니. S호텔을 집어삼키려던 사악한 기업사냥꾼이 하필이면 이현이라니.

"정이현?"

정말 그가 맞는 걸까? 살짝 떨리는 목소리로 내뱉는 란의 말에 그의 잘생긴 얼굴에 비웃음이 번져 나갔다.

"용케 날 기억하고 있군. 하긴 우리 인연이 잊기 쉬운 인연은 아니지. 안 그래?"

비웃음까지 띤 그의 잔인한 얼굴을 마주하면서, 란은 새삼 느꼈다. 아직도 자신이 그를 사랑하고 있다는 걸.

협상 테이블 앞에 앉지도 못하고 서 있는 란의 곁으로 이현이 천천히 다가왔다.

"S호텔 식구들의 일자리를 그대로 보장해 달라?"

이현의 말에 란은 재빨리 정신을 차렸다. 자신이 그를 만난 이유를 떠올리며 란은 당당한 눈빛으로 그를 바라봤다.

"그래요. 당신도 알다시피 우리 부모님 살아 계실 때부터 함께해 온 사람들이에요. 지금의 S호텔을 있게 해 준 사람들이기도 하고."

예전에 그를 부르던 오빠, 라는 호칭은 나오지 않았다. 너무도 변해 버린 이현의 태도에.

"그 무능력한 사람들 덕분에 이 호텔이 망하기도 했지."

왜 이렇게 차가워진 걸까?

"그래도 나한테 우리 부모님 같은 사람들이에요."

"언제부터 네가 밑에 사람을 그렇게 생각했지? 자기밖에 모르는 도도하고 이기적이던 공주님이?"

상처 주는 말만 쏙쏙 골라 내뱉으면서, 왜 자신이 더 상처받은 얼굴을 하고 있는 걸까? 그 상처가 눈에 보여 란은 마음이 아팠다. 그에게 상처를 준 사람이 바로 자신이었으니까.

"뭐라고 말해도 좋아요. 그래도 이 부탁은 들어줘요."

"그 부탁을 들어주는 조건은?"

"뭘 원하는데요?"

느릿한 조소를 입에 달고 있는 이현을 향해 란은 차분한 목소리로 물었다. 그러자 그의 까만 눈이 반짝였다. 미끼를 문 물고기를 바라보는 듯한 눈빛으로.

"너. 더 정확히 말하자면 잘난 공주님과의 결혼."

무슨 생각으로 저런 제안을 하는 걸까? 아니, 그의 생각이 란의 눈엔 보였다. 자신을 향한 애정이 남아 있어 하는 말이 아니었다. 지금 이현의 눈빛은 먹잇감을 눈앞에 둔 맹수의 눈빛이었다. 결혼이란 덫으로 자신을 옭아매 상처를 주려 하는 그의 마음이 보였다.

"잘 생각해 봐. 그게 내 조건이니. 끔찍하게 생각하는 그 소중한 가족들을 위해 이 정도도 못하는 거 아니지?"

그 말만을 남겨 두고 이현은 문밖으로 나갔다. 탁, 문이 닫히는 둔탁한 굉음만이 조용한 사무실 안에 맴돌았다.

란에겐 다른 선택은 없었다. S호텔은 망했고, 아버지가 돌아가신 이후 회사를 이끌어 오던 오빠 훈은 자기 식구들만 챙겨서 외국으로 도망가 버렸다. 란에게 엄청난 빚과 책임져야 할 호텔 식구들만을 남겨 둔 채로.

며칠간 고민을 하던 란은 결국 이현에게 전화를 걸었다. 그리고 당당한 얼굴로 다시 그와 마주 앉았다.

"받아들일게요, 그 조건."

이현의 검은 눈이 사납게 반짝였다.

"이렇게 빨리?"

"어차피 고민해 봤자 그것 말고 다른 해결방법이 없으니까요. 쓸데없는 시간 낭비하지 않고 좋잖아요. 안 그래요?"

피식, 이현의 입가엔 또다시 비웃음이 번졌다.

"즉흥적인 그 성격은 여전하네."

"사람은 쉽게 변하지 않으니까요. 대신 호텔 식구들 일자리 보장해 준다던 그 약속, 꼭 지켜요."

"그러지. 그 멍청한 인간들 개조시키는 데엔 오랜 시간이 들겠지만."

어깨를 가볍게 들썩이며 말하는 이현을 란은 조용히 바라봤다.

"믿어요."

"뭐?"

"당신을 믿는다고요."

황당한 시선으로 란을 보던 이현은 어깨를 들썩이며 웃음을 터트렸다.

"내가 근래에 들었던 이야기 중 제일 웃긴 이야기군."

눈물이 날 정도로 웃던 이현은 기다란 손을 들어 눈가에 맺힌 눈물을 닦았다. 그러더니 이내 차가운 눈빛으로 란을 바라봤다.

"네 얄팍한 믿음 따위 관심 없어. 그래도 네가 내 여자가 된다니, 그건 참 기대가 돼."

이현의 검은 눈이 잘빠진 매혹적인 란의 몸매를 훑어 내려갔다. 옷을 입고 있음에도 불구하고, 그의 눈빛에 낱낱이 자신이 벗겨지는 기분이 들었다.

"결혼식 준비는 내가 알아서 하지. 내가 통보한 날짜에 등장하기만 하면 돼, 너는."

결혼을 이야기하는 이현의 눈빛과 말투는 무척이나 차가웠다. 왜 그가 자신을 아내로 맞이하려는지 그 정확한 이유는 알 수 없었다. 한 가지 확실한 건, 그가 자신을 상처 입히고 싶어 한다는 사실이었다. 한마디로 결혼이란 감옥에 자신을 가두려고 하는 것일 거다.

"결혼을 앞둔 신부 얼굴이 너무 어둡군."

거울을 통해 보이는 이현의 모습에 란은 옛 생각에서 벗어나 현실로 돌아왔다. 검은 턱시도를 차려입고 나타난 이현은 란의 뒤에 멈춰 섰다. 검은 턱시도를 입은 그의 모습은 여전히 숨 막 힐 정도로 멋있었다.

그는 손에 들린 고급 가죽 케이스를 열었다. 그 안엔 화려한 디자인의 목걸이가 들어 있었다. 목걸이를 빼 든 이현은 느릿한 손길로 그녀의 목에 걸어 주었다.

"내 건 뭐든지 최고여야만 해."

그건 비단 목걸이에 국한된 말이 아닐 것이다. 그의 여자인 자신 또한 남들 눈엔 최고로 보여야 한다는 그런 의미가 분명하 였다.

"드디어 네가 내 손에 붙잡히는 날이군."

란은 빙그르르 몸을 돌려 그를 똑바로 응시했다. 그녀의 갈색 눈엔 한 점 흔들림이 없었다.

"붙잡은 게 아니라, 내가 붙잡혀 준 거예요."

"그렇게 말하면 자존심이 조금 덜 상하나?"

그의 조각 같은 얼굴에 번지는 비웃음을 란은 당당한 시선으로 바라봤다.

"물론 내 상황도 그랬지만, 당신이 가여워서 곁에 있기로 결정한 거예요."

순간 이현의 검은 눈에 분노가 번졌다. 장난기 가득한 웃음도 사라졌다. 이현은 손을 들어 가녀린 란의 팔을 붙잡았다.

"누가 누굴 가여워해? 네가 그럴 처지나 된다고 생각해? 아직까지 네가 공주님인 줄 착각하고 있나 본데. 그 착각, 완벽하게 깨부숴 주지."

상처 입은 맹수의 울음 같았다. 왠지 모르게 손을 뻗어 그의 검은 머리를 쓰다듬어 주고 싶었다. 얼마나 아팠으면, 얼마나 힘들었으면 이렇게 변해 버렸을까?

"그런 눈빛으로 보지 마."

낮게 으르렁거리는 이현의 목소리가 귓가에 울렸다. 하지만 그를 보는 란의 눈빛은 달라지지 않았다. 이현은 두 손으로 그녀의 어깨를 붙잡았다. 그러고는 집어삼키듯 그녀의 입술을 덮쳤다. 굳게 다문 입술 사이를 파고든 혀가 그녀의 입 안 곳곳을 휘젓고 다녔다. 그녀에 대한 소유권을 주장하듯 잔인하고, 난폭한 키스였다.

"곧 입장하셔야 하는……!"

때마침 신부 대기실 안으로 들어온 도우미가 그 장면을 목격하고 말았다.

"죄, 죄송합니다."

신부 도우미의 말에도 이현은 그녀를 놓아줄 생각을 하지 않았다. 그녀의 아랫입술을 세차게 빨며 뜨거운 숨을 토해 냈다.

"그, 그럼 나가서 기다리겠습니다."

당황한 신부 도우미가 대기실을 빠져나가고 나서야 이현은 그녀를 놓아주었다. 검은 눈을 반짝이며 이현은 란을 바라봤다. 그가 원하는 건 아마도 상처받은 자신의 얼굴이리라. 하지만 란 은 한 점 흔들림 없는 얼굴로 서 있었다.

"입장하라잖아요."

너무 높지도, 너무 낮지도 않은 차분한 목소리로 말한 란은 먼저 문 쪽으로 걸음을 옮겼다.

"여전히 기품을 잃지 않는군. 그래. 그래야 주란답지."

이현은 란의 곁으로 다가와 그녀의 손을 붙잡았다. 자신의 손 을 세게 꽉 쥐는 그의 손에서도 자신을 향한 소유욕이 느껴졌 다. 물론 그게 사랑이라는 감정과는 다르다는 걸 란은 알고 있 었다. 이 남자, 사랑이 무언지도 모르는 차가운 남자로 변해 버 렸다. 그게 란의 마음을 아프게 했다.

그래서 다시 알려 주고 싶었다. 상처 입은 이 남자 마음을 치 유하며, 사랑이 무언지 자신이 알려 주고 싶었다.

†

28살의 란은 여전히 아름답고, 여전히 기품 넘치고, 여전히 당당했다. 차분한 눈빛으로 자신이 예전에 살던 집을 둘러보는 란을 이현은 멀찌감치 떨어져서 바라봤다.

"어때? 예전에 살던 그 집으로 다시 돌아온 소감이?"

일부러 이 저택을 다시 사들였다. 그녀와 자신의 처지가 바뀌 었음을 확실히 보여 주기 위해서. 예전엔 이 화려한 저택의 주인이 그녀였지만, 지금은 아니었다.

"좋네요. 예전 생각도 나고."

란이 느끼기 원한 감정은 비참함이었다. 하지만 그녀의 얼굴 어디에서도 그런 비참함을 느낄 수 없었다. 여전히 쉬운 상대가 아니었다, 주란은. 특유의 적갈색 머리를 휘날리며, 란은 분주하게 집 안 곳곳을 둘러보았다.

"저 정원도 여전하네요."

거실 통유리를 통해 보이는 정원을 가리키며 란이 해사한 웃음을 지었다. 그 미소에 기분이 상한 이현은 잘생긴 얼굴을 찌푸리며 그녀의 곁으로 다가갔다.

"기억나요? 저 정원에 우리가 같이 키우던 나무도 있었잖……."

이현은 신경질적인 얼굴로 그녀의 팔을 움켜잡았다.

"기억 안 나. 이 집에서의 기억이 너한텐 행복했을지 모르겠지만, 나한텐 지옥같이 끔찍하던 시간이었으니까."

"안타깝네요. 좋은 추억도 많았는데."

이현은 어두운 얼굴로 그녀의 팔을 놓았다.

"난 다시 호텔에 가 봐야 해. 재정 상태가 엉망진창이라 손댈 곳이 한두 군데가 아니야."

"그래요."

"네 방은 지하 제일 안쪽 방이야. 거기서 내가 돌아올 때까지 얌전히 기다려."

차가운 목소리로 란을 향해 말한 이현은 냉정한 얼굴로 뒤돌아섰다. 그녀와 추억놀음이나 하자고 결혼을 한 게 아니었다.

15

자신의 옆에 붙잡아 두고 상처 입히고 싶었다. 그녀가 자신을
상처 입혔던 것보다 더 큰 상처를 주고 싶었다.

그때였다. 그의 귓가에 란의 목소리가 들려왔다.

"참, 있잖아요. 당신 키스 좋았어요. 12년 전에 했던 엉성한
키스보다 훨씬."

란의 붉은 입술에 매혹적인 미소가 번졌다. 그리고 당당하게
뒤돌아서 걸음을 옮기는 그녀였다. 또각또각, 구두 굽 소리만
남긴 채.

"빌어먹을."

이현의 입에서 절로 욕지거리가 치솟았다.

알고 있었어?

이현의 머릿속에 열아홉 살 그 시절이 절로 떠오르고 있었다.

벚꽃이 흩날리는 커다란 나무 아래 잠들어 있던 란의 모습
이 자신의 맘을 홀리던 그 날, 그 풍경이. 쌔근쌔근 그녀가 숨
을 내쉴 때마다 오르락내리락 하던 봉긋한 가슴과 벚꽃과 함께
흩날리던 적갈색 머리카락, 고운 숨소리를 내뱉던 붉은 입술이
지나치게 유혹적이었던 그 봄날이 머릿속에 끊임없이 맴돌았
다.

†

돈을 무척이나 많이 들인 화려한 인테리어의 저택과는 전혀
안 어울리는 방이었다.

허름한 협탁 하나, 그리고 화장대도 아닌 커다란 거울 하나, 그리고 이 방에서 유일하게 좋은 가구로 보이는 고급스러운 침대만이 그 방을 차지하고 있었다. 가뜩이나 좁은 방이 그 침대로 인해 더욱 좁게 느껴졌다. 거기다 보일러가 돌지 않는 방은 한여름에도 냉기가 돌 것같이 싸늘한 느낌이 들었다.

왜 자신의 방으로 이 방을 내어 주었는지 란은 잘 알고 있었다. 이 방이 바로 예전에 이현이 지내던 방이었다. 고급스러운 침대만 빼면, 그가 살던 방 분위기와 거의 흡사했다.

햇빛조차 들지 않는 음습함이 감도는 방을 란은 어두운 시선으로 바라봤다.

14살 때 처음 란의 집에 온 이현은 그 뒤로 22살까지 쭉 이 방에서 지냈다. 무슨 생각을 하며 지냈을까? 이 방에서? 고된 일을 끝내고 들어와 지쳐 하는 어린 소년의 모습이 바로 눈앞에서 보이는 듯했다.

"많이 아팠겠지. 힘들었겠지."

그때 이현을 생각하니 마음이 울렁거렸다. 똑같이 당해 봐라, 라는 심정으로 그가 자신에게 이 방을 준 걸 안다. 하지만 이 방에서 란은 어린 시절의 이현을 마주 보고 있었다. 그때 그 시절, 이현이 그랬던 것처럼 란은 침대에 앉아 몸을 잔뜩 웅크렸다.

3월, 그리 추운 날씨가 아님에도 불구하고 방 안엔 한기가 맴돌았다. 그 한기가 마음을 더욱 쓸쓸하게 만들고 있었다. 란은 그렇게 한참을 앉아 있었다. 어린 시절 이현을 떠올리면서.

✝

　호텔 업무를 끝낸 이현은 김 회장의 객실에 들렀다. 김 회장은 이현이 이 자리까지 올라오도록 키워 준 인물이기도 했다.

　유일한 자식이었던 아들 내외를 사고로 잃고, 홀로 살아가던 김 회장은 자신을 찾아와 울부짖는 청년을 외면하지 못했다. 이현의 모습에서 아들의 모습을 발견한 그는 이현의 손을 붙잡아 줬다.

　김 회장을 따라 미국으로 건너간 이현은 오로지 란에게 복수하겠다는 일념으로 하루하루를 버텨 냈다. 김 회장의 아낌없는 지원을 받으며 차가운 사업가로 자라났다.

　"그래. 결혼식은 잘 마쳤고?"

　인사를 올리는 이현을 향해 김 회장이 나지막한 목소리로 물었다.

　"네."

　"이제 속이 시원하냐? 원하던 여자를 손에 쥐어서?"

　란과의 결혼을 김 회장은 계속해서 반대했다. 그런 마음으로 결혼을 해 봤자, 행복해지지 않을 거란 게 김 회장의 생각이었다.

　"잘 모르겠습니다."

　"그 여자가 그렇게 좋은 게냐?"

　"아닙니다. 그런 거."

단호한 이현의 대답에 김 회장은 혀끝을 쯧쯧 찼다.

"제 진심도 모르는 한심한 녀석."

"전 그냥 그 여자가 아팠으면 좋겠습니다. 제가 아팠던 만큼."

"쯧쯧. 치기 어린 스무 살 때와 달라진 게 없구나."

이현의 고집을 꺾기 힘들다는 걸 다른 누구보다 김 회장이 제일 잘 알고 있었다. 파이프 담배에선 김 회장의 한숨 대신 하얀 연기가 뿜어져 나왔다.

"이왕 결혼한 거 잘 살거라."

퉁명스러운 말투와 다르게 김 회장은 애정 어린 시선으로 이현을 바라봤다.

"보고드리겠습니다."

이현은 자연스럽게 다른 주제로 돌렸다. 자신의 속을 다 꿰뚫고 있는 김 회장이었기에, 더는 이 속내를 들키고 싶지 않았다. 그런 이현의 마음을 아는지, 김 회장은 별다른 말 없이 그가 내미는 서류를 받아 들었다.

"우리 쪽 자금이 흘러들어 갔다는 이야기에 주가는 점차 안정세를 보이고 있습니다."

이현은 차분한 목소리로 김 회장을 향해 S호텔에 관한 보고를 이어 나갔다. 이런 식으로 잠식한 사업체는 대부분 비싼 값에 팔아넘기는 게 원칙이었지만, S호텔은 이현 스스로 직접 경영을 원하고 있었다. 이 호텔이 란을 잡아 놓을 수 있는 미끼임을 누구보다 이현이 잘 알고 있었다.

김 회장에게 보고를 마친 이현은 몸을 숙여 인사를 건네고, 객실 밖으로 나왔다. 계실 곳을 따로 마련해 드린다고 해도 곧 다시 미국으로 돌아갈 거라며 김 회장은 완곡히 거절했다.

"세심히 잘 보살펴 드려요."

호텔 총지배인에게 당부를 한 이현은 엘리베이터를 타고 주차장으로 내려갔다.

이제 집으로 돌아갈 시간이었다. 란이 있을 그 집으로. 여러 가지 감정이 뒤섞인 이현의 검은 눈이 일렁거렸다.

✝

추운지 넓은 침대에서 몸을 웅크리고 잠들어 있는 란의 모습이 보였다. 이 방에서 잠들던 자신의 예전 모습과 참 많이 닮아 있었다. 이런 란의 모습을 보면 기분이 좋을 줄 알았는데 이유를 알 수 없는 짜증이 치밀어 올랐다. 이현은 신경질적인 손길로 란을 흔들어 깨웠다.

"아, 왔어요?"

여전히 잠에 취한 목소리로 란은 갈색 눈을 느릿하게 뜨며 물었다.

"그래. 비록 일이 바빠서 신혼여행은 못 갔지만, 첫날밤은 제대로 보내야 하지 않겠어?"

그녀를 안는 상상을 수없이 많이 했다. 그녀에게 내쳐진 후 미국에서 지내는 동안 자신에게 접근하는 여자들은 무수히 많았다. 하지만 어떤 여자도 안고 싶지 않았다. 욕망조차 일지 않았다. 이현에게서 유일하게 이런 반응을 일으키게 하는 여자는 오직 란뿐이었다.

그녀에게 복수를 꿈꾸던 그 긴 시간 동안에도 이현은 꿈에서 수없이 그녀를 안았다. 그녀를 향한 이 욕망이 짜증났지만, 스스로 어떻게 할 수 있는 게 아니었다. 그래서인가? 자신의 말에 전혀 놀라지 않고, 차분한 시선으로 보는 그녀의 모습이 더더욱 그의 신경을 긁었다.

차분한 저 갈색 눈도 자신처럼 만들어 주고 싶었다. 욕망에 짙어진 그녀의 눈동자를 보고 싶었다. 이현은 손을 들어 그녀의 턱을 붙잡았다. 그러고는 단숨에 그녀의 입술에 자신의 입술을 포갰다.

란의 뜨거운 숨결이 입술이 닿았다. 이현의 안에서 더 큰 욕망의 불길이 치솟았다. 입술 안을 비집고 들어간 이현은 그녀의 혀를 찾아 세차게 빨아 당겼다.

란의 모든 것이 가지고 싶었다. 그게 힘들다면 그녀의 온몸 구석구석에 자신을 새기고 싶었다. 란이 혼자 있어도 자신을 떠올리게끔 만들어 주고 싶었다.

모든 것을 집어삼킬 듯한 뜨거운 키스는 계속 이어졌다. 긴 속눈썹을 바르르 떨며 눈을 감는 아름다운 란의 얼굴이 바로 앞에서 보였다.

이현은 치솟는 욕망을 억누를 수가 없었다. 그녀의 등에 맞닿은 그의 손이 오돌토돌 솟아난 척추뼈를 건드리며 점점 더 위로 올라왔다. 어느새 목덜미의 닿은 손길은 그녀의 솜털 하나까지 세심하게 건드리고 있었다.

"눈 떠."

천천히 그녀의 입술에서 자신의 입술을 뗀 이현은 욕망에 사로잡힌 허스키한 목소리로 말했다.

"똑똑히 봐. 널 안는 내 모습을."

그녀의 기억에 깊이 각인시키고 싶었다. 지금 그녀를 안고 있는 남자가 누군지. 이제 그녀가 누구의 소유인지 확실하게 알려주고 싶었다.

란의 귓불에 입술을 가져다 댄 그는 잘근잘근 물었다. 그녀의 육체 모든 곳에 자신의 흔적을 남기고 싶어 길고 하얀 목덜미에 입술을 옮긴 그는 그곳을 세차게 빨았다. 란의 하얀 살결엔 붉은 꽃잎이 피어나고 있었다.

"하아."

예민한 목덜미를 자극하는 이현의 입술에 란의 입에선 뜨거운 신음성이 터져 나왔다. 그녀의 신음성의 이현의 몸은 더욱 달아올랐다. 자꾸만 마음이 조급해졌다.

자신의 어깨를 꽉 움켜잡는 란의 손짓에 이현의 욕망은 더욱 불타올랐다. 애무를 받는 것은 란이었지만, 오히려 그녀의 신음성에 자신이 애무를 받고 있는 느낌이 들었다.

아까보다 훨씬 조급한 손길로 그녀의 하얀 잠옷 원피스를 찢다시피 벗겨 버렸다. 투명하고 하얀 살결이 스탠드 불빛 아래 낱낱이 드러나고 있었다.

역시 상상은 현실을 이기지 못한다. 그녀의 하얀 육체를 수없이 많이 상상했었다. 하지만 상상보다 훨씬 아름다웠다. 브래지어에 가려져 있는 풍만한 가슴, 잘록한 허리, 동그란 배꼽, 늘씬하면서 탄력 있는 허벅지를 따라 이현의 욕망 어린 시선이 내려왔다.

그의 검은 눈은 점차 짙어졌다. 이현은 손을 그녀의 등 뒤로 뻗어 단숨에 브래지어 후크를 풀어 버렸다. 브래지어가 벗겨졌음에도 불구하고 봉긋하게 솟은 하얀 젖가슴은 여전히 그 모습을 유지하고 있었다.

"그러니까 나는…… 처음이에요."

란의 붉은 입술이 달싹였다. 떨리는 목소리로 내뱉는 그 말에 순간 이현은 기뻤다. 자신 역시 마찬가지였다. 상상으로는 수없이 많이 그녀를 범했지만, 실질적으로 여자를 안는 건 지금이 처음이었다. 자신이 안고 싶은 여자는 오직 주란뿐이었으니까.

물론 그녀가 자신과 같은 이유로 처음일 리 없었지만, 이 아름다운 육체를 본 남자가 오직 자신뿐이란 사실에 기분이 좋아졌다. 앞으로도 자신뿐이어야만 했다. 주란을 소유할 수 있는 남자는.

이현은 커다란 손으로 그녀의 풍만한 가슴을 움켜잡았다. 도드라지는 분홍빛 젖꼭지를 단숨에 입술로 물었다. 혀끝에서 점점 더 단단해지는 젖꼭지가 느껴졌다.

"하아. 그, 그전에 할 말이 있어요. 믿을 수 없겠지만, 들어줘요."

매혹적인 신음성 사이로 힘겹게 내뱉는 란의 말이 들렸다. 하지만 그의 입술은 그녀의 젖꼭지에서 떨어질 생각을 하지 않았다.

"그날 모진 말로 당신을 내쫓은 거, 사실은 당신을 위해서였어요."

"……!"

이현의 검은 눈에 일렁이던 욕망이 순간 식었다. 욕망을 대신해 분노와 증오가 일렁거렸다. 서서히 그녀의 젖꼭지에서 입술을 뗀 이현이 차가운 눈빛으로 란을 내려 봤다.

"차라리 안기기 싫다고 말해. 그런 비겁한 변명 따위 내뱉지 말고."

침대에서 몸을 일으킨 이현이 냉기가 흐르는 목소리로 말했다.

"끝까지 들어 줘요."

"듣기 싫어. 네가 내뱉는 변명 따위."

이현은 발가벗겨진 그녀의 몸 위로 이불을 내던졌다.

"오늘은 안기 싫어졌어."

차갑게 그 한마디를 남기고 이현은 음습한 방에서 사라졌다. 뜨거운 열기를 대신한 차가운 한기가 방 안에 가득 찼다.

란은 여린 몸을 바르르 떨며 이불로 온몸을 감싸 안았다. 하지만 한기는 사라질 생각을 하지 않았다. 추운 건 몸이 아니라, 마음이었다. 이현의 상처를 치유해 주고 싶었다. 자신의 해명을 그가 들어 주지 않을까, 하는 기대를 품었었다. 하지만 헛된 기대였다.

란은 어두운 눈빛으로 그날의 일을 떠올렸다.

떨리는 손으로 놀이공원 티켓을 내미는 이현을 보며 란은 해맑은 웃음을 지었다.

"여기 함께 가자고?"

발랄한 목소리로 묻는 란의 말에 이현은 한껏 붉어진 얼굴로 고개를 끄덕였다.

"좋아. 재미있겠다. 마침 아빠도 미국으로 출장을 가서 안 계시고, 기가 막힌 타이밍인데?"

단숨에 허락하는 란을 이현은 설레는 얼굴로 바라봤다.

"당장 출발하자. 나 여기 놀이공원 정말 가 보고 싶었어."

이현의 손을 잡아끌며 란은 재촉했다. 두 사람은 설레는 얼굴로 놀이공원 데이트에 나섰다.

좋아한다, 라는 말을 서로 입 밖에 낸 적이 없는 두 사람이었지만, 눈빛으론 수없이 많은 고백을 했다. 그러기에 어느 정도 서로의 마음을 두 사람은 알고 있었다.

놀이공원에 도착하고 이현은 해맑게 웃으며 란을 바라보았다.

"잠깐만 기다리세요, 아가씨. 금방 음료수 사 올게요."

"응."

그렇게 이현이 음료수를 사러 잠깐 자리를 비운 사이 끔찍한 일이 벌어졌다. 검은 옷을 입은 두 남자가 혼자 남은 란을 납치해 끌고 갔던 것이다. 그녀의 입을 틀어막던 천에 마취약이 있었는지, 란은 그대로 의식을 잃고 말았다.

다행히 란이 마취에서 깨어났을 땐 그녀가 무사히 구출되고 난 후였다. 비틀거리면서 침대에서 일어난 란을 오빠 훈은 걱정스러운 눈빛으로 보고 있었다.

"괜찮아?"

"어. 어떻게 된 거야?"

"너 납치됐었어. 다행히 경찰이 빠른 조치를 취해 무사히 돌아왔지만."

훈의 말을 듣는 순간 이현의 얼굴이 떠올랐다. 그는 어떻게 됐을까?

"이현 오빠는? 오빠는 어떻게 됐어?"

"그딴 자식 찾지도 마. 지금 끝까지 혐의를 부인하고 있는데 그 자식도 공범인 게 분명해. 알고 보니 정원사 최 씨가 계획한 거더라고. 지금 도주를 해서 찾고 있으니, 최 씨도 곧 잡힐 거야. 그 자식이랑 최 씨랑 친했던 거 알지?"

믿을 수가 없었다. 그럴 리가 없었다. 분명 무언가 오해가 있었을 거라고 란은 생각했다. 자신이 아는 이현은 절대 그런 사람이 아니었다.

"아니야. 이현 오빠 그런 사람 아니야."

"넌 이 와중에도 그 자식 편을 드냐! 몰라. 아버지도 연락받고 미국에서 출발하셨대. 돌아오시면 그 자식도 끝장나겠지."

과거, 아버지는 어둠의 세력에 몸을 담고 있었다. 지금은 번듯한 호텔 오너지만, 그 돈을 어떻게 벌어들였는지 그 누구보다 란이 잘 알고 있었다.

　그렇게 독하고 무서운 아버지임을 란은 잘 알고 있었기에 다급해졌다. 이렇게 누워 있을 수만은 없었다. 자신과 이현이 아무리 아니라고 주장해 봤자, 믿어 줄 아버지가 아니었다. 더군다나 자신이 이현에게 마음을 품고 있다는 걸 안다면 이 기회를 틈타 그를 제거하려 할 게 뻔했다.

　"나 집에 가고 싶어."

　스스로 링거를 뽑고 란은 침대에서 몸을 일으켰다.

　"안 돼."

　붙잡는 훈의 손을 란은 세차게 물었다.

　"아!"

　란에게 물려 훈이 고통에 몸부림치는 사이 란은 병실 밖으로 나왔다. 신발도 신지 않은 채, 병원 밖으로 달려 나간 그녀는 앞에 서 있는 택시에 올라탔다. 그렇게 집으로 돌아온 란은 곧장 이현의 방으로 달려갔다.

　그의 방에 도착하기 무섭게 이현이 외치는 소리가 방 밖으로 새어 나왔다.

　"제발 좀 놔주세요. 아가씨만 보고 올게요!"

　간절한 목소리로 외치는 이현을 경호원들이 막아서고 있었다. 벌써 경호원들에게는 아버지의 지시가 떨어진 것 같았다. 더는 시간을 지체할 수가 없었다.

　"모두 다 비켜요."

　날카로운 란의 목소리에 나가려고 몸부림을 치던 이현도 그를 막아서던 경호원도 모두 움직임을 멈췄다.

"아가씨!"

경호원들이 자신을 놓아주자, 이현은 지체 없이 란을 향해 다가왔다.

"괜찮으세요? 얼마나 걱정했는지 몰라요. 도대체 왜 이런 일이."

이현의 떨리는 목소리에서 진심이 느껴졌다. 그는 지금 이런 상황에도 란을 걱정하고 있었다. 이런 사람이 그런 일을 했을 리가 없다.

하지만 이대로 그를 집에 둘 수는 없었다. 떠나라고, 말한다 해도 이현이 듣지 않을 게 분명했다. 강직한 이현은 아버지를 만나 오해를 풀려고 할 것이다. 그게 아무 소용 없는 짓이란 것도 모른 채.

란은 손을 들어 그의 뺨을 세차게 내려쳤다. 그리고 차가운 얼굴로 이현을 바라봤다.

"네가 날 완전히 우습게 봤구나?"

"왜 이러세요, 아가씨? 아가씨도 제가 공범이라고 믿는 거예요? 경찰서에 가서 다 해명했어요. 물론 최 씨 아저씨가 날 이용한 건 맞지만, 난 전혀 몰랐어요. 내가 왜 그런 짓을 해요. 내가 아가씨를 얼마나 좋아……."

"듣기 싫어."

란은 차가운 목소리로 이현의 말을 끊었다.

"내가 너랑 좀 놀아 줬다고 우스워 보이니? 만만해 보여? 어

28

디서 감히 그딴 말을 입에 담아?"

창백하게 굳어 가는 이현의 얼굴을 보고 있자니, 마음이 아팠다.

"아가씨. 믿어 주세요, 제발."

"내가 널 어떻게 믿니? 보기 싫으니까 꺼져. 이 집에서 당장 꺼지라고!"

"아가씨. 제발요."

자신의 다리를 붙잡고 늘어지는 이현을 란은 냉정하게 뿌리쳤다.

"꺼지라고! 다시는 네 그림자도 보기 싫어. 더러워! 당장 안 꺼져?"

란은 그의 방에 있는 물건들을 모두 내던졌다. 시간이 얼마 없었다. 제발, 제발 이 집에서 나가라고 간절히 기도하며 란은 실성한 사람처럼 발광했다.

"아가씨."

그런 자신을 진정시키기 위해 이현이 손을 내밀자 그를 란은 차갑게 쳐냈다.

"만지지 마! 더럽다고 했지! 소름 끼쳐. 그러니까 당장 꺼지라고!"

란의 차가운 눈빛을 진심이라 느꼈는지 이현의 검은 눈이 상처로 얼룩졌다. 더는 어떤 말도 소용없다 느낀 이현은 눈물을 흘리며 문밖으로 걸어 나갔다.

"여기 이 물건들 다 가져다 불태워 버려요. 더러운 저 인간

흔적, 이 집에서 다 지워 버리라고요. 알겠어요?"

란은 자신이 피우는 소란에 몰려든 사람들에게 커다란 목소리로 말했다. 일부러 이현이 그 말을 들을 수 있도록. 그래서 행여나 다시는 이 집에 그가 발 들이는 일이 없도록.

"내가 싫은 게 당연해."

기억에서 지우고 싶은 옛일을 떠올리던 란은 어두운 목소리로 중얼거렸다. 그래도 그 일을 후회하지 않는다. 아버지가 기어코 최 씨 아저씨를 찾아내 어떤 식으로 벌하였는지, 란은 똑똑히 보았다. 차라리 경찰에게 잡히는 게 최 씨 아저씨에겐 더 나은 일이었는지도 몰랐다.

란은 행여 그가 그렇게 될까 봐 이현을 다시 떠올리고 싶지 않다고 아버지에게 수없이 많이 말했지만, 아버지는 그를 찾는 것 역시 멈추지 않았다. 하지만 정말 다행히도 아버지의 레이더망에 이현이 걸려들지 않았다.

"그래도 후회하지 않아."

이렇게라도 이현을 살린 걸, 란은 후회하지 않았다. 비록 자신을 보는 그의 눈빛에 애정을 대신해 증오가 가득해졌지만, 이렇게 이현이 멀쩡히 살아 있는 것만으로도 란은 감사하게 생각했다.

그리고 이제부터 그의 신뢰를 되찾기 위해 노력할 것이다. 상처 입은 그의 마음을 란은 치료해 주고 싶었다.

이현 역시 그날의 기억을 떠올리고 있었다. 자신의 인생에서 제일 끔찍했던 그날의 기억을. 기억하지 않으려고 해도 자꾸만 샘솟는 그 기억에 이현은 손에 들린 양주잔을 신경질적으로 내던졌다.

"젠장. 빌어먹을."

짜증이 나서 견딜 수가 없었다. 그렇게 자신을 믿어 달라 애원해도 모질게 내치더니, 이제 와 해명을 하겠다니. 웃기지도 않았다.

믿었던 란에게 상처를 받았던 이현은 그 뒤 아무도 믿지 못했다. 자신을 자식처럼 생각하는 김 회장마저도 믿지 않았다.

사람을 믿지 않는 삶은 지독히도 고독하고, 쓸쓸하며, 어두웠다. 돈을 아무리 많이 벌어도, 그 지독한 외로움은 사라지지 않았다.

그럼에도 불구하고 란에 대한 소유욕은 사라지지 않았다. 그녀를 갖고 싶었다. 그렇지만 그녀가 죽도록 밉기도 했다. 소유욕이 커질수록 미움 역시 같이 커졌다. 그녀를 향한 자신의 감정에 대한 정의가 정확히 내려지지가 않았다.

그냥 그녀가 아팠으면 싶다. 그 누구도 아닌 자신으로 인해 아팠으면 싶다. 그녀가 죽도록 미우면서도, 그녀를 생각하면 죽도록 아프면서도, 그녀 생각을 지우지 못하는 자신처럼 란의 삶도 변했으면 싶다.

이현은 비틀거리는 걸음으로 테이블 앞에서 몸을 일으켰다. 시간이 꽤 많이 지났음에도 불구하고 성난 남성은 가라앉지 않고 있었다. 그리고 정말 짜증나게도 또 그녀가 보고 싶었다. 그러지 말아야지 하면서도, 다리가 말을 듣지 않았다.

비틀거리는 걸음으로 침실 밖으로 나온 이현은 란의 방이 있는 지하로 걸음을 옮겼다. 그녀의 방 앞에 멈춰 선 이현은 쓴웃음을 지었다.

"미쳤군, 정말."

이대로 돌아서야 한다고 생각하면서도, 그의 손은 어느새 문고리를 잡아 비틀고 있었다. 불이 꺼진 어둑한 방이 그의 눈에 들어왔다. 방 안을 가득 맴도는 차가운 한기와 함께.

란은 이미 잠이 들었는지 아무런 인기척이 없었다. 손을 뻗어 그녀를 당장 안고 싶은 욕망을 죽이며, 이현은 힘겹게 문을 닫았다.

"춥겠네."

문득 이 말을 내뱉은 이현은 황급히 굳은 얼굴로 이를 악물었다.

"춥든 말든 무슨 상관이라고."

그녀를 걱정하는 자신의 마음이 짜증났다. 이현은 신경질적으로 걸음을 옮겼다. 다시는 그녀를 신경 쓰지 않으리라 마음먹으며.

✝

란은 방 안을 감도는 냉기에 몸을 한껏 웅크리고 잠이 들었었다. 그런데 어디선가 따뜻한 온기가 느껴졌다. 그러고 보니 갑자기 따뜻해졌던 것 같다. 스르르 눈을 떠 보니 침대 옆에 전기난로가 보였다. 붉은 난로의 불빛이 무척이나 따뜻해 보였다.

란은 손을 뻗어 난로 근처에 가져다 대 따뜻한 빛을 쬐였다. 보일러가 돌지 않는 차가운 방을 감싸기엔 역부족했지만, 그래도 이 따뜻한 빛이 몸의 한기를 조금이나마 막아 주었다.

그러고 보니 예전에 이현의 방에도 이런 난로가 놓여 있었다. 이 난로 앞에서 꽁꽁 얼어붙은 몸을 녹였을 어린 이현의 모습이 란의 머릿속에 떠올랐다.

그 역시 이 방에서 춥고, 외롭고, 쓸쓸했겠지.

어느새 자신의 곁엔 어린 이현의 환영이 같이 자리 잡고 있었다. 란은 서글픈 눈으로 이현의 환영을 바라보며 그렇게 한참을 앉아 있었다.

꽤 긴 시간이 흐르고 나서야 란은 씻으러 몸을 일으켰다. 욕실도 없는 방이었기에 씻으려면 1층 욕실로 올라가야만 했다. 막 문을 열고 나가던 란은 청소를 하는 메이드 아주머니와 마주쳤다.

"일어나셨어요?"

공손히 인사를 건네는 아주머니를 향해 란도 조용히 몸을 숙여 인사했다.

"아, 맞다."

인사를 하고 지나가려다가 란은 문득 난로가 떠올랐다.

"난로, 아주머니가 가져다 놓으셨어요?"

"네? 아니요."

"그래요?"

란은 고개를 갸웃거렸다. 혹시 이현이 가져다 놓은 걸까?

"그럴 리가 없겠지."

란은 가볍게 고개를 내저었다. 헛된 기대는 품지 말자 생각하면서.

2

욕실에서 샤워를 마치고 나온 란은 세탁실 안에 있는 재봉틀을 발견하고 눈을 반짝였다. 호텔 일에서 손을 떼고 나니 막상 딱히 할 일이 없었다. 집안일은 일하시는 분들이 맡아서 하고 있기에, 이 커다란 저택에서의 시간이 무료하게 느껴졌다.

란은 삭막한 자신의 방을 떠올리며 갈색 눈을 반짝였다.

"간만에 솜씨 발휘 좀 해 볼까?"

대학에서 디자인을 전공한 란은 홈패션에도 관심이 많았다. S호텔 계열인 부티크 호텔 R의 룸 인테리어도 그녀가 직접 할 정도로 재능도 출중했다.

간단히 외출 준비를 마친 란이 현관 밖으로 나가자 운전기사 겸 경호원으로 보이는 남자 하나가 재빨리 따라붙었다.

"뭐 좀 사러 가는 거예요. 혼자 다녀와도 돼요."

"안 됩니다."

기계처럼 딱딱한 경호원의 대답에 란은 나지막이 한숨을 내뱉었다. 이현에게 단단히 지시를 받은 듯했다. 그가 자신을 믿지 않는다는 걸 너무 잘 알고 있었기에, 경호원이 문을 열어 주는 차에 타기로 했다.

"남대문 원단시장으로 가줘요."

경호원을 향해 행선지를 말하고 란은 차창 밖으로 시선을 돌렸다.

봄의 기운이 물씬 느껴지는 따뜻한 날이었다. 11년 전, 따스한 봄날엔 이현과 함께 정원을 거닐곤 했는데. 다시 그런 따뜻한 봄날이 올까? 아직은 너무 추웠다.

그의 얼어붙은 마음에 다시 봄이 오길 바라며 란은 차가운 이현의 얼굴을 떠올렸다.

마음에 드는 원단을 골라 돌아온 란은 점심을 먹고 나서 본격적으로 재봉틀 앞에 앉아 있었다. 화사한 봄 느낌이 나는 하얀 원단으로 커다란 원형 쿠션 두 개를 만들었다. 하나는 자신의 방에 놓고, 하나는 이현에게 선물할 생각이었다.

"하얀색이라 너무 화사하다고 싫어하려나?"

아니다. 그의 방은 좀 화사할 필요가 있다. 슬쩍 가서 둘러본 블랙 톤의 이현의 방을 떠올리며, 쿠션을 손으로 두드렸다.

쿠션을 완성한 란은 침대 옆 바닥에 놓을 작은 매트를 만들기 시작했다. 화사한 꽃무늬가 포인트로 들어간 매트를 만드는 란 옆에 어느새 일하는 아주머니들이 모여들었다.

"사모님. 정말 솜씨가 좋네요."

"그러게 말이에요. 이런 건 어떻게 만든대요?"

아주머니들의 말에 란은 화사하게 웃었다.

"별로 안 어려워요. 한번 배워 보실래요?"

란의 말에 몇몇 아주머니들이 관심을 보였다.

"정말요?"

"사모님이 직접요?"

"네. 어차피 할 일도 없는데요, 뭐. 이거 배워서 다 함께 집도 예쁘게 꾸미면 좋잖아요."

가구가 별로 없는 자신의 방을 꾸미는 것보단 집 전체를 꾸미고 싶어졌다. 예쁜 커튼도 만들고, 테이블보도 만들고, 다양한 소품으로 저택 분위기 전체를 따뜻하고, 화사하게 바꾼다면 집주인인 이현도 좀 따뜻해지지 않을까? 물론 집 분위기가 따뜻해진다고, 그가 쉽게 따뜻해질 것 같지는 않지만 말이다.

"그러면 저희야 좋죠."

"좋아요. 마침 재봉틀도 몇 개 더 있으니까 배우실 분들은 내일 오후에 여기로 모여 주세요."

"네."

좋아하는 아주머니들을 보니 란 역시 기분이 좋아졌다. 아무래도 원단이 더 많이 필요할 것 같았다. 내일 나가서 더 사 와야겠다 생각하며 란은 눈을 반짝였다.

해사한 웃음을 지으며 세탁실 재봉틀 앞에 앉아 아주머니들과 도란도란 이야기를 나누고 있는 란의 모습을 이현은 조용히 지켜봤다.

경호원으로부터 그녀가 원단시장에 다녀왔다는 보고를 받긴 했지만, 아직까지 저러고 있을 줄은 몰랐다. 음습한 방에서 어두운 얼굴로 지낼 줄 알았더니, 그의 예상과 다르게 란의 모습은 너무나 밝았다.

지내는 곳이 어디든 그건 상관없는 걸까? 태생부터 공주님인 그녀 특유의 에너지는 더욱 밝게 뿜어져 나왔다. 우아하고, 아름답고, 화사한 란의 모습을 이현은 굳은 얼굴로 바라봤다. 처지는 바뀌었지만, 여전히 그녀에 비해 자신이 더 초라한 것 같은 느낌이 들었다.

"사, 사장님?"

란을 구경하던 아주머니 중 한 명이 문 앞에 서 있던 이현을 발견하고 떨리는 목소리로 외쳤다. 그 아주머니의 목소리에 란 주변에 모여 있던 아주머니들은 이현에게 서둘러 고개 숙여 인사하고, 재빨리 자신들의 위치로 흩어졌다.

"대단한 카리스마네요."

순식간에 사라지는 아주머니들을 보며 란이 생긋 웃으며 말했다.

"비꼬는 건가?"

딱딱한 이현의 반문에 란은 살짝 눈살을 찌푸렸다. 하지만 이내 그녀의 얼굴엔 특유의 밝은 미소가 번졌다.

"안타깝게도 칭찬이에요."

이현은 란의 곁으로 저벅저벅 걸음을 옮겼다. 그러고는 손으로 그녀의 매끈한 턱 선을 붙잡았다.

"여전히 넌 밝군. 호텔은 망하고, 네 유일한 가족인 오빠는 도망가고, 원치 않는 결혼까지 했음에도 불구하고."

자신을 쏘아보는 이현의 검은 눈을 란은 단단히 마주 보았다.

"호텔은 당신이 다시 살려 놓을 거고, 오빠는 언젠가 돌아오겠죠. 그리고 또 하나, 전에도 말했지만 이 결혼 내가 원해서 한 결혼이에요."

"그렇게 말하면 속이 좀 편한가?"

"적어도 당신처럼 비틀린 사람은 되지 않겠죠."

이현의 검은 눈이 이글거렸다.

"원해서 한 결혼이라. 거짓말도 참 쉽게 하는군. 그러다 날 사랑한다는 말까지 하겠어?"

"사랑한다 말하면 믿어 줄래요?"

피식, 이현의 입가에 비웃음이 번졌다. 그러고는 신경질적인 손길로 그녀의 얼굴을 잡고 있던 손을 내려놓았다.

"왜? 내가 돈이 많아서? 네 밑에서 일할 땐 생기지 않던 애정이 마구 샘솟는 건가? 더럽다, 천박하다 말할 때는 언제고."

"어차피 들을 생각 없는 사람에겐 그런 말 안 해요."

차분한 얼굴로 말한 란은 자신이 만든 쿠션 하나를 이현에게 내밀었다.

"선물이에요. 버리든, 쓰든 마음대로 해요."

그 말을 남기고 란은 사뿐거리는 걸음으로 점차 그에게서 멀어져 갔다.

세탁실에 홀로 남은 이현은 자신의 손에 들린 하얀 쿠션을 바라봤다. 오래전 란이 자신에게 만들어 줬던 십자수 쿠션이 떠올랐다. 그걸 받은 날 이현은 내내 설레서 잠도 이루지 못했었다.

"아직 날 철부지 소년으로 아는군."

이현은 짜증 섞인 손길로 쿠션을 내던지려 했다. 하지만 끝내 던지지는 못했다. 여전히 란에게 약한 스스로가 짜증이 나 견딜 수가 없었다.

†

방에 돌아온 란은 자신이 만든 쿠션을 슬며시 침대 위에 내려놓았다. 오랜만이었다, 이현과 같은 쿠션을 쓰는 건. 예전에도 자신이 직접 만든 똑같은 디자인의 쿠션을 나눠 쓴 적이 있었다.

"그때처럼 반응이 귀엽진 않지만."

18살 소년이었던 이현의 얼굴에 번지던 미소가 란의 머릿속에 아직도 생생했다. 그 해사하고, 아름다운 미소에 심장이 얼마나 두근거렸는지 모른다.

그런데 도대체 그 사랑스럽던 남자는 어디로 사라진 건가. 이현 마음 깊숙한 곳에서 잠들어 있는 게 분명했다. 어서 그 긴

잠을 깨우고 싶다 생각하며, 옷을 갈아입기 위해 하얀 블라우스 단추에 손을 뻗었다.

탁.

블라우스 단추를 거의 다 풀었을 때쯤, 노크도 없이 문이 열렸다. 화들짝 놀란 란이 가슴을 가리며 고개를 돌리자, 한쪽 입매를 매혹적으로 올리며 자신을 보고 있는 이현의 모습이 보였다.

"문 좀 닫고 나가 줄래요? 옷 갈아입는 중이었어요."

"그럴 생각 없는데."

느릿한 말투로 대답한 이현은 문을 꽉 닫고, 말투만큼이나 느릿한 걸음으로 란을 향해 다가왔다. 그러고는 단추가 다 풀어진 란의 블라우스를 그대로 벗겨 버렸다. 훤히 드러나는 란의 하얀 어깨를 꽉 붙잡은 그는 그녀의 뒤에 섰다.

"원해서 한 결혼이랬지? 이제 그 말을 증명할 차례야."

귓가에 나지막이 속삭이는 이현의 말에 란은 몸을 바르르 떨었다. 어느새 귓불에선 그의 혀가 느껴지고 있었다. 말캉한 혀의 느낌과 뜨거운 그의 입김에 몸이 휘청거렸다. 그의 손짓에, 그의 눈빛에, 그의 숨결에 그녀의 육체가 예민하게 반응했다.

귓불을 강하게 빨아 당기던 입술은 그녀의 목덜미로 옮겼다. 하얀 목덜미에 붉은 흔적을 남기며 어느새 입술은 어깨로 옮겨 가고 있었다. 그는 란의 등 뒤에 있어 그 모습이 보이지 않았다. 그래서 그의 입술에 란은 더욱 예민하게 반응하고 있었다. 척추 뼈를 연주하듯 훑고 지나가는 입술에 란의 입에서 신음성이 터져 나왔다.

온몸의 털이 곤두서는 느낌이었다. 자연스레 브래지어 후크를 풀어 버린 그는 그녀의 허리라인까지 입을 맞추다가 다시 점점 더 위로 올라왔다.

"하으!"

란의 입에선 고혹적인 신음성이 흘러나왔다. 어느새 다시 입술은 귓불에 와 닿았고, 브래지어는 그의 손에 벗겨져 바닥으로 던져졌다. 커다란 두 손으로 가슴을 움켜잡은 그는 손가락 사이에 단단해진 분홍빛 젖꼭지를 끼우고 비틀었다.

강한 자극에 란은 침대 기둥을 붙잡고 간신히 쓰러지지 않도록 버티었다. 어느새 엄지와 검지 두 손가락 사이에 젖꼭지는 끼어졌고, 두 손가락은 쉴 없이 그녀의 성감대를 자극했다. 자신의 여성이 흠뻑 젖고 있는 게 느껴졌다. 그만큼 그의 손길은 자극적이었다.

"아앗!"

란의 신음성이 더욱 높아지자, 그제야 이현은 그녀의 젖꼭지에서 손을 뗐다. 그러고는 신경질적인 손길로 그녀의 치마 후크를 풀었다. 손쉽게 벗겨진 치마는 바닥으로 떨어졌고, 흠뻑 젖어 제구실을 못하는 하얀 팬티만이 그녀의 몸 위에 걸쳐져 있다. 하지만 곧 그 팬티마저도 그의 손길에 점령당하고 말았다.

"벌려."

무릎을 꿇고, 그녀의 허벅지 사이에 두 손을 집어넣은 그가 욕망으로 인해 잔뜩 허스키해진 목소리로 말했다. 그 목소리가 가진 강력한 힘에 란은 한껏 달아오른 얼굴로 스르르 다리를 벌렸다. 벌어진 두 다리 사이 애액으로 흠뻑 젖은 여성 아래 그의 얼굴이 자리를 잡았다. 그의 뜨거운 숨결이 예민한 그곳에 닿았다.

"흣!"

다리에 힘이 풀려 제대로 서 있을 수가 없었다. 그의 숨결이 닿는 것만으로도 몸이 뜨겁게 달아올랐다.

"처음이라면서 무척 예민하군."

란의 나이 스물여덟. 남자와 연애를 아예 안 해 본 것은 아니었다. 하지만 어떤 남자와의 연애에도 가슴이 뛰어 본 적이 없었다. 자신의 마음을 온통 앗아 간 이현이라는 존재로 인해, 다른 남자와의 연애가 그저 지루하게 느껴졌다. 그러기에 길게 갈 수가 없었다.

물론 자신의 몸을 탐하려던 남자도 많았다. 하지만 냉정한 란의 태도에 어떤 남자도 그녀를 안지 못했다.

"처음이니까……!"

란의 말을 끝까지 듣지 않고, 이현은 도드라진 클리토리스를 찾아내 혀로 핥았다. 꼿꼿하게 힘이 들어간 혀는 클리토리스 위를 빙글 돌며 더욱 강하게 그녀를 자극했다. 살아생전 이런 기분은 처음이었다. 머릿속이 온통 새하얗게 변해 아무 생각도 할 수 없었다. 엄청난 자극에 주저앉지 않기 위해 란은 더욱 세차게 침대 기둥을 붙잡았다.

분홍빛 여성에선 애액이 흘러넘쳤다. 아랫배가 단단히 조여

왔고, 온몸이 따끔거렸다. 이번엔 혀뿐만 아니라 입술까지 가세해 그녀의 음핵을 빠르게 입 안에 넣었다, 뺐다 하며 뜨거운 자극을 퍼부었다.

"아아!"

짐승같이 신음을 내지르는 걸로 란은 간신히 이성의 끈을 붙잡고 있었다. 하지만 음핵에서부터 갈라진 틈까지 혀로 쉴 없이 핥아 대는 그의 공격에 란은 더는 버틸 수가 없었다.

몸을 바르르 떨며 반쯤 주저앉는 란을 이현이 강인한 두 팔로 번쩍 안아 들었다. 그제야 란은 그의 얼굴을 볼 수 있었다. 흥분으로 짙어진 검은 눈, 자신만큼이나 열기에 달아 있는 뜨거운 얼굴, 애액으로 번들거리는 입술까지, 그의 모습은 지독하게 섹시했다.

란을 사뿐히 침대 위에 내려놓은 그는 거칠게 자신의 옷을 벗어 던졌다. 단단한 잔근육과 탄탄한 복근, 그리고 잔뜩 성이 난 그의 남성이 차례로 눈에 들어왔다. 남자의 몸도 이렇게 아름다울 수 있구나, 란은 순간 감탄했다.

"아무 말도 하지 마. 무슨 말을 해도 이제 못 멈추니까."

성난 목소리가 낮게 으르렁거리며 경고했다. 그러고는 란이 아예 입을 못 열게 자신의 입술을 그녀의 입술에 포개는 그였다.

출렁, 그의 몸이 올라타자 침대가 출렁거렸다. 두 손으로 그녀의 다리를 벌린 그는 흠뻑 젖은 여성 입구에 남성을 가져다 댔다.

"아!"

참기 힘든 고통이 몰려왔다. 란은 고통의 신음을 흘리며 아름다운 얼굴을 찡그렸다.

"조금만 참아."

땀에 흠뻑 젖은 란의 머리를 쓰다듬으며 이현이 욕망에 사로잡힌 목소리로 말했다. 이 순간 다정한 그의 손길이 좋았다. 늘 자신을 거칠게 다루는 손길이 아닌, 다정한 그 손길에 란은 이를 악물며 고개를 끄덕였다.

서서히 밀고 들어오는 남성에 단단한 벽이 조금씩 허물어졌다. 그러고는 그녀를 괴롭히던 고통도 서서히 사라졌다.

"하!"

이현의 입에서도 뜨거운 신음이 터져 나왔다. 좁은 질의 막이 뚫리며 통과하는 남성이 생생하게 느껴졌다. 막을 모두 허문 뒤, 자유로워진 남성은 느릿하게 질 안에서 움직이기 시작했다.

이제 고통은 완전히 사라지고, 짜릿한 자극이 란을 지배해 나가기 시작했다. 란은 그의 단단한 등 근육을 꽉 붙잡았다. 그래야만 버틸 수 있을 것 같았다.

삐걱삐걱, 침대가 움직이는 소리와 두 사람의 색스러운 신음이 좁은 방 안을 맴돌았다. 느릿하던 이현의 움직임은 점점 더 빨라졌다. 두 사람은 뜨거운 호흡과 함께 더 큰 신음성을 내질렀다. 그리고 뜨거운 무언가가 그의 남성에서 뿜어져 나와 그녀의 안을 채웠다.

"아아!"

동시에 긴 신음성을 내뱉으며 두 사람은 서로를 꼭 끌어안았다.

"좋네요. 이 느낌."

란은 나른한 미소를 지었다. 스르르 눈을 떠 그런 란을 본 이현은 천천히 여성 안에서 남성을 뺐다. 하얀 침대 시트 위엔 붉은 피가 수놓아져 있었다.

"이제 진짜 부부가 된 느낌이에요."

다정한 란의 말에 이현은 아무런 대답도 하지 않은 채, 묵묵히 벗어 던진 옷을 주워 입었다.

"당신은 안 그래요?"

좀 더 따뜻한 목소리로 란은 이현을 향해 물었다.

"그런 느낌 나한테 기대하지 마. 내가 너한테 바라는 건 오직 네 아름다운 육체뿐이니까."

이 남자, 참 잔인한 말을 잘도 내뱉는다. 방금 전까지 뜨겁게 타오르던 몸에 한기가 느껴졌다. 란은 손으로 이불을 잡아당겨, 발가벗겨진 자신의 몸을 덮었다. 하지만 포근한 이불을 덮었음에도 여전히 한기는 가시지 않았다. 추운 건 몸이 아니라 마음이란 걸 잘 알고 있었다. 하지만 애써 내색하지 않으며 란은 말했다.

"당신은 늦었다 생각할지도, 내 이런 마음이 욕심이라 생각할지 모르겠지만, 이젠 바로잡고 싶어요. 내가 원하는 건 당신 마음이니까요."

잠시 말을 멈춘 란은 곧은 시선으로 이현을 바라봤다.

"그리고 꼭 가질 거예요. 알죠? 나 갖고 싶은 건 가져야 직성이 풀리는 사람이란 거."

"노력해 봐. 그래도 안 되는 게 있다는 걸 알게 될 테지만."

냉정하게 뒤돌아선 이현은 그대로 문을 열고 밖으로 나가 버렸다. 방 안을 가득 채우던 뜨거운 열기는 사라진 지 이미 오래였다. 란은 씁쓸한 얼굴로 닫힌 문을 바라봤다.

"기죽지 마, 주란. 넌 원래 포기 같은 거 모르는 애잖아."

란의 갈색 눈이 더욱 다부지게 변했다. 아직은 포기하기엔 일렀다. 그리고 주란 사전에 포기란 없었다. 꼭 예전의 이현으로 다시 그를 돌려놓고 싶었다. 늘 한없이 자신에게 다정하던 이현으로.

란이 샤워를 하고 돌아오니 방 앞에서 메이드 아주머니가 대기를 하고 있었다.

"사모님 방을 옮겨 주라 말씀하셨습니다."

"누가요? 그 사람이요?"

"네. 따라오세요."

란은 아주머니를 뒤따라 2층으로 올라갔다. 2층엔 예전에 자신이 쓰던 방이 있었다. 그 방을 떠올리며 추억에 젖어 있는데 예전 자신의 방 앞에서 아주머니가 멈춰 섰다.

"앞으로 이 방을 쓰시랍니다."

고개 숙여 말한 아주머니는 조용히 물러났다. 혼자 남겨진 란은 살짝 떨리는 시선으로 자신의 방을 바라봤다. 천천히 손잡이를 돌려 문을 열자 예전 자신의 방과 똑같이 꾸며져 있는 내부가 눈에 들어왔다.

폭신해 보이는 핑크빛 원형 러그, 하얀색 화장대, 그 화장대와 세트인 커다란 침대와 옷장, 커다란 창문에 달려 있는 하얀 커튼까지 예전과 똑같았다.

란은 아버지가 돌아가시기 전까지 이 저택에서 살았었다. 아버지가 돌아가시고 사업이 점점 힘들어지고, 가세가 기울면서 제일 먼저 오빠가 처분한 곳이 바로 이 저택이었다. 추억이 많은 이곳을 떠나는 게 슬펐지만, 그땐 다른 방법이 없었다.

란은 천천히 걸음을 옮겨 화장대와 침대, 옷장을 찬찬히 살펴봤다. 새 가구라는 것만 다를 뿐 디자인은 거의 흡사했다. 어떻게 이걸 다 기억하고 있을까?

"방은 어때? 마음에 드나?"

그때 뒤쪽에서 익숙한 목소리가 들려왔다. 예전만큼 다정한 목소리가 아닌, 약간 건조한 이현의 목소리가.

"좋네요. 예전 내 방하고 똑같아요."

어찌 된 일이냐 묻지 않았다. 그저 덤덤한 시선으로 란은 그를 바라볼 뿐이었다.

"알잖아. 한 번 본 건 모조리 기억하는 내 머리."

알고 있었다. 이현은 사람들이 소위 천재라고 부르는 그런 부류의 인간이었다. 란의 아버지도 그런 이현의 능력을 알고, 집으로 데리고 온 것이었다. 어려운 계산도 계산기 없이 머리 하나로 척척 해내고, 한 번 들은 내용을 모조리 암기하는 이현을 중요한 일이 있을 때마다 항상 데리고 가던 아버지였다.

"그래도 똑같은 가구 구하기가 쉽지 않았을 텐데요."

"주문했어. 똑같이 그려서."

"왜요?"

그의 속내가 궁금해졌다. 아무리 읽으려고 애써도 그의 검은 눈에서 감정이 읽히지가 않았다.

"그래야 더 비참할 테니까. 똑같은 집, 똑같은 방, 모든 게 다 똑같지만 네 처지는 전혀 다르지."

"그럴 거면 저 방에 계속 두지 그랬어요? 왜요? 그 방에서 비참해하던 당신과 다르게 내가 너무 밝아서 짜증났어요?"

정곡을 찌른 듯했다. 그의 검은 눈이 세차게 일렁거렸다.

"그래. 짜증났어. 내가 보고 싶은 네 모습은 그런 게 아니었으니까."

"내가 아팠으면 좋겠어요?"

란은 붉은 입술을 달싹여 차분하게 물었다.

"그래."

"그 감정이 증오라고 생각하죠?"

란은 몸을 빙그르르 돌려 꼿꼿한 자세로 이현을 올려다보았다. 그는 고집스러운 얼굴로 입을 굳게 다물고 있었다.

"그런데 그거 알아요? 증오와 사랑은 같은 말이라는 거."

이현의 잘생긴 얼굴이 일그러졌다. 단숨에 란의 곁으로 다가온 그는 두 팔로 그녀를 가두었다.

"착각하지 마. 너 같은 여자 다시 사랑하는 일 따위 없을 거니까."

그의 뒤틀린 마음이 느껴졌다. 그게 란은 너무 마음 아팠다. 이현을 이렇게 만든 사람이 바로 자신이었으니까. 란은 손을 들어 그의 뺨을 따뜻하게 매만졌다. 상처받은 이현의 마음을 어루만지고 싶었다.

"치워."

하지만 이현은 거칠게 그녀의 손을 밀쳐냈다. 신경질적인 걸음으로 방을 벗어나는 이현을 란은 서글픈 눈으로 바라봤다. 자신에게 상처를 주면서 정작 본인이 더 아파하는 것 같았다.

"차라리 독하기라도 하지."

약한 이현의 마음이 훤히 보여 란은 더욱 마음이 아팠다.

✝

주방에 들어온 이현은 냉장고를 열어 맥주를 꺼냈다. 찬기가 어린 맥주 캔을 따 단숨에 들이켰다. 그래도 답답한 속은 나아질 생각을 하지 않았다.

"젠장."

욕지거리가 치솟았다. 란의 앞에 서면 감정 조절이 되지 않았다. 자신의 모든 신경을 란이 앗아 간다. 자꾸만 그녀에게만 시선이 집중되었다. 보지 않으려고 해도 그럴 수가 없었다. 그녀가 자꾸 궁금해 견딜 수가 없다. 이래선 예전과 달라진 게 없다. 그녀가 좋아서 안달 나 하던 철부지 소년과 하나도 다를 것이 없었다.

지이잉, 지이잉.

이현의 주머니의 있던 휴대폰이 애달프게 울어 댔다. 그는 신경질적인 손길로 주머니에서 휴대폰을 꺼냈다.

액정에는 '인후' 라는 두 글자가 떠 있었다. 그는 자신의 오랜 친구이자 일을 도와주고 있는 이였다. 이현은 퉁명스러운 목소리로 전화를 받았다.

"왜?"

— 목소리가 어찌하여 이렇게 또 까칠하실까?

매사 참 긍정적인 녀석이었다. 웃음기 어린 인후의 물음에 이현은 살짝 인상을 찌푸렸다.

"뭐가?"

— 그냥 전화했어. 우리 아름다운 제수씨는 잘 계시지?

결혼식장에서 란을 본 이후 늘 그녀를 저렇게 부르는 인후였다. 그런 인후의 말에 이현의 얼굴은 더욱 구겨졌다.

"그렇게 말하지 말랬지."

— 알았어, 인마. 나한테까지 질투하냐? 제수씨 어디 밖에라도 맘 편하게 나가겠어? 독점욕 넘치는 남편을 둬서.

"최인후."

— 알았다고. 까칠하게 굴지 마.

"할 말 없으면 끊어."

— 왜? 설마 내가 뜨거운 시간 방해한 거냐?

더 화를 내기도 지쳤다.

"그만 끊어."

— 알았어. 미안하다.

키득거리는 인후의 웃음소리를 들으며 이현은 짜증난 얼굴로 전화를 끊었다. 그러고는 다시 식탁 위에 내려놓은 맥주를 마셨다. 하지만 타는 듯한 갈증도 란을 향한 감정도 하나도 해갈되지 않고 있었다.

3

세탁실은 어느새 홈패션 강의실로 변해 있었다. 꽤 열성적으로 가르침을 받는 아주머니들의 열정에 란도 신나 하며 가르쳤다. 그 보답으로 아주머니들이 요리에 소질이 없는 란을 가르쳐 주기 시작했다.

"와, 이거 봐요. 이번엔 모양이 제대로 나왔죠?"

자신에게 김밥 싸는 법을 알려 주던 한 씨 아주머니에게 란이 환하게 웃는 얼굴로 물었다.

"그러네요, 사모님. 성공이에요."

"이 성공을 위해 수없이 많은 실패가 있었지만요."

자신 앞에 놓인 가지각색의 모양을 가진 김밥을 가리키며 란은 나지막이 한숨을 내쉬었다.

"그래도 성공했으니까."

그렇게 말하면서 란은 슬쩍 시계를 바라봤다.

"지금 가면 늦지는 않겠네요. 오늘은 다녀와서 커튼 만드는 거 알려 드릴게요."

"네, 사모님."

란은 정성 들여 김밥을 썰어 도시락을 쌌다. 점심시간 전에 호텔로 가 이현에게 줄 생각이었다. 3단 도시락 한 칸엔 김밥을 넣고, 다른 칸엔 아주머니들이 싸 주신 밑반찬을, 그리고 제일 위 칸엔 먹음직스러운 과일을 담았다.

"다녀올게요."

아주머니들에게 인사를 하고 란은 씩씩한 얼굴로 집을 나섰다. 경호원과 함께 차를 타는 일도 이제는 자연스러워졌다.

이제 완연한 봄이 된 것 같았다. 따뜻한 햇살을 직접 느끼고 싶어, 란은 창문을 내렸다. 마을 입구에서 잠시 차가 멈춰 섰을 때 자전거를 타고 있는 여자아이와 그 자전거를 붙잡고 있는 남자아이의 모습이 보였다.

"놓지 마. 응? 절대 놓지 마, 오빠."

"알았어."

그렇게 대답하면서 남자아이는 슬쩍 자전거에서 손을 놓았다. 얼마 못 가 뒤를 돌아본 여자아이는 남자아이가 손을 놓은 걸 알고 그대로 넘어지고 말았다.

"손 놓으면 어떡해!"

"앞만 봐야지. 자전거 타면서 뒤돌아보는 거 아니야."

"치이. 혁이 오빠한테 배울래. 오빠는 친절하게 잘 가르쳐 주는데."

"뭐? 야. 내가 더 친절하게 잘 가르쳐 줄 수 있거든! 이렇게 좋은 선생님이 어디 있다고."

투덕거리는 두 아이의 모습이 사랑스러웠다. 마치 오래전 자신과 이현의 모습처럼 말이다.

란도 어렸을 땐 감정 표현에 솔직하지 못했었다. 자신을 좋아하는 이현의 마음을 뻔히 알면서도, 그 마음을 대놓고 표현하지 않는 그에게 자꾸만 심술이 났다. 그래서 일부러 이현을 질투하게 만들기 위해 다른 남자 이야기를 꺼내곤 했다.

어릴 때부터 집안끼리 친해 자주 드나들던 강윤의 이야기를 꺼낼 때면 어린 이현은 늘 초조한 표정을 지었다. 그 표정을 보는 게 좋아, 일부러 란은 더 짓궂게 굴었다. 그가 질투하는 게 느껴질 때마다 심장이 두근거렸기에.

멈췄던 차가 다시 출발을 했다. 그러면서 두 아이의 모습은 점점 멀어져 갔다. 자신의 추억이 멀어져 가는 것 같아 아쉬운 기분이 들어 란은 자신도 모르게 자꾸만 뒤를 돌아봤다. 그때 휴대폰 벨이 울렸다.

"여보세요."

액정에 뜬 그의 이름에 란은 반가운 얼굴로 전화를 받았다.

— 여기 오고 있다며?

퉁명스러운 이현의 목소리가 수화기를 통해 들려왔다. 란은 슬쩍 운전하고 있는 경호원을 쳐다봤다. 보고 하나만큼은 참으로 빨랐다. 란의 시선을 느꼈는지 경호원은 낮게 헛기침을 내뱉었다.

"서프라이즈가 안 되네요. 김밥 좀 만들어 봤어요. 아직 점심 전이죠?"

— 바빠. 그냥 오지 마.

"왜요? 약속 있어요?"

— 그래.

"그러면 그냥 놓고 갈게요. 나중에라도 먹어요."

— 됐어.

건조한 이현의 대답에 란은 나지막하게 한숨을 내뱉었다.

"이왕 출발한 거 가져다 놓을게요. 끊어요."

어차피 미운 말만 골라 할 게 뻔했다. 란은 전화를 끊고 옆에 놓인 찬합을 바라봤다. 맛있게 먹는 이현의 얼굴을 보고 싶었는 데. 하여튼 참으로 말 안 듣는 남편이었다. 이래서 남의 편, 남 의 편 하는 걸까.

란은 피식 웃으며 다시 차창 밖으로 시선을 돌렸다. 여전히 따뜻한 햇살을 받으며.

✝

텅 빈 이현의 사무실에 도시락을 내려놓고, 란은 아쉬운 얼굴 을 하고서는 호텔 로비로 내려왔다. 그때 누군가 란의 어깨를 붙잡았다. 그 손길에 놀라 뒤를 돌아보자 어두운 얼굴을 하고 서 있는 강윤의 모습이 보였다.

"오빠. 여기 웬일이야?"

"일이 있어서."

기운 없는 강윤의 대답에 란은 생긋 웃었다.

"맞선?"

란의 물음에 강윤은 당황한 표정을 지었다. 한때 란과 약혼 이야기까지 오갔던 남자였다, 강윤은. 하지만 란의 집이 망하자, 강윤의 집에선 안면을 싹 바꿨다. 언제 그런 이야기를 했냐는 듯이 도움을 요청하던 훈을 외면했다.

그렇지만 란은 차라리 잘됐다는 생각을 했다. 어차피 란은 강윤에게 마음이 없었다. 좋은 오빠이긴 했지만, 그 이상의 감정을 느낄 수가 없었던 것이다.

하지만 자신을 향한 강윤의 감정은 달랐다. 어릴 때부터 자신만을 봐 온 강윤의 지고지순한 마음을 란은 잘 알고 있었다. 좋은 오빠일 뿐이라며 여러 번 거절했지만, 강윤은 다른 곳을 볼 생각을 하지 않았다. 이젠 자신이 결혼을 해 버렸으니, 강윤도 포기할 수밖에 없을 것이다.

"너는 결혼했다며?"

쓸쓸한 얼굴로 묻는 강윤의 말에 란은 웃으며 고개를 끄덕였다.

"응."

"괜찮은 거야? 그 사람, 너희 호텔 망하게 한 사람이라던데."

이현의 탓이 아니었다. 이미 훈이 경영을 엉망으로 해 호텔 재정 상황이 안 좋은 지는 오래되었다. 차라리 이현 손에 호텔이 넘어간 게 다행이라면 다행이었다.

"응. 좋은 사람이야."

비록 지금은 마음을 닫고 있지만.

"오빠도 좋은 사람 만나야지. 맞선 잘 봐."

"모르겠어, 나는. 너도 알잖아. 내가 널 어떤 마음으로……."

그때 누군가 자신의 어깨를 감싸 안는 것이 느껴졌다. 자신을 보고 있던 강윤의 낯빛이 어두워졌다. 슬며시 뒤를 돌아보자, 매서운 눈길로 강윤을 보고 있는 이현의 모습이 보였다.

"그 고백, 꽤 흥미로운데 계속해 보시죠?"

두 남자 사이에 야릇한 긴장감이 번졌다. 한 점 물러남이 없는 시선으로 서로를 똑바로 응시하는 두 남자였다.

"고백은 무슨, 그런 거 아니에요. 오빠 맞선 잘 봐."

란은 황급히 이현의 팔을 잡아끌었다. 하지만 불붙은 두 남자는 그곳에서 움직일 생각을 하지 않았다.

"오빠 어서 가. 맞선 시간 늦겠다."

이현을 설득하는 것보단 강윤을 설득하는 게 더 쉽다 판단한 란은 재촉하는 눈빛으로 말했다. 머뭇거리는 얼굴로 서 있던 강윤은 주먹을 꽉 쥐고 뒤돌아섰다.

"우리도 가요. 그런데 당신 바쁘다고 그러지 않았어요?"

"왜? 오랜만에 만난 첫사랑과의 재회를 내가 방해해서 아쉬운가 보군."

이현의 매서운 검은 눈을 보며 란은 나지막하게 한숨을 내뱉었다.

"내 첫사랑은 다른 사람이었죠. 그 사람이 그걸 알지 모르겠
지만."

"지금 저 남자 말고 또 다른 남자가 있었다 말하는 건가?"

날카로운 그의 검은 눈에 란은 피식 웃음이 나왔다.

"질투하는 거예요? 기분 좋은데요?"

"그런 거 아니야."

딱딱하게 말한 이현이 뒤돌아섰다. 란은 재빨리 그의 곁으로
달려가 팔짱을 꼈다.

"같이 가요."

"팔 빼."

"왜요? 부부답고 좋은데."

란의 고운 하얀 얼굴에 해사한 미소가 번져 있었다. 그 미소
를 가늘게 뜬 눈으로 보던 이현은 통명스러운 얼굴로 입을 열었
다.

"내가 질투한다고 착각하지 마."

"질투하는 게 부끄러워요?"

"질투한 거 아니야."

"알았어요. 근데 바쁘다고 하지 않았어요?"

엘리베이터 앞에서 나란히 걸음을 멈춰 서서, 슬며시 그를 올
려 보며 란이 물었다.

"약속 취소됐어."

이현의 얼굴이 살짝 붉어 보이는 건 자신의 착각일까?

"다행이네요. 내가 만든 김밥 먹을 수 있어서."

"김밥 별로 안 좋아해."

때마침 도착한 엘리베이터에 올라타며 란은 조용히 이현을 바라봤다.

미운 말만 골라 하는 이현인데 왜 그런 그가 밉지 않을까?

어린아이처럼 툴툴거리는 그 모습이 이상하게 란의 가슴을 메이게 만들었다. 강한 척하고 있지만 이 남자, 어미에게 버림받은 작은 새가 떨고 있는 것같이 보였다. 그래서 덩치가 큰 이 남자가 한없이 작아 보이고, 가여워 보였다.

실제로 이현은 부모에게 버림받은 사람이었다. 술과 도박에 미친 이현의 아비는 란의 아버지에게 그를 팔아넘겼다. 부모에게 버림받았을 때 기분이 어떠했을까? 그 묵직한 상처를 상상하는 것만으로도 란은 숨이 막히는 것 같았다.

"팔 빼라니까."

위로하듯 더욱 강하게 붙잡는 란의 손길에 이현은 또다시 퉁명스러운 목소리로 말했다.

"조금만 더 이렇게 있어요."

이현은 입을 굳게 다물고 아무런 말도 하지 않았다. 싫으면 직접 빼면 될 텐데 그러지 않는 이현을 보고 있자니, 자꾸만 웃음이 나왔다. 노력하면 분명 저 닫힌 마음이 열릴 것이다. 란은 그렇게 믿으며 따스한 시선으로 그를 바라봤다.

엘리베이터에서 내려, 폭신폭신한 고급 매트가 깔려 있는 복도로 걸어 나갔다. 고풍스러운 그림들이 걸려 있는 벽면을 보며 란은 잠시 걸음을 멈춰 섰다.

"그림 좋아해요?"

예전엔 없었던 그림들을 가리키며 란은 호기심이 가득 담긴 눈으로 물었다.

"안 좋아해. 고상해 보이려고 걸어 둔 거야. 밑바닥 출신이라고 사람들이 무시하는 게 싫어서."

솔직한 이현의 대답에 란은 따뜻한 시선으로 그를 바라봤다.

"이런 거 없어도 충분히 고상해 보이고, 카리스마 넘쳐 보여요."

"됐어. 그런 공치사 따위."

슬그머니 란에게 잡힌 팔을 빼내며 이현은 먼저 걸음을 옮겼다. 분명 쑥스러운 걸 숨기기 위함일 것이다. 란은 여전히 따뜻한 시선으로 그를 보며, 뒤따라 걸음을 옮겼다.

"오셨어요."

사무실에 들어오는 이현과 란을 향해 예쁘게 생긴 여비서가 공손히 고개를 숙이며 말했다.

"그래. 점심시간이니 나가서 먹고 오도록 해."

"네."

비서는 정중히 인사하고 사무실 밖으로 나갔다.

"비서예요?"

"그래."

"왜 이렇게 예뻐요? 몇 살이에요? 결혼은 했대요? 아니면 애인은 있대요?"

테이블 앞 소파에 앉는 이현을 향해 란은 바삐 질문을 던졌다. 이현은 한쪽 눈썹을 삐죽 올리며 그런 그녀를 바라봤다.

"뭐가 그렇게 궁금해?"

"모르겠어요?"

"뭘?"

"나 지금 질투하는 거잖아요, 저 여비서한테."

란은 화사하게 웃으며 그의 맞은편에 가서 앉았다.

"질투는 이렇게 하는 거예요. 나 잘하죠, 질투?"

조용히 란의 말을 듣던 이현은 소파에서 일어섰다. 저벅저벅 문 앞으로 걸어가는 그를 란은 당황한 얼굴로 바라봤다.

"어디 가요? 기분 나빴⋯⋯."

탁, 하고 사무실 문이 잠기는 소리가 란의 귓가에 크게 울렸다.

"문은 왜?"

문을 잠근 이현은 뒤돌아서서 천천히 란을 향해 걸음을 옮겼다. 뜨거운 숨결이 느껴질 정도로 가까운 곳에 그의 얼굴이 닿았다. 특히 입술은 거의 맞닿을 정도로 가까이 와 닿아 있었다. 그가 풍기는 기묘한 섹시한 분위기에 란은 숨조차 제대로 내쉴 수가 없었다.

"내 방식의 질투를 보여 주지."

커다란 그의 손이 뒷머리에 와 닿더니, 순식간에 그녀의 얼굴을 자신의 얼굴 더 가까이로 끌고 왔다. 그러면서 자연스레 그의 뜨거운 입술과 란의 입술이 맞닿았다.

"하."

놀라 입을 벌리는 틈을 놓치지 않고, 그의 혀가 거칠게 입 안을 파고들었다. 지독한 소유욕이 느껴지는 키스였다. 그녀의 입 안 곳곳을 헤집고 다니는 뜨거운 혀의 열기에 란의 몸은 녹아내리고 있었다.

거친 호흡과, 입술과 입술이 부딪치는 색스러운 소리가 조용한 사무실 안에 퍼져 나갔다. 그의 손길이 닿아 있는 머리카락이 그의 입술이 스쳐 지나가는 모든 곳이 뜨겁게 타올랐다. 여기가 사무실이라는 사실조차 잊게 만들 정도로 그의 키스는 뜨거웠고, 섹시했다.

그의 손길에 그녀가 입고 있던 베이지색 코트는 벗겨지고 있었다. 그걸 인식하고 있음에도 불구하고 란은 그의 손을 만류하지 못했다. 뜨거운 이 손길을 더 느끼고 싶었다.

그녀의 바람대로 이현의 손은 멈추지 않고 움직였다. 민트빛 니트를 벗겨 버리고, 단숨에 브래지어 후크까지 풀어 버리는 그 손짓에 란의 하얗고 투명한 육체는 밝은 빛을 내는 화려한 전등 아래 남김없이 드러나고 있었다.

값비싼 검은 가죽 소파 위에 란을 그대로 눕히고 이현은 그녀의 하얀 목덜미에 입술을 덮었다. 이현의 두 손이 가슴을 가리는 그녀의 두 팔을 붙잡았다. 훤히 드러난 풍만한 젖가슴으로 입술은 점점 더 내려왔다.

란이 숨을 헐떡일 때마다 가슴이 오르락내리락 출렁거렸다. 그 정점에 위치한 분홍빛 젖꼭지를 이현은 거침없이 입술로 물었다.

"흡!"

신음이 터져 나오려는 걸 란은 간신히 참았다. 이곳이 직원이면 누구나 올 수 있는 사무실이라는 걸 떠올리며 붉은 입술을 악물었다. 그러지 않으면 그대로 신음성이 터져 나올 것만 같았다.

그의 입술과 혀가 바삐 움직이는 젖가슴은 이미 타액으로 번들거리고 시작했고, 분홍빛 젖꼭지는 점점 더 단단해지며 부풀어 올랐다.

그가 선사하는 진한 쾌락에 아랫배가 당겨오고, 발가락 끝에 잔뜩 힘이 들어갔다. 저절로 몸이 꼬여 견딜 수가 없었다. 차라리 시원하게 신음이라도 내지를 수 있으면 견딜 수 있을 것 같았다. 란은 그의 뜨거운 애무에 여린 몸을 연신 파닥였다.

하지만 그럴수록 그의 애무는 점점 더 강해졌다. 그녀의 양쪽 젖가슴을 힘껏 붙잡으며, 그의 입술은 아까보다 더욱 세차게 그녀의 분홍빛 젖꼭지를 유린했다. 란은 그의 비싼 슈트 상의를 꽉 움켜잡으며 그가 선사하는 뜨거운 열기를 받아들이고 있었다.

온몸이 붕 떠올랐다. 높이 솟구쳤다, 떨어져 내리는 놀이기구를 타는 듯한 아찔한 쾌감에 란은 더욱 애처로운 손길로 그의 단단한 등을 붙잡았다. 지금 이 순간 그의 등만이 그녀의 든든한 안전벨트였다.

하지만 쾌락을 선사하는 이현의 손길에 자비는 없었다. 한쪽 젖꼭지엔 연신 뜨거운 숨결을 토해 내면서, 다른 젖꼭지엔 손톱을 단단히 세워 살살 긁으며 그녀를 자극해 나갔다. 정말 미칠 것만 같았다.

"하읏!"

자신도 모르게 새어 나간 큰 신음에 놀라며 란은 서둘러 손을 들어 입을 틀어막았다. 읍, 읍 하는 신음들이 손 밖으로 새어 나가지 못하고 다시 그녀에게 돌아왔다. 그녀가 얼마나 힘들게 신음을 참아 내고 있는지 뻔히 보면서도 이현의 손길은 멈추지 않았다.

그녀의 긴 치마를 둘둘 말아 올린 이현은 그녀가 신고 있던 스타킹을 찢듯이 벗겨 냈다. 그러고는 이미 애액으로 흠뻑 젖은 검은 수풀이 모습을 드러내고 있는 팬티 위에 기다란 손가락을 가져다댔다.

머릿속이 어지러웠다. 쿵쿵거리는 심장 소리와 다시 되돌아오는 가냘픈 자신의 신음에 귀가 울렸다. 그 와중에 팬티 사이를 비집고 오는 서늘한 손가락의 촉감은 왜 이리 생생히 전달되는지.

갈라진 틈 사이를 훑고 지나가는 색기 어린 손짓에 란의 허리가 튕겨져 올라왔다. 찌걱찌걱, 자신의 여성에서 나는 소리라고 믿겨지지 않는 야한 소리에 란의 얼굴은 더욱 달아올랐다.

그럼에도 불구하고 그가 그 손짓을 멈출까 두려웠다. 이 뜨겁고 짙은 쾌락이 멈추지 않았으면 좋겠다. 그의 손가락이 더 쉽게 움직일 수 있도록 란은 다리를 활짝 벌렸다. 그 틈을 놓치지 않고, 손가락은 단숨에 위로 올라와 붉은 클리토리스를 점령해 나갔다.

"읏! 으읏!"

더욱 세차게 입을 틀어막음에도 불구하고 드높아지는 신음성을 잠재우기가 힘들었다. 온몸의 감각이 그의 손가락 끝에 집중이 되어 있었다. 그걸 눈치챈 그가 지독히도 섹시하고, 매력적인 미소를 지으며 손가락 끝에 더욱 힘을 주었다.

빙그르르, 빠르게 빠르게 클리토리스 주변을 도는 그 손길에 란의 머릿속도 세차게 빙빙 돌아가기 시작했다. 자신이 탑승한 위험한 놀이기구는 어느새 절정을 향해 나아가고 있었다.

"아, 아. 안 돼요."

란은 더 이상 참기 힘든 쾌락에 자신의 클리토리스에 와 닿아 있는 그의 손을 꽉 움켜잡았다. 더는 견딜 수가 없었다. 란은 땀에 흠뻑 젖은 머리를 연신 내저었다. 이대로 더했다간 사무실이 떠나가도록 소리를 내지르고 말 것이다. 그만큼 이 뜨거운 쾌락은 받아들이기가 힘들었다.

하지만 이현은 전혀 양보할 생각이 없는 듯했다. 란에게 손을 붙잡혔음에도 불구하고 그 채로 그녀의 클리토리스를 자극했다.

"하앗!"

고혹적인 높은 교성이 그녀의 입에서 흘러나왔다. 주르륵, 그녀의 여성에선 아까보다 훨씬 더 많은 애액이 흘러내리고 있었다. 예민해질 대로 예민한 몸이 그의 손길에 더는 버티지 못하고, 절정에 다다랐다.

"내 질투의 끝을 보여 주고 싶지만, 곧 비서가 돌아올 테니 여기서 멈춰야겠군. 나머진 집에서 보여 주지."

아직 강한 절정의 여운에서 떨고 있는 란의 몸을 일으키며 그녀의 귓가에 이현이 나지막하게 속삭였다. 란은 이유를 알 수 없는 아쉬운 기분에 떨리는 시선으로 그를 바라봤다.

"그만 가 봐. 이건 내가 나중에 먹도록 하지."

채 펼치지도 못한 도시락을 가리키며 이현은 다시 본연의 건조한 목소리로 돌아와 말했다. 란은 여전히 달아오른 얼굴로 서둘러 벗겨진 자신의 옷들을 찾아 입었다. 이미 찢겨진 스타킹은 어찌할 수 없었지만, 길게 내려오는 치마를 입어서 다행이었다.

"갈게요. 김밥 맛있게 먹어요."

"그래."

뜨거운 열기를 내뿜던 남자는 사라졌다. 여전히 냉정을 되찾지 못한 자신과 다르게 이현의 얼굴은 너무나 평온했다. 란은 사뿐히 몸을 일으켜 그의 사무실 밖으로 나갔다. 그의 애무에 이성을 잃은 자신이 조금 부끄러웠다. 그런데 그 손길이 닿을 땐 자제가 되지 않았다. 마치 자신 안의 다른 누군가가 깨어나는 듯한 그런 기분이 들었다.

"엄청 경험이 많은 거 아니야?"

능숙한 이현의 손길을 떠올리며 란이 뾰로통한 목소리로 중얼거렸다. 질투가 치솟는 건 어쩔 수가 없었다. 때마침 도착한 엘리베이터에 올라타며 란은 복잡한 얼굴로 이현의 사무실을 바라봤다.

✝

란이 사무실 밖으로 사라지고 난 뒤 이현은 갑갑한 기분이 들어 목을 꽉 죄고 있는 와이셔츠 단추 하나를 풀었다. 그럼에도 불구하고 여전히 숨을 쉬기 힘들게 하는 통증은 가시지 않았다. 그 통증의 이름은 바로 욕망이었다.

사무실 안에 위치한 화장실에 들어가 신경질적인 손길로 세면대 물을 틀어 세수도 했지만, 뜨거운 욕망은 쉬이 가라앉을 생각을 하지 않았다.

정말 위험했다. 하마터면 이곳에서 란을 안을 뻔했다. 처음 문을 잠갔을 때는 가볍게 키스만 하고 끝낼 생각이었다. 하지만 도저히 키스에서 멈출 수가 없었다. 뜨거운 열기를 내뿜는 란을 당장 안고 싶어 미칠 것만 같았다.

"하. 정말 미쳤군."

신경질적으로 젖은 머리를 넘기며 이현은 화장실 밖으로 나왔다. 테이블 위에 덩그러니 놓인 도시락을 향해 이현은 천천히 걸어갔다. 풀어 놓고 보니 꽤나 푸짐했다. 김밥과 여러 가지 함께 먹을 반찬, 그리고 과일까지 찬찬히 살펴보며 이현은 젓가락을 들어 김밥을 먹었다.

"별로 맛은 없네."

하긴 지금은 뭘 가져다줘도 다 맛이 없을 것 같다. 그가 먹고 싶은 것은 이런 게 아니었다. 투명하도록 하얀 살결의 아름다운 란의 몸이 머릿속에 떠올랐다. 방금 그녀를 안을 뻔한 그 소파를 이현은 욕망에 가득 타오르는 눈으로 바라봤다.

여기서 란에게 그러는 것이 아니었다. 이제 저 소파만 보면 란이 떠오를 것 같았다. 가뜩이나 툭하면 머릿속을 비집고 들어오는 그녀가 짜증이 나는데, 이제는 더 심하게 그럴 것 같았다. 이현은 인상을 잔뜩 쓰며 란이 같이 싸 온 국을 마셨다.

"아, 뜨거워!"

소파를 보며 또다시 란을 떠올리다가 뜨거운 국을 단숨에 삼켜 버리고 말았다. 그런 스스로가 너무 한심해 이현은 무거운 한숨을 내뱉었다.

당장 집으로 돌아가 다시 란을 안고 싶었다. 그러면 이 미칠 듯한 욕망이 좀 잠재워질까. 어차피 그녀를 향한 자신의 감정은 욕망일 뿐이었다. 아름다운 육체를 향한 욕망. 언젠가 그 육체에도 질리는 날이 오겠지.

란을 향한 자신의 감정을 애써 그런 식으로 단정 지으며 그녀가 앉았던 그 소파를 보지 않도록 노력했다. 대충 바쁜 일만 마무리 짓고 집에 돌아가야겠다, 생각을 하면서.

4

자꾸만 책상 위에 놓인 시계로 시선이 돌아갔다. 결재할 서류들은 많은데, 이현은 좀처럼 일에 집중이 되지 않았다. 오늘따라 시간은 왜 이렇게 천천히 흐르는 걸까. 무심코 란이 앉아 있던 소파로 눈을 돌린 이현은 그곳에서 자신에게 유혹의 손짓을 보내는 그녀를 발견했다.

긴 다리를 꼬고 앉아 생긋 웃으며 손짓하는 란의 모습에 이현은 들고 있던 만년필을 놓쳤다. 만년필이 책상 위로를 굴러 떨어지는 탁한 소리에 정신을 차린 이현은 다시 소파를 바라봤다. 방금 전까지 자신에게 미소 짓고 있던 란의 환영은 그 순간 사라졌다.

"여기서는 그러지 말았어야 했는데."

이현은 신경질적인 손길로 자신의 머리를 쓸어 넘겼다. 도저히 일에 집중을 할 수가 없었다. 그 순간 또다시 란의 환영이 나타나 자신의 어깨를 부드럽게 쓰다듬었다.

"젠장."

스스로가 한심해 견딜 수가 없었다. 하나둘씩 나타나기 시작한 란의 환영은 어느새 사무실 안을 가득 채우고 있었다. 이현은 벌떡 몸을 일으켜 머리를 휘휘 내저었다. 그 덕분에 사무실을 어지럽히던 란의 환영이 잠시 사라지는 듯했으나, 잠시 후 더 많은 환영이 사무실 안을 가득 메웠다.

이현은 신경질적인 손길로 옷걸이에 걸어 둔 슈트 상의를 입었다. 문을 열고 나오는 이현을 비서는 당황한 눈으로 바라봤다.

"무슨 일 생기셨습니까?"

"몸이 안 좋아. 오늘은 이만 퇴근해야겠어. 급한 거 위주로 정리해 둬. 내일 일찍 나와서 처리할 테니까."

딱딱한 목소리로 비서에게 말한 이현은 사무실 문을 열고 나갔다. 그런 이현의 눈에 막 자신의 사무실 쪽으로 걸어오고 있는 인후의 모습이 보였다.

"이야. 나 오는 거 알고 마중 나왔냐?"

자신을 보며 힘차게 손을 흔드는 인후의 모습을 이현은 짜증 섞인 눈빛으로 바라봤다.

"뭐야?"

"뭐긴 뭐야? 나 막 제주도 출장에서 돌아왔어. 너한테 보고해야지."

타이밍 한번 기가 막혔다.

"내일 듣자, 그 보고."

"당장 듣는 게 좋을걸. BAR에서 간단하게 술 한잔하면서 들을래? 제주도 호텔, 아주 문제가 많아. 맨정신에 못 쏟아 낼 지경이라고."

이현의 대답도 듣지 않고 인후는 엘리베이터 쪽으로 걸음을 옮기고 있었다. 문제가 많다는 그의 말에 이현은 어쩔 수 없이 인후를 따라나섰다.

호텔에 위치한 BAR에 들어선 두 사람은 제일 안쪽에 자리를 잡고 앉았다.

"비자금 횡령 목적으로 지어진 호텔이란 건 들었지만, 생각보다 심각해. 모든 게 다 수준 이하야. 서비스, 맛, 품질 다 떨어져. 아주 새로 싹 개조를 해야 할 것 같아."

주문한 위스키를 마시며 인후가 잔뜩 찡그린 얼굴로 보고를 시작했다.

"왜 그렇게 손님이 없는지 알겠더라고. 아주 엉망진창이야. 룸만 그럴싸하게 지어 놓으면 뭐해? 수준이 바닥인데."

"그 정도야?"

"그래. 차라리 없애는 게 낫지. 그대로 뒀다간 거기로 돈이 줄줄 새겠어. 일단 너도 한번 가 봐야 할 것 같아. 빼돌린 돈도 꽤 될 것 같은데. 그걸 눈감아 주냐?"

인후의 말에 이현은 비굴했던 훈의 얼굴을 떠올렸다. 그걸 눈감아 주는 조건으로 란을 이곳에 버려 둔 채 훈은 미국으로 도망쳤다.

어차피 이현이 이 호텔을 인수하면서 원한 것은 란뿐이었다. 기댈 곳 하나 없는 란, 그래서 그녀 스스로 자신에게 오도록 만들었다. 훈이 빼돌린 액수가 꽤 크다는 걸 알고 있었지만, 란을 가지기 위한 투자라 생각하고 이현은 군소리 없이 그 돈을 눈감아 주었다. 억만금을 들여서라도 갖고 싶고, 괴롭히고 싶은 여자였다, 주란은.

"됐어. 그 이야긴 그만해. 어차피 자금은 충분하니까 투자해서, 제주도 호텔 보수 작업하면 돼."

"그만큼 가치가 있는 여자야? 네가 지금까지 번 돈을 모두 다 쏟아부을 만큼?"

"뭐가 궁금한데?"

퉁명스러운 이현의 물음에 인후가 장난기 가득한 눈으로 그를 바라봤다.

"그 여자를 향한 네 감정."

"그런 거 없어. 감정 같은 거."

"없다고 말하면 없어지는 거냐?"

딱딱하게 굳은 이현의 얼굴을 보며 인후가 피식 웃었다.

"알았다. 이런 이야기 그만하고 술이나 마시자."

건배를 제안하는 인후의 손짓을 무시하고, 이현은 쓴 위스키를 단숨에 입 안에 털어 넣었다.

한때는 맹목적으로 란을 사랑한 적이 있었다. 그녀는 자신의 어미이자, 누이이자, 연인이자, 신(神)이었다. 하지만 그걸 무참하게 깨트린 것이 바로 란이었다. 아비에게 버림받았을 때보다 더 큰 상처였다. 자신을 믿지 못하는 란의 차가운 눈빛에 이현의 심장은 꼭꼭 얼어붙었다.

다른 사람들이 자신을 믿어 주지 않는 건 상관없었다. 그녀만 믿어 준다면 견딜 수 있을 것 같았다. 그런 이현의 마음을 짓밟고, 상처 주고, 비웃은 그 여자를 다시 마음에 품는 바보 같은 짓은 하고 싶지 않았다.

그런데 또다시 그녀가 자꾸만 마음을 두드린다. 자신을 믿는다며, 달콤한 미소를 흘리고 있었다.

"좀 천천히 마셔."

연거푸 술을 마시는 이현의 손을 인후가 붙잡았다. 이현은 그런 인후의 손을 뿌리치며 다시 술잔에 손을 뻗었다. 자신을 보며 따뜻하게 웃어 주던 어린 란의 얼굴이 눈앞에 떠올랐다. 그 미소에 홀려 간이고, 쓸개고 다 빼 주던 멍청했던 자신의 모습도 덩달아 떠올랐다. 눈앞에 떠오르는 어린 시절 잔상에 이현은 들고 있던 술잔을 내던졌다.

"정이현. 왜 그래?"

"나 먼저 간다."

이현은 비틀거리는 걸음으로 자리에서 일어섰다. 란에게 버림받고 뒤틀린 그의 마음처럼 세상이 온통 뒤틀려 보였다. 몇 걸음 못 가 주저앉는 이현의 곁으로 인후가 재빨리 뛰어왔다.

"안 되겠다. 술 좀 깨고 가, 인마."

이현을 부축해 일으키며 인후가 걱정이 가득 담긴 목소리로 말했다. 연달아 마신 독한 술에 이현은 어느새 의식을 반쯤 잃고 있었다.

"그 여자 이야기만 나오면 이성을 잃고, 이렇게 감정적으로 행동하면서. 아무 감정이 없다는 게 말이 되냐?"

이미 이현이 듣지 못하는 걸 알면서도 인후는 투덜투덜 잔소리를 늘어놓았다. 누가 봐도 알 수 있었다. 란을 향한 이현의 감정이 사랑이라는 것을. 차라리 사랑이라 인정을 하면 마음이 훨씬 편할 텐데. 이 멍청한 자식은 또다시 버림받는 게 두려워, 그 감정을 인정하지 않고 있었다.

"내버려 둘 수 없는 스타일이라니까."

비어 있는 호텔 VIP룸에 이현을 눕히며, 인후는 한숨 섞인 목소리로 중얼거렸다. 이를 악물며 이 자리까지 올라온 이현을 인후는 바로 곁에서 지켜봤다. 이제 그만 감정을 인정하고 편안해지면 좋으련만, 이렇게 자신을 몰아세우는 이현이 인후의 눈엔 그저 딱하게만 느껴졌다. 란이 이현을 구원해 줄 수 있을지 모른다고 생각했다. 이현은 인정하지 않았지만, 지금 그의 마음을 차지하고 있는 단 한 사람이 바로 그녀였으니까.

"괜찮은 여자 같기는 하던데."

결혼식장에서 봤던 아름답던 란의 모습을 떠올리며 인후는 나지막이 중얼거렸다.

아주머니들에게 커튼 만드는 법을 알려 주고, 잠시 방에서 쉬고 있는데 누군가 문을 두드렸다.

"들어오세요."

"사모님. 친구분이 찾아오셨는데요."

"친구요?"

자신을 찾아온 친구가 있다는 말에 란은 눈을 동그랗게 떴다. 호텔 사업이 기울자, 친구라고 부를 수 있는 대부분의 사람들과 연락이 끊겼던 란이었다. 그런데 친구가 자신을 찾아왔다니, 당황스러울 수밖에 없었다. 이현과 결혼한 건 소문이 나서 알겠지만, 여기 살고 있는 건 어떻게 알았을까?

누가 찾아온 건지 궁금해 란은 메이드를 따라나섰다. 그러자 거실 응접실을 서성이고 있는 늘씬한 누군가의 뒷모습이 란의 눈에 들어왔다.

"진아니, 너? 유진아?"

익숙한 뒷모습에 란이 환한 얼굴로 그녀의 이름을 불렀다. 어릴 때부터 고등학교 때까지 제일 친하게 지냈던 친구가 바로 진아였다. 진아가 영국으로 유학을 가고 나서는 연락이 뜸해지긴 했었지만, 그래도 계속해서 친분을 유지하고 있었다.

"란. 오랜만이야."

몸매가 훤히 드러나는 검은 가죽바지를 입고, 붉은색으로 염색한 머리를 휘날리며 뒤돌아서는 진아를 보며 란은 눈을 동그랗게 떴다.

"넌 여전하구나."

"사람 쉽게 안 변하거든. 그러는 넌 더 예뻐졌다. 나한테 연락도 없이 결혼하더니 좋아?"

170cm가 넘는 큰 키를 가진 진아는 란의 곁으로 다가와 그녀를 슬그머니 내려다보며 물었다.

"미안. 워낙 정신없게 한 결혼이라. 그런데 나 여기 사는 거 어떻게 알았어?"

"나 유진아야. 그 정도 알아내는 건 쉽지."

하긴 엄청난 정보력을 가지고 있는 진아네 집안을 생각하면, 이 정도 알아내는 건 일도 아니었다. 대한민국 외식업계에 가장 큰손이 바로 진아의 어머니였다.

"일단 방으로 올라가자."

일하는 사람들의 시선을 느끼며, 란이 진아의 손을 붙잡고 이끌었다.

"뭐야? 이 방 예전에 네 방이잖아?"

란의 방에 들어선 진아가 놀란 눈으로 방을 둘러보며 말했다.

"기억하네."

"당연하지. 툭하면 놀러 왔었는데. 그런데 어떻게 된 거야?"

"워낙 기억력 좋은 남편을 둬서."

"남편이 선물한 거야? 결혼 기념으로? 낭만 있네, 그 남자. 그니까 그 남자가 그 남자 맞지? 네 첫사랑. 여기서 일하던."

란의 연애사가 궁금한 듯 진아가 눈을 반짝이며 물어 왔다. 그녀가 생각하는 것처럼 이 방을 선물한 의미가 로맨틱하지 않았지만, 그래도 이현을 기억해 주는 게 고마워 란은 웃으면서 고개를 끄덕였다.

"맞아. 기억하고 있었네."

"잡지에서 얼굴 보는 순간 딱 기억나더라고. 그런데 어떻게 그렇게 성공했대?"

"모르겠어, 나도."

"그래도 로맨틱하다. 성공해서 돌아온 첫사랑이 호텔도 구해 주고."

란은 씁쓸한 미소를 지었다. 그런 란의 표정을 캐치해 낸 진아는 날카로운 눈빛으로 그녀를 바라봤다.

"그런 거 아니야? 그 남자가 혹시 너 괴롭혀? 사실 엄청 안 좋게 끝났었잖아, 그 남자랑. 너 울고불고했던 거 기억나는데."

그때 란이 유일하게 속사정을 모두 털어놓은 상대가 바로 진아였다. 그때 일을 떠올린 진아가 걱정스러운 눈빛으로 란의 곁을 서성였다.

"그 남자, 유치하게 복수니 뭐니 하면서 너랑 결혼한 거 아니지? 결혼해서 곁에 두고 괴롭혀 주겠어. 이런 마인드. 아닐 거야. 응? 그렇지?"

정곡을 찌르는 진아의 말에 란은 웃음을 터트렸다.

"아마도 그거 맞는 것 같은데?"

"뭐야? 그런데 너는 왜 이렇게 해맑아?"

"어찌 됐든 그 사람이잖아. 그 사람이 다시 돌아왔잖아."

"주란. 너 여전하구나."

"네 말대로 사람 쉽게 바뀌는 거 아니니까. 물론 그 남자는 많이 변했지만."

차가운 이현의 얼굴을 떠올리며 란이 조금은 씁쓸한 얼굴로 말했다.

"아예 아무렇지 않은 건 아닌 모양이구나?"

"그냥. 그 사람 그렇게 만든 사람이 나라는 게 마음 아파."

"별수 없는 선택이었잖아. 덕분에 그이는 이렇게 성공했고."

이현이 바란 건 이런 성공이 아닐지도 모른다. 아비에게 버림받고, 상처투성이인 마음을 어루만져 줄 단 한 사람. 자신의 처지가 어떠하든 믿어 주고, 손을 꼭 잡아 줄 한 사람, 딱 그 한 사람만을 원한 이현의 마음을 누구보다 란이 잘 알고 있었다.

이유가 어찌 되었든 그 손을 놓아 버린 건 란 자신이었다. 그건 아마도 아비에게 버림받은 것보다 더 큰 상처였을 것이다.

"벌받고 있는 거라고 생각해. 내가 상처 준 만큼."

"차라리 다 털어놓지 그랬어."

"들으려고도 안 해. 마음도, 귀도 꽁꽁 닫고 있어서."

진아는 마음에 안 든다는 듯이 코끝을 살짝 찡그렸다.

"그런데도 넌 그 남자가 좋아?"

진아의 물음에 란은 웃으면서 고개를 끄덕였다.

"좋아. 이렇게라도 곁에 있는 게."

"그 멍청한 남자가 얼른 깨달아야 할 텐데 말이야. 하필 왜 그런 남자를 좋아해?"

란은 말없이 미소 지었다. 그런 란을 보며 진아는 나지막하게 한숨을 내뱉었다.

"하긴 남 말 할 처지가 아니지. 15년 가까이 한 남자만 짝사랑하고 있는 내가 누구한테 훈계하니, 지금?"

진아의 말에 란은 낮에 봤던 강윤을 떠올렸다. 진아가 오랫동안 마음에 품고 있는 남자가 바로 강윤이었다. 그래서 란은 늘 진아에게 미안했다. 자신을 향한 강윤의 마음을 알기에.

"미안해."

"네가 왜 미안해? 서강윤 지 혼자 좋아서 날뛰는 게 네 탓은 아니잖아."

"아직도 강윤 오빠 좋아하지?"

란을 좋아하는 강윤을 옆에서 보기 괴로워서 선택한 유학이었다. 그런 진아를 잘 알기에 란은 그녀의 눈치를 살피며 물었다.

"그러게. 우리는 도대체 왜 이렇게 생겨 먹은 거니? 생긴 건 이렇게 쭉쭉빵빵, 예쁜데. 마음은 왜 이렇게 멍청해?"

진아 특유의 화끈한 화법을 듣고 있자니, 그녀가 눈앞에 있는 게 실감이 났다. 그리웠다. 뭐든지 다 털어놓을 수 있는 자신의 친구가 얼마나 그리웠는지 모른다.

"한국엔 아예 돌아온 거야?"

"응. 나 말이야. 서강윤이랑 결혼할 거야."

"정말?"

"그래. 물론 그 인간은 아직 모르지만. 집안끼린 꽤 이야기가 진척이 되었어."

"잘됐다. 정말 축하해."

"축하할 일은 아니야. 나 오늘 바람맞았어. 깜짝 놀라게 해 주려고 비밀로 하고 맞선 자리 주선했는데. 그 인간, 안 나왔 다."

진아의 말에 낮에 호텔에서 만났던 강윤의 모습을 떠올렸다. 그 맞선 상대가 진아였다니. 란은 꿈에도 몰랐다.

"괜찮아, 넌?"

"괜찮아. 아니, 사실은 안 괜찮아. 자존심 상해 죽겠어. 그런 데 이 멍청한 자존심이 서강윤 앞에선 한없이 작아진다는 게 문 제야."

란은 진아의 하얀 손을 붙잡아 토닥였다.

"잘될 거야. 오빠도 분명 널 사랑하게 될 거야."

"꼭 그렇게 만들 거야. 15년, 그 긴 시간이 아까워서라도."

씩씩한 진아를 보고 있자니, 란 역시 절로 힘이 났다. 넘치는 진아의 파워가 자신에게도 전달되는 느낌이었다.

"앞으로 자주 보자, 친구."

"그래. 란이 네가 참 그리웠어."

둘은 서로를 따뜻하게 끌어안았다. 서로를 위로하면서.

✝

저녁까지 먹고 긴 시간 수다를 떨다가, 진아는 집으로 돌아갔 다. 또다시 홀로 남겨진 란은 벽에 걸린 시계를 들여다보았다.

벌써 밤 10시가 넘어가고 있음에도 불구하고 이현은 집에 올 생각을 하지 않았다. 일이 그렇게 많은 걸까?

카디건을 걸치고, 정원으로 나온 란은 천천히 정원을 서성였다. 기분이 좋아지는 나무 냄새를 맡으며 예전에 이현과 자주 함께 시간을 보내던 벚나무 아래로 란은 걸음을 옮겼다. 벚꽃이 휘날리던 봄날, 이곳에서 자신에게 수줍게 입을 맞추던 이현을 떠올리며 란은 아련한 미소를 지었다.

할 수만 있다면 그때로 다시 돌아가고 싶다. 이현의 눈빛이 한없이 다정하고, 그의 손길이 한없이 따뜻했던 그 시절이 란은 너무나 그리웠다. 한참을 벚나무 아래서 서성이던 란은 정원 안쪽으로 걸음을 옮겼다.

둘이 함께 심었던 느티나무도 어느새 많이 자라 있었다. 작았던 묘목이 이렇게 커 버릴 정도로 긴 세월이 흘렀다는 걸 실감하며 란은 부드러운 손길로 나무를 쓰다듬었다.

갑자기 이현이 너무 보고 싶었다. 커 버린 느티나무를 보니 그를 못 본 채 흘려보낸 시간이 아깝게 느껴졌다. 란은 주머니에서 전화를 꺼내 단축번호 1번을 길게 꾹 눌렀다. 무미건조한 이현답게 단조로운 전화벨이 흘러나왔다.

— 오, 혹시 제수씨?

하지만 수화기를 통해 흘러나오는 목소리는 처음 듣는 낯선 목소리였다. 톤이 조금 높은 남자 목소리에 란은 살짝 당황하며 입을 열었다.

"누구시죠?"

— 맞죠. 제수씨? 아, 저는 잘 모르실 거예요. 결혼식장에서 한 번 보긴 했는데. 그것도 저만 멀리서 본 거라, 하하.

몇 년은 알고 지낸 사이처럼 친근하게 구는 남자의 태도에 란은 이마를 긁적였다.

"그런데 저희 남편은?"

— 아, 이 자식 지금 뻗었어요. 술을 엄청 마시고는 녹다운. 그래서 제가 이 황금 같은 시간에 집에도 못 가고 이 녀석 옆에 붙어 있는 중이랍니다. 그래도 제수씨한테 전화가 와서 다행이에요. 전화 걸려고 해도 비밀번호를 알 수가 있어야죠.

"거기가 어딘데요?"

— 여기 호텔입니다. 비어 있는 VIP룸에 고이 눕혀 놓았어요. 2012호로 지금 당장 날아오세요, 제수씨. 전 제수씨만 믿고 갑니다.

말끝마다 제수씨라 란을 부르던 남자의 목소리 톤은 끝까지 경쾌했다. 란은 끊어진 전화를 잠시 멍하게 보다가, 서둘러 집 안으로 들어갔다. 도대체 술을 얼마나 마셨기에 의식을 잃었단 말인가. 치솟는 걱정에 란의 몸놀림은 더욱 빨라지고 있었다.

5

귀찮게만 여기던 경호원이 이럴 땐 도움이 많이 되었다. 자연스레 자신을 따라나서는 경호원을 보며 란은 미안한 얼굴로 입을 열었다.

"쉬어야 할 텐데 미안해요. 호텔로 빨리 가 주실 수 있죠?"

"네, 알겠습니다."

차는 단숨에 호텔에 내달렸다. 경호원에게 감사 인사를 전한 란은 재빨리 호텔 안으로 들어갔다. 지배인의 안내에 따라 2012호 앞에 선 란은 천천히 문을 열고 안으로 들어갔다. 넓고 화려한 거실을 지나 안쪽 침실로 들어가자, 술에 취해 잠들어 있는 이현의 모습이 보였다. 란은 집에서 챙겨 온 꿀물을 고풍스러운 협탁 위에 올려 두고, 침대 옆 의자에 가서 앉았다.

술을 꽤 많이 마셨는지, 잠이 든 이현의 호흡이 거칠었다. 란은 손을 뻗어 헝클어진 이현의 검은 머리카락을 쓰다듬었다. 무슨 괴로운 꿈을 꾸는 걸까? 이현의 얼굴이 고통스럽게 일그러졌다.

"괜찮아요. 그저 꿈일 뿐이에요."

이현이 자신의 목소리를 들을 수 없다는 걸 알면서도 란은 계속해서 같은 말을 내뱉으며 그의 머리를 다정히 쓰다듬었다. 다행히 괴로워하던 이현의 얼굴이 점점 편안해지고 있었다.

이 남자는 꿈마저도 괴로운가 보다. 힘겨웠던 이현의 삶을 알기에 란은 마음이 더 아팠다. 할 수만 있다면 자신이 꿈속으로 들어가 그를 괴롭히는 모든 것을 사라지게 만들고 싶었다. 적어도 그 꿈에서만이라도 편안할 수 있도록.

✝

고된 일을 마치고 방으로 돌아온 이현은 책을 꺼내 들고 공부를 하고 있었다. 중학교까지는 졸업할 수 있었지만, 일이 많아져 고등학교까지는 갈 수가 없었다. 그래서 일이 끝나고 난 후, 틈틈이 검정고시 준비를 하고 있었다. 그때 누군가 문을 두드렸다.

"이현아."

문을 열어 보니 자신을 란의 집에 소개해 준 김 씨 아저씨가 어두운 얼굴을 하고 서 있었다.

"무슨 일이에요, 아저씨?"

"네 아빠가……."

울음 섞인 목소리로 내뱉는 김 씨 아저씨의 말에 이현은 그 다음 말을 직감할 수 있었다.

"사고로 그만 목숨을 잃었다는구나."

눈물도 나지 않았다. 이현은 그저 멍한 얼굴로 서 있었다. 자신의 아비에게 그 어떠한 정도 없었다.

이현의 기억 속 아비는 늘 그에게 폭력을 일삼던 괴물 같은 존재였다. 아비 도박 빚에 팔려 란의 집에 오게 된 게 오히려 이현에겐 축복일 정도였다.

"이현아. 괜찮니?"

걱정스러운 김 씨 아저씨의 물음에 이현은 차분한 얼굴로 고개를 끄덕였다.

"가 봐야지. 그래도 네가 유일한 핏줄인데."

아비가 자신을 핏줄로 생각한 적이 있을까?

김 씨 아저씨를 따라 장례식장에 도착해서도 이현은 아무런 생각이 없었다. 상복을 입고 조문객도 거의 없는 텅 빈 처소에 앉아, 이현은 말없이 아비의 영정사진을 들여다보았다.

그렇게 장례를 치르고 다시 란의 집으로 돌아온 이현은 자신의 방에 들어오고 나서야 혼자가 됐다는 걸 실감했다. 영영 눈물 같은 건 나오지 않을 줄 알았다.

하지만 이유를 알 수 없는 눈물과 흐느낌이 이현의 입에서 터져 나왔다. 이제 정말 혼자가 되었다. 이 세상에 자신의 핏줄은 단 하나도 없었다. 그게 홀가분하기도 했지만 꽤 마음 아팠던 모양인지 끊임없이 이현의 눈물샘을 자극했다.

"오빠."

바닥에 주저앉아 무릎 사이에 얼굴을 파묻고 한참을 울고 있는데, 자신을 부르는 란의 목소리가 들렸다. 란의 커다란 갈색 눈엔 눈물이 그렁그렁 맺혀 있었다. 자신을 부드럽게 끌어안아 주는 자그마한 그 품이 무척이나 따뜻했다.

"울지 마, 오빠."

"이제 정말 난 혼자예요. 내 옆엔 아무도 없어요."

자신보다 세 살이나 어린 란의 품에 안겨 이현은 참았던 설움을 토해 냈다. 그런 이현을 란은 더욱 포근히 안아 주었다.

"내가 항상 옆에 있을게. 내가 오빠 가족이 되어 줄게. 오빠 손 꼭 잡고 절대 놓지 않을게."

란의 다정한 말에 이현의 눈물이 서서히 그쳐 갔다. 자신의 머리카락을 쓰다듬는 란의 손길이 참으로 다정하고 따뜻했다. 그 손길이 구원 같았다. 평생 이 손을 붙잡고 있고 싶었다. 그리고 란이 절대 자신의 손을 놓지 않을 거라 믿었다. 그녀가 내뱉는 달콤한 말에 모든 것을 걸어 보고 싶을 정도로.

그날 느꼈던 것과 같은 따뜻한 손의 감촉에 이현은 스르르 눈을 떴다. 그러자 걱정스러운 눈으로 자신을 보고 있는 란의 모습이 보였다.

"괜찮아요? 정신 좀 들어요?"

란의 붉은 입술이 달싹였다. 거짓을 쉽게 내뱉던 그 붉은 입술을 보고 있자니, 괜스레 신경질이 났다. 이현은 차갑게 란의 손을 밀치며 침대에서 몸을 일으켰다.

"어떻게 된 거야?"

"늦어서 전화했더니 당신 친구가 여기 있다고 알려 줬어요."

장난기 가득한 인후의 얼굴을 떠올리며 이현은 입을 굳게 다물었다. 쓸데없는 짓을 했군. 그런 이현을 향해 란이 컵 하나를 내밀었다.

"꿀물이에요. 이거 마시면 좀 나을 거예요."

"황송할 지경이군. 너무 신경을 써 주니."

"당연하잖아요. 가족인데."

달콤한 란의 말에 이현은 그녀가 내미는 컵을 받아 들지 않고, 침대에서 일어났다.

"예나 지금이나 말 하나는 참 기가 막히게 잘해. 하지만 잊지 마. 네 말 한 마디에 넘어가서 헤헤거리던 멍청한 자식은 더는 세상에 없으니까."

란은 홀로 남겨 둔 채 이현은 욕실로 들어갔다. 아직도 술이 다 깨지 않아, 머리가 어지러웠다. 뜨거운 물에 샤워를 하고 나면 복잡한 머리도 조금은 정리가 될 것 같았다. 옷을 벗고 샤워기 앞에 선 이현은 선 채로 샤워기 물을 맞았다. 하지만 여전히 어지러운 머릿속은 잘 정리가 되지 않고 있었다.

"좀 괜찮아요?"

샤워가운만 걸치고 욕실 밖으로 나오는 이현 곁으로 다가와 란이 걱정 어린 목소리로 물었다. 그녀를 잘 모른다면 저 모습에 홀딱 속아 넘어갔을지도 모른다. 진심으로 란이 자신을 걱정하고 있다고 생각했을지도 모른다. 이현은 커다란 손을 들어 그녀의 눈을 가렸다.

"그런 눈으로 보지 마."

예나 지금이나 란은 빼어난 연기자였다. 그래서 그녀를 보고 있으면 더욱 화가 났다. 그렇게 믿게 만들어 놓고, 진심으로 사랑하게 만들어 놓고, 더럽다며, 천하다며 자신을 믿지 못하던 란의 모습이 오버랩 되어 보였다.

손으로 눈을 가리니 그녀의 붉은 입술이 더욱 도드라져 보였다. 달콤한 말을 잘도 흘리는 붉은 입술이 또다시 움직이려 했다. 이현은 그대로 그녀의 어깨를 붙잡고는 란의 입술에 입을 맞추었다.

단숨에 자신의 혀로 그녀의 혀를 찾아 휘어 감았다. 아무 말도 하지 못하도록 혀를 붙잡고 놓아주지 않았다. 아무 말도 하지 않고 있음에도 불구하고 그녀의 입술은 여전히 달콤했다. 쉽게 놓아주고 싶지 않을 만큼 유혹적이었다. 뜨거운 호흡과 호흡을 주고받으며 이현은 그녀를 침대 앞으로 데리고 왔다.

"이왕 호텔에 왔으니 낮에 하다 만 거나 마저 하지."

느릿하게 란의 입술에서 자신의 입술을 떼며 이현은 그녀의 귓가에 속삭였다. 거짓말을 잘도 내뱉는 입술과 다르게 적어도 그녀의 몸은 거짓을 말하지는 않는다. 붉게 달아오른 란의 얼굴을 보고 있자니, 이현은 또다시 욕망이 치솟았다.

예전의 정이현이 아니었다. 그녀가 붙잡은 손을 놓을까 봐,

초조해하고 불안해하던 어리석은 소년은 이제 없었다. 그녀가 시키는 건 무엇이든 하고, 그녀를 보며 반갑다고 꼬리를 흔들던 충성스러운 개가 더는 아니었다.

그걸 란에게도 확실하게 인식시키고 싶었다. 그녀의 육체 곳곳에 자신의 흔적을 남겨 깊게 각인시켜 주고 싶었다. 이제 입장이 확실히 바뀌었다고. 이제 손을 놓고 싶어도 절대 너는 내 손을 놓을 수가 없다고.

그는 란을 침대 앞에 그대로 세워 둔 채 거칠게 그녀의 옷을 벗겨 나갔다. 풍만한 가슴, 잘록한 허리, 매끈한 하얀 엉덩이, 매혹적인 두 다리까지 그의 손길 아래 남김없이 드러나고 있었다. 그녀의 투명한 나체 위에 실오라기 하나 남겨 두지 않은 채 다 벗겨 버린 이현은 그녀를 그대로 침대 위에 눕혔다.

매혹적인 란의 체취가 코끝에 맴돌았다. 세게 잡으면 금방이라도 으스러질 것 같은 가녀린 그녀의 몸을 내려다보며 이현은 또다시 그녀의 입술에 입을 맞추었다. 그녀의 몸 모든 곳을 다 소유하고 싶었다. 주체할 수 없을 정도로 끓어오르는 그녀를 향한 소유욕의 근원이 욕망이라 생각했다. 원 없이 그녀를 안고 나면, 이 터질 것 같은 소유욕도 사그라질 것이라고 믿었다.

목덜미, 쇄골, 가슴, 배, 허리, 허벅지, 무릎, 종아리, 발끝까지 그의 뜨거운 입술이 휩쓸고 지나갔다. 그럴 때마다 그녀의 하얀 몸 위엔 그의 입술이 남긴 붉은 흔적이 피어올랐다. 다시 거꾸로 발부터 등까지 그의 입술이 타고 올라갔다. 그녀의 몸

곳곳엔 모두 그의 흔적으로 가득했다.

하지만 그럼에도 불구하고 불타오르는 소유욕은 사그라질 생각을 하지 않았다. 아니, 오히려 더욱더 강해졌다. 온전히 내 것이어야만 했다, 이 여자는. 다른 누구도 넘볼 수 없는 정이현의 것이어야만 했다. 절대 놓아주고 싶지 않았다.

소유욕이 강해지면 강해질수록 이현은 불안해졌다. 이 여자가 또다시 자신의 손을 놓아 버리면 버틸 수 있을까. 원 없이 안고 나면 괜찮을 거라 생각하면서도, 욕망이 사라지면 소유욕도 사라질 거라 믿으면서도 이현은 불안했다.

그럴수록 더욱 세차게 란의 몸을 소유했다. 하얀 젖가슴을 두 손 가득 움켜잡고, 뜨거운 입술론 끊임없이 그녀의 분홍빛 젖꼭지를 유린했다. 입술이 세차게 젖꼭지를 빨아 당기자 란의 입에선 고혹적인 신음성이 터져 나왔다.

그 신음성만으로도 이현의 몸은 뜨거워지고 만다. 애무를 받고 있는 건 란이었지만, 오히려 자신이 애무를 받고 있는 것 같은 기분이 들었다. 이현은 입술이 닿지 않고 있는 다른 쪽 젖꼭지를 손끝으로 튕기고, 손바닥으로 빙빙 돌리며 더 큰 자극을 선사했다. 그럴수록 란의 입에선 더욱 커다란 신음성이 흘러나왔다.

신음을 들을수록 그의 페니스는 더욱 단단해졌다. 더는 견딜 수가 없어 그녀의 젖꼭지에서 입술을 떼고 아래로 내려왔다. 잔뜩 오므리고 있는 두 다리를 활짝 펴고, 애액이 흘러넘치는 그녀의 여성을 바라봤다. 물이 흘러 반짝이는 여성은 그 어떤 풍경보다 더 아름다웠다.

사막을 여행하던 여행자가 오아시스를 만난 것처럼 여성 사이에 입술을 가져다 댄 이현은 흘러넘치는 애액을 흠뻑 빨아 마셨다.

그녀의 몸이 활처럼 휘는 걸 느끼며 이현은 갈라진 틈 사이로 혀를 집어넣었다. 뜨거운 그곳보다 더욱 뜨거운 혀의 촉감에 란은 한 옥타브 더 높은 신음을 내질렀다.

절대 마르지 않는 샘처럼 여성에선 쉼 없이 뜨거운 물이 흘러내렸다. 그 물을 끊임없이 빨아 마시며 이현은 혀는 더 위로 올라가 수줍게 숨어 있는 클리토리스를 찾아냈다. 혀를 더욱 꼿꼿하게 세워 빙그르르 클리토리스 주변을 맴돌자, 란은 두 손을 그의 어깨로 뻗어 세차게 붙잡았다.

이현의 성난 남성은 더욱 뻣뻣해지며 어서 저 안으로 들어가게 해 달라 아우성이었다. 천천히 몸을 일으킨 그는 그녀의 여성 위에 자신의 페니스를 가져다 댔다. 보드라운 여성의 입구 주변을 맴돌던 남성은 천천히 그녀의 질 안으로 비집고 들어갔다.

"아아."

만족스러운 신음이 이현의 입 안에서도 터져 나왔다. 느릿하게 몸을 움직이며 그는 성난 페니스로 질 벽을 긁었다. 그의 남성은 환영하듯이 여성은 더욱 세차게 조여 왔다. 미칠 것만 같았다. 타오를 것 같은 욕망은 아무리 몸을 움직여도 사그라질 생각을 안 했다.

더욱더 그녀를 원했다. 더 깊은 곳으로 들어가기를. 그녀의 모든 것을 소유하기를. 욕망의 끝이 어딘지 이현도 알 수가 없었다. 퍽퍽, 세찬 움직임과 함께 침대 매트리스가 어지럽게 출렁거렸다.

점점 더 커지는 욕망에 이현의 몸놀림 또한 더욱 커지고 있었다. 이미 그녀의 육체 모든 것을 다 소유했음에도 불구하고, 그녀를 향한 갈증이 해갈되지 않고 있었다.

왜 이래, 정이현? 원하는 건 그녀의 몸뿐이었잖아.

더욱 고조되는 갈증에 이현은 신경질이 났다. 그럴수록 몸을 더욱 세차게 움직였다. 그녀의 질 깊숙한 곳까지 도달했음에도 불구하고 그래도 여전히 아쉬웠다. 이미 몸은 욕망에 지배받고, 절정으로 나아가고 있는데 도대체 왜 이런 걸까?

"하아."

귓가엔 란의 뜨거운 호흡과 신음성이 들려왔다.

"사랑해요."

그러면서 내뱉는 란의 말에 이현은 이상하게 눈물이 날 것 같았다. 거짓이었다. 절대 속아 넘어가서는 안 되는 거짓말이었다. 그럼에도 불구하고 저 거짓말을 믿고 싶어졌다. 그런 자신에게 화가 나 이현은 더욱 빠르고, 격렬하게 몸을 움직였다.

뜨거운 무언가가 페니스 밖으로 분출되었고, 란 역시 절정에 올랐는지 몸을 부르르 떨었다. 이현의 등을 애처롭게 끌어안으면서 란은 연신 달콤한 신음을 흘리고 있었다. 그는 천천히 그녀의 여성 안에서 자신의 남성을 뺐다. 나른한 표정을 지으며 미소를 짓고 있는 란을 이현은 차가운 눈으로 내려다봤다.

"안 믿어. 그 거짓말."

란의 갈색 눈이 상처받은 것처럼 일렁였다. 이현은 무표정한 얼굴로 일어서 샤워가운을 집어 들고는 다시 욕실로 들어섰다. 상처받은 란의 눈보다 더 상처받은 자신의 눈이 거울을 통해 보였다.

"날 이렇게 만든 건 너야."

그러니까 그런 상처받은 눈 하지 마.

자꾸만 떠오르는 란의 갈색 눈이 그의 심장을 옥죄어 오고 있었다.

†

거실에 있는 욕실에서 샤워를 하고 나온 란은 이미 옷까지 말끔하게 차려입은 이현 곁으로 다가왔다. 거울을 통해 보이는 이현의 검은 눈이 란의 마음을 참 아프게 만들었다. 자신에게 상처를 주면서, 그는 더 큰 상처를 되돌려 받는 것 같았다. 그 모습이 털을 뾰족하게 세운 고슴도치 새끼 같아 자꾸만 눈에 밟혔다.

"그런 눈빛, 거슬린다고 말했을 텐데. 지금 동정받아야 할 사람은 내가 아니라 너야."

"그렇게 말하면 마음이 좀 편해요?"

젖은 머리를 수건으로 닦아 내며 란은 차분한 목소리로 물었다.

"그렇게 말해서 편해진다면 계속 그렇게 삐딱하게 굴어요. 난 당신이 조금이라도 편안해졌으면 좋겠어요."

"성모마리아가 따로 없군."

비틀린 입술로 비꼬듯 말을 내뱉는 이현 곁으로 란은 천천히 걸어갔다. 그러고는 어딘가 모르게 까칠해 보이는 그의 볼을 향해 조심스레 손을 뻗었다.

"가여우니까, 당신이."

"주란!"

란의 손을 이현이 거칠게 낚아채며, 낮게 으르렁거리는 목소리로 그녀를 불렀다.

"진심을 볼 줄도 모르고, 들을 줄도 모르고, 표현할 줄도 모르고. 상처받기 싫어 자신이 만든 보호막 안에 꽁꽁 숨어 있는 사람이잖아요, 당신."

매서운 이현의 기세에도 전혀 짓눌리지 않고, 란은 숨김없이 자신이 느낀 그대로를 이현을 향해 내뱉었다. 이미 곪을 대로 곪은 저 상처를 도려내야만 했다. 고름을 짜내는 과정은 아프겠지만, 그래야만 새살이 돋을 수 있다.

"사랑한다는 말, 진심이었다는 거 이제부터 제대로 증명해 보일게요. 그러니 외면하지 말고, 똑똑히 봐요. 당신을 사랑하는 내 마음을."

차가운 이현의 눈빛에 당당히 맞서며 란은 생긋 웃음 지었다.

이현이 내뱉는 차가운 말이 진심이 아니란 걸 란은 잘 알고 있었다. 그러기에 상처받을 필요도 없었다.

"그러니까 당신도 나한테 협조해요. 적어도 집에선 부부답게 굴어 줘요. 같이 밥도 먹고, 같이 이야기도 나누고, 당신이 좋아하는 섹스도 하고."

"내가 왜 그래야 하지?"

"당신이 보고 싶은 게 내가 지쳐서 떠나는 그런 모습은 아닐 거 아니에요?"

떠난다는 란의 말에 이현의 검은 눈이 날카롭게 빛났다.

"그러기만 해 봐. 그랬다간 어떻게든 널 찾아내서 그런 선택을 한 걸 죽도록 후회하게 만들어 줄 테니."

그의 눈빛에 드러나는 강렬한 소유욕에 란은 부드러운 미소를 지었다.

"그런 삭막한 말 말고 사랑한다 말해 주면 참 좋을 텐데 말이에요."

"이런 감정을 사랑이라고 착각하지 마."

"안 해요. 당신 입으로 직접 말할 때까진. 그럼 협조하기로 한 거죠?"

"마음대로 해. 네가 뭔 짓을 해도 내 마음 변함없을 테니까."

퉁명스레 내뱉고 뒤돌아서는 이현을 보며 란은 조용히 미소 지었다.

"같이 가요. 우리 집으로."

란은 재빨리 이현의 곁으로 다가가 그의 팔짱을 꼈다. 잠시 머뭇거리던 그는 란의 팔을 뺄 생각을 하지 않고 걸음을 옮겼다.

지금은 이걸로 충분했다. 이번엔 무슨 일이 있어도 절대 그를 놓지 않을 것이다. 이 남자가 원하는 단단한 믿음을 이제 자신이 보여 주어야 할 차례였다.

†

매일매일 똑같은 하루가 쳇바퀴처럼 이어졌다. 자신의 마음을 보여 주겠다고 당당히 선언한 란은 그다음 날부터 아침은 직접 자신이 차렸다.

전날 아주머니들에게 배운 요리로 서툴지만 정성을 다해 그와 함께 먹을 밥을 차렸다.

"협조하겠다고 약속했죠?"

란의 물음에 이현은 별다른 대꾸 없이 그녀의 뜻을 따랐다. 그 후로 매일 아침 란과 함께 마주 보며 식사를 하게 되었다.

"호텔 일은 많이 바쁘죠?"

"그래."

"너무 무리하는 거 아니에요? 얼굴이 까칠한데."

"괜찮아."

"요즘 기온차가 심해서 감기가 극성이래요. 당신도 감기 조심해요."

"그러지."

늘 먼저 말을 거는 쪽은 란이었고, 이현은 단답형 대답만 했다. 매사 차갑고, 무뚝뚝한 그였지만, 침대에서만큼은 다른 사람이었다. 란이 마법이 걸린 기간만 빼고, 매일 밤 그녀를 안았다.

하지만 딱 거기까지였다. 이현과의 거리는 더 이상 벌어지지도, 좁혀지지도 않았다. 그녀를 안을 때 빼놓고는 그의 검은 눈은 늘 차가웠다. 얼어붙은 그의 마음처럼.

"그래도 이게 어디야."

변하지 않는 이현의 태도에 조금씩 지쳐 가는 란이었지만, 애써 마음을 다잡으며 스스로를 위로했다. 조금만 더 그의 마음이 열리길 기도하며, 매일 밤 잠에 들었다. 그런 사이 어느새 계절은 겨울에서 봄으로 넘어가고 있었다.

창을 통해 들어오는 따스한 봄 햇살에 란은 잠에서 깼다. 이제 완연한 봄이 온 것 같았다. 이 따스한 봄 햇살을 이현도 보고 있을까? 보고 있다면 얼어붙은 그의 마음도 이 봄 햇살처럼 따뜻하게 녹아내렸으면 좋겠다. 사람들이 봄을 즐기고 있는 이 와중에도 그는 여전히 겨울에 있는 것 같았다. 스스로 만든 거친 눈보라와 싸우며 외로이 서 있을 이현을 생각하니 란은 마음이 저렸다.

"예전엔 늘 봄 같은 사람이었는데."

따사롭고, 다정해 옆에 있는 사람 기분까지 좋아지게 만들었었다. 해사한 눈웃음도, 한쪽 볼만 움푹 패는 보조개도, 다정한 검은 눈도, 늘 웃음을 머금고 있는 부드러운 입술선도, 따뜻하지 않았던 곳이 단 한 군데도 없었다.

예전의 이현을 떠올리며 란은 자연스레 정원으로 눈을 돌렸다. 정원 한가운데 서 있는 벚나무에 달려 있는 연분홍 꽃망울이 란의 눈길을 사로잡았다.

"벌써 벚꽃이 폈네?"

한참 동안 창가에 서서 벚꽃을 보던 란은 이현에게도 보여 주고 싶다는 생각에 문을 열고, 방을 나섰다. 1층에 위치한 이현의 방 앞에 멈춰 선 란은 조심스레 손을 들어 노크를 했다. 하지만 안에선 어떠한 답도 없었다.

"벌써 출근했나? 그런 말 없었는데."

고개를 갸웃거리던 란은 차가운 문고리에 손을 뻗어 슬며시 돌렸다. 암막 커튼이 쳐져 있는 컴컴한 이현의 방은 마치 다른 세상 같았다. 따뜻한 햇살조차 스며들지 못하는 이 공간이 란은 숨 막히게 느껴졌다.

그 때 침대에서 끙끙거리는 소리가 들려왔다. 그 소리에 놀란 란이 침대로 걸음을 옮기자, 이불을 덮고 몸을 잔뜩 웅크리고 있는 이현의 모습이 보였다.

"당신 괜찮아요?"

란은 걱정스러운 목소리로 물으며 잔뜩 찡그리고 있는 그의 이마로 손을 뻗었다. 그러자 뜨거운 불덩이 같은 이마가 느껴졌다.

"건들지 마. 차가워."

"내 손이 차가운 게 아니라 당신이 뜨거운 거예요. 잠시만 기다려요. 물수건이랑 체온계 가져올 테니까."

란은 황급히 이현의 방에서 빠져나와 메이드들에게 달려갔다.

"체온계 좀 찾아줘요. 저 사람 열이 많이 나는 것 같아요."

제일 먼저 보이는 메이드에게 부탁을 하고, 란은 전화를 꺼내들어 예전에 아버지의 주치의였던 한 박사에게 다급한 손길로 전화를 걸었다.

"한 박사님. 저 란이에요. 아침부터 정말 죄송한데 여기로 좀와 주실 수 있나요? 네. 제 남편이 많이 아파서요. 네. 주소 찍어서 보낼게요. 감사합니다."

전화를 끊은 란은 작은 대야와 수건을 챙겨 들고, 다시 이현의 곁으로 돌아왔다. 바들바들 떨며 이불을 생명줄마냥 붙잡고 있는 그의 손에서 서둘러 이불을 뺏었다.

"열날 때 이불 덮으면 더 올라가요."

"내버려 둬. 좀 쉬고 나면 괜찮을 거야."

이렇게 아프면서까지 고집을 부리다니. 이 남자 고집도 참 대단했다. 하지만 다시 란에게서 이불을 빼앗을 기운도 없는지 이현은 몸을 더욱 동그랗게 말며 추위에 대항하였다. 얼마나 열이 많이 나는지 땀조차 흐르지 않고 있었다. 이렇게 아팠으면 진작 도움을 요청할 것이지. 미련한 이현의 모습에 란은 괜스레 화가났다.

"요즘 감기 우습게 보면 안 돼요. 몸 상하게 왜 미련하게 버텨요?"

수건에 물을 적셔 이현의 얼굴을 닦아 주었다.

"고마워요."

체온계를 찾아온 메이드를 향해 말한 란은 서둘러 그의 귀에 체온계를 꽂았다. 삐삐빅, 체온계의 경고음이 날카롭게 울려 퍼지며 39.8이란 숫자가 찍혔다. 40도에 가까운 체온을 보며 란은 나지막한 한숨을 내뱉었다.

"열이 이렇게 높은데."

도움 같은 거 청해 본 적이나 있을까, 이 남자? 마음이 아파도, 몸이 아파도 혼자 이를 악물며 버텼을 이현을 생각하니 란은 가슴이 답답해져 왔다.

"옷 좀 벗길게요."

열을 떨어뜨리기 위해선 어쩔 수가 없었다. 란은 이현의 잠옷 단추를 향해 손을 뻗으며 조심스레 말했다.

"괜히 사람 자극하지 마."

이를 악물며 내뱉는 이현의 말에 란은 피식 웃으며 잠옷 단추를 풀었다.

"그럴 힘이라도 남아 있어요? 손가락 하나 까딱하기도 힘든 사람이."

란의 말을 부정하기 힘든지 이현은 그녀의 손길에 묵묵히 몸을 맡기고 있었다. 미지근한 물수건으로 몸 구석구석을 닦아 주고, 이불장에서 얇은 이불을 찾아와 그의 몸 위에 덮어 주었다. 때마침 도착한 한 박사님이 이현을 살펴보고, 약과 링거를 처방해 주었다.

"독감이야. 날 따뜻해졌다고 방심하면 안 돼. 이럴 때 도는 독감이 더 무서운 법이거든."

"네. 감사해요, 한 박사님."

란은 한 박사를 따라 나와 배웅하며 감사 인사를 전했다. 그런 란의 어깨를 한 박사가 조용히 다독거렸다.

"언제 결혼까지 한 거야?"

란이 결혼한 사실을 몰랐던 한 박사가 쓰고 있던 안경을 치켜 올리며 물었다.

"좀 됐어요. 워낙 급하게 진행된 결혼이라 연락도 못 드렸네요."

"그래. 이제라도 이렇게 얼굴 봤으니 됐어. 무슨 일 있으면 또 연락하고."

"네. 알겠습니다."

한 박사를 배웅하고 다시 란이 방으로 돌아오자, 이현은 잠이 들어 있었다. 열이 많이 내렸는지 편안한 얼굴로 잠이 든 이현을 란은 따뜻한 눈으로 바라보았다.

"푹 쉬어요. 아플 때만이라도 좀 편안하게."

란은 따뜻한 손길로 그의 머리를 쓰다듬었다. 제발 오늘 그의 꿈은 편안했으면 좋겠다, 라는 간절한 바람을 담아서.

†

잠에서 깬 이현은 침대 옆 의자에 앉아 졸고 있는 란의 모습을 발견했다. 그러면서 열심히 자신을 간호하던 란의 모습이 머릿속에 떠올랐다. 누군가가 이렇게 간호를 해 준 경험은 처음이었다.

어렸을 때 이현이 아프다고 말하면 아비는 오히려 매질을 했다. 돈도 없는데 쓸데없이 아프다며 매몰차게 굴던 아비였다. 그래서 이현은 아파도, 아프다는 말을 내뱉지 못하는 사람이 되어 버렸다.

아플 때 누군가가 곁에 있는 이 느낌이 생각보다 훨씬 더 따뜻했다. 이 따뜻함이 싫지 않았다. 머릿속에 문득 드는 이 생각에 이현은 재빨리 고개를 내저었다. 이 따뜻함에 또다시 속아서는 안 되었다. 따뜻함이 사라지고 난 후, 찾아오는 추위가 얼마나 더 사람을 비참하고 외롭게 하는지 이 여자를 통해 절실히 배워 놓고 이렇게 또 약해지는 자신이 싫었다.

애써 란으로부터 시선을 거두려고 했건만, 위태롭게 졸고 있는 그녀의 모습에 좀처럼 시선을 떼기가 힘들었다. 많이 피곤했는지 고개를 이리저리 흔들면서도 란은 잠에서 깨지 않고 있었다. 그녀의 고개가 움직여질 때마다 이현은 불안한 눈빛을 지으며, 눈살을 찡그렸다.

"신경 쓰이게 하는 방법도 가지가지군."

말은 퉁명스럽게 하면서도 이현은 침대에서 재빨리 몸을 일으켰다. 약 때문인지 링거 때문인지는 알 수 없었지만 몸이 한결 가벼워져 있었다. 서둘러 링거 바늘을 뺀 이현은 지혈을 하고, 옆에 놓인 밴드를 붙였다.

그때 또다시 란의 고개가 뒤로 꺾였다. 이현은 서둘러 그녀의 머리로 손을 뻗어 받쳐 주었다. 어지간히 피곤했었나 보다. 이대로 들어서 침대에 내려놓자니, 란이 깰 것 같아 이현은 손으로 그녀의 머리를 받친 채 엉거주춤한 자세로 서 있었다.

반듯한 이마, 긴 속눈썹, 오뚝한 코, 매혹적인 붉은 입술까지, 바로 눈앞에 보이는 란의 얼굴을 이현은 찬찬히 들여다보았다. 어렸을 때와 변한 게 거의 없었다. 여전히 이 얼굴은 자신의 심장을 떨리게 했다.

그게 괜스레 신경질이 나 이현은 란을 향하는 시선을 재빨리 거두어들였다. 하지만 시선은 자꾸만 마음을 배반했다. 이현의 의지와 상관없이 시선은 계속 그녀 주변을 맴돌았다. 그렇게 한참을 서 있는데 란의 눈꺼풀이 희미하게 떨리는 게 보였다.

이현은 깜짝 놀라 서둘러 그녀의 고개를 받치고 있던 손을 뗐다. 덕분에 고개는 그대로 앞으로 넘어가고, 란은 갈색 눈을 커다랗게 떴다.

"괜찮아요?"

침대에 채 앉지 못하고 서 있는 이현을 보며 란은 걱정스러운 눈길로 물었다.

"괜찮아. 이제 신경 쓰지 마."

무뚝뚝한 이현의 대답에 란은 낮게 한숨을 내쉬며 의자에서 몸을 일으켰다.

"고마워."

"뭐?"

"그냥 그 한 마디면 돼요. 내가 어려운 거 바라는 건 아니죠?"

눈을 동그랗게 뜨며 묻는 란의 말을 무시하며 이현은 자신의 휴대폰이 놓여 있는 협탁 앞으로 걸어갔다. 꺼져 있는 휴대폰 전원을 켜며 자신을 보고 서 있는 란을 무시했다. 그런 이현의 곁으로 란이 다가와, 그의 손에 들린 휴대폰을 뺏었다.

"뭐하는 거야?"

"난 고마웠어요. 내 머리 받쳐 줘서."

생긋 웃으며 하는 란의 말에 이현의 얼굴이 붉게 달아올랐다. 곰같이 굴다가도 이럴 때보면 여우였다. 도대체 언제부터 깨 있었던 걸까?

"오늘은 푹 쉬어요. 무리하지 말고."

다시 이현의 휴대폰 전원을 끈 란이 문 쪽으로 걸음을 옮겼다.

"죽 끓여 놓았으니 나와요. 같이 나란히 앉아서 식사 좀 하게."

이현은 란의 뒷모습을 보며 이를 악물었다. 민망함에 붉어진 얼굴이 쉬이 가라앉지 않았다.

✝

직접 끓인 전복죽을 그릇에 덜어 온 란은 이현 앞에 내려놓았다.

"먹어 봐요. 아주머니들한테 배워서 처음 끓여 보긴 했지만, 다들 맛있다고 했어요."

이현은 별다른 말 없이 조용히 수저를 들어 앞에 놓인 전복죽을 먹었다. 그런 이현을 란은 숨죽이며 관찰했다.

"괜찮아요?"

"그래."

무뚝뚝한 대답이었지만, 괜찮다는 그의 대답에 안도하며 란도 수저를 들었다.

"거봐요. 내가 감기 조심하랬죠? 아프면 말을 하지. 왜 그렇게 미련하게 버텨요?"

이현은 아무런 답이 없었다. 그저 묵묵히 수저만 움직이고 있는 그를 란은 따뜻한 시선으로 바라봤다.

"죽 먹고 또 약 먹어야 해요. 지금은 약 기운에 괜찮은 거 같지만, 요즘 독감 우습게 보면 안 돼요."

이현이 아무런 대답을 하지 않음에도 불구하고, 란은 그에게 끊임없이 말을 걸었다. 이렇게 노력하다 보면 언젠가 함께 마주 보며 대화하는 날이 오지 않을까? 이왕이면 이현과 자신을 닮은 아이들도 이곳에 함께였으면 좋겠다.

순간 눈앞에 아이들과 함께 자신들이 앉아 있는 풍경이 떠올랐다. 식탁 주변을 뛰어다니는 아이, 식탁을 어지럽히며 밥 먹는 아이, 이현의 품에 안겨 으앙 눈물을 터트리는 갓난아기의 모습까지 란의 머릿속을 가득 메웠다.

"넌……."

자신을 부르는 이현의 목소리에 란은 환상에서 벗어났다.

"왜 안 먹어?"

겨우 이 말을 하는 게 그렇게 부끄러운지 이현의 검은 눈엔 민망함이 어려 있었다. 역시 차갑고, 냉정해 보이는 그 모습은 그가 만들어 낸 가면에 불과할 뿐이었다. 부끄러움 많이 타던 수줍던 천성은 그의 내면에 잠들어 있을 뿐 사라진 게 아니었다.

"그냥 생각 좀 한다고요."

"무슨 생각?"

"우리 아이에 관해서요."

솔직한 란의 대답에 이현은 아무런 답을 하지 않았다. 그런 이현의 눈치를 살피며 란은 천천히 입을 열었다.

"혹시 아이 싫어해요? 난 많이 낳고 싶은데."

"안 싫어. 많이 낳아. 그래야 날 떠나고 싶어도 못 떠날 테니."

"그 말 마치 사랑해, 란 말처럼 들리는 거 알아요?"

웃으면서 묻는 란의 말에 이현의 표정이 굳었다.

"네 착각이겠지."

"그럼 그냥 착각 속에 살죠, 뭐. 그게 더 행복하니까."

"넌 정말 변한 게 없군."

이현의 말투는 어딘가 모르게 서글퍼 보였다.

"너무 해맑아. 한 번도 아파 본 적 없는 사람처럼."

쓸쓸한 눈빛을 지으며 이현은 자리에서 일어났다.

"왜요? 더 안 먹어요?"

"입 안이 까끌까끌해서 더는 못 먹겠어."

느릿한 걸음으로 주방을 빠져나가는 이현을 란은 말없이 바라봤다. 커다란 그 뒷모습이 왜 이리 안쓰럽게 보이는 걸까? 엄마를 잃어버린 아이마냥 쓸쓸하고 외로운 그 뒷모습에 란은 나지막하게 한숨을 내뱉었다.

그가 사라지고 나니 란의 입맛 역시 사라졌다. 약이나 챙겨줘야겠다는 생각에 란은 약과 물을 쟁반에 챙겨 들고 그의 방으로 걸음을 옮겼다.

똑똑.

손을 들어 노크를 한 다음 문을 열고 들어가자 침대에 앉아서 통화를 하고 있는 이현의 모습이 보였다.

"그래. 알겠어. 지금 가도록 하지."

"어딜 가요?"

침대 옆 테이블 위에 쟁반을 올려두며, 란은 놀란 목소리로 이현을 향해 물었다.

"호텔."

"오늘은 좀 쉬라니까."

"클라이언트랑 중요한 약속이 있어."

말려도 소용이 없을 것 같았다. 이미 옷장을 열고, 옷을 갈아입는 이현의 모습을 지켜보던 란은 무언가 결심한 듯 뒤돌아섰다.

"약 먹고 있어요. 금방 올 테니."

"뭐하게?"

"나도 같이 가려고요. 당신 아파서 쓰러지면 내가 데려와야죠."

란은 이현이 말릴 틈도 주지 않고, 그의 방에서 빠져나왔다. 단숨에 계단을 오른 란은 방에 들어가 단정하면서도 편안한 원피스로 갈아입었다. 끝으로 아이보리 컬러의 카디건을 걸친 란은 다시 이현의 방으로 돌아왔다.

"가요."

"넌 갈 필요 없어."

이현은 한숨을 삭이며 란을 향해 퉁명스러운 얼굴로 말했다.

"방해 안 해요. 호텔 커피숍에서 기다리고 있을게요. 그러면 되죠?"

말려 봤자 소용없다는 걸 깨달았는지, 이현은 그녀에게 아무런 말을 하지 않았다. 먼저 집을 나서는 이현을 뒤따라 란은 재빨리 걸음을 옮겼다.

같이 차에 타고, 나란히 앉아 있는 것만으로도 란은 기분이 좋았다. 조금은 부부답게 이현과 자신의 사이가 변해 가는 것 같아서.

"봐요. 벚꽃이 폈어요."

차가 출발하기 전 란이 이현의 어깨를 붙잡으며 말했다.

"그렇군. 벌써 봄인가."

아파서 그런 건지 오늘 이현의 분위기는 다른 날과 좀 달랐다. 따뜻하진 않았지만, 그렇다고 해서 아예 차갑지도 않았다. 따뜻한 봄이 찾아와 차가운 겨울을 밀어내듯, 이 남자의 얼어붙은 마음도 조금씩 녹고 있는 걸까?

그랬으면 좋겠다. 11년간 봄을 모르고 살았을 이 남자의 마음에도 다시 봄이 오길 바라며 란은 살랑살랑 부는 봄바람같이 따뜻한 미소를 지었다.

6

강윤은 믿기지 않는다는 눈으로 자신의 앞에 앉는 진아를 바라봤다. 늘씬한 몸매가 훤히 다 드러나는, 몸에 쫙 달라붙는 블랙원피스를 입고 나타난 진아는 매혹적인 눈빛으로 강윤을 응시했다.

"오랜만이야."

"유진아. 네가 여기 왜?"

여전히 강윤의 얼굴엔 당황한 기색이 역력했다.

"왜 나왔겠어? 맞선 보러 나왔지."

"그럼 나랑 맞선 보는 여자가?"

진아는 느릿하게 고개를 끄덕이며 매끈한 다리가 훤히 다 보이게 한쪽 다리를 꼬았다.

"뭐하는 거야?"

"섹시해 보이려고. 왜? 너무 약해? 아직도 동생으로밖에 안 보여, 내가?"

강윤은 나지막하게 한숨을 내쉬며 자신의 슈트 상의를 벗었다. 그러고는 진아의 무릎을 슈트 상의로 덮었다.

"필요 없어. 기껏 섹시해 보이려고 입고 나왔는데 왜 가려?"

"유진아."

"어린아이 보듯이 그렇게 보지 말아 줄래? 나 이제 어린애 아니거든."

기어코 진아는 강윤의 슈트 상의를 밀쳐냈다. 강윤은 아예 진아를 보지 않으려는 듯 앞에 놓인 커피 잔만 바라봤다.

"좀 봐 주지? 오빠한테 보여 주려고 이렇게 하고 나온 거야."

"왜 그런 짓을 해?"

"남잔 원래 섹시한 여자한테 약하잖아. 저 사람들처럼."

지나가던 남자들이 모두 힐끗거리며 진아를 쳐다봤다. 그 남자들의 시선에 강윤은 굳어진 얼굴로 다시 몸을 일으켜 그녀의 옆으로 자리를 옮겼다.

"넌 남자들이 널 그렇게 보는 게 좋아?"

"아니. 서강윤이 날 그렇게 보는 게 좋아. 어차피 오빠 이성을 공략하기는 힘들 테니, 남자의 본성이라도 공략하려고. 그래야 날 확실하게 여자로 볼 테니까."

진아가 강윤의 팔로 손을 뻗었다. 붉은 매니큐어가 칠해진 손톱으로 가볍게 그의 팔을 움켜잡았다.

"진아야."

"보고 싶었어."

직설적인 진아의 고백에 강윤은 할 말을 잃어버리고 말았다.

"도대체 네가 왜 이러는지 모르겠다."

"몰라? 정말?"

진아는 피식 웃음을 터트렸다.

"사랑하니까. 아무리 사랑하지 않으려고 해도 소용이 없어. 내 마음이 오빠만 사랑하겠대."

"진아야."

"5년 전에 거절당하고도 아직도 정신 못 차렸어, 얘가. 잊으려고 노력도 해 봤고, 다른 남자 만나 보려고도 했는데. 그게 안 돼. 그래서 나 그냥 오빠랑 결혼하려고."

폭탄발언을 내뱉은 진아는 매혹적인 미소를 지으며 자리에서 일어났다.

"내가 할 말은 끝. 지금은 그 어떤 말도 안 들을래. 잘 생각해 봐. 뭐, 어떤 결론이 나든 오빠 나랑 결혼하게 될 테지만."

한 점 흔들림 없는 눈으로 강윤을 향해 말한 진아는 그대로 뒤돌아섰다. 멍하게 앉아 있는 강윤을 홀로 내버려 둔 채 당당하게 걸음을 옮긴 진아는 커피숍 밖으로 나와서야 참았던 숨을 내뱉었다.

"아, 심장 떨려. 저 남자는 왜 더 멋져진 거야?"

진아는 떨리는 심장을 손으로 붙잡았다. 더 섹시한 눈빛으로 바라봤어야 하는 건가. 연습 때처럼 잘한 것 같기는 한데 무언가 부족하게 느껴졌다.

"손으로 팔을 한 번 쓰다듬을 걸 그랬나."

코끝을 살짝 찡그리며 진아는 아쉬움이 가득 담긴 목소리로 중얼거렸다.

호텔에 도착한 란은 이현과 헤어져 호텔 커피숍이 위치한 12층에서 내렸다.

"어?"

커피숍 안으로 들어서려던 란은 입구 앞에 서 있던 진아와 딱 마주쳤다.

"진아야."

"어? 란아?"

"너 옷차림이 이게 뭐야?"

진아의 섹시하고도 야한 블랙원피스를 보며 란이 놀란 눈으로 물었다.

"오늘 강윤 오빠랑 맞선 봤거든."

"이 차림으로?"

"자세한 이야기는 딴 데 가서 하자. 저 안에 강윤 오빠 있어."

강윤이 커피숍 안에 있다는 이야기에 란은 재빨리 고개를 끄덕였다.

"나 너무 떨려서 낮술 땡기는데 같이 한잔할래?"

"그러자."

두 여자는 다시 엘리베이터 앞으로 걸어갔다. 도착한 엘리베이터를 타고, 한 층 위에 위치한 BAR에 도착한 두 여자는 안쪽에 자리를 잡았다.

"간단하게 맥주?"

"좋아."

직원에게 맥주를 주문하고, 란은 다시 차분히 진아를 살펴봤다.

"정말 그러고 강윤 오빠랑 맞선 본 거야?"

"파격적이지?"

"엄청."

"내가 원래 유명하잖아. 똘끼 있는 걸로."

거침없는 진아의 입담에 란은 웃음을 터트렸다. 정말 유진아다웠다. 진아 아니면 누가 맞선 자리에 저러고 나갈 생각을 한단 말인가. 그것도 짝사랑하는 남자를 만나면서.

"무슨 속셈으로 그렇게 입은 거야?"

"여자로 보이려고. 서강윤이 5년 전에 나 차면서 그랬거든. 여자로 안 보인다고."

덤덤하게 말하고 있었지만, 진아의 상처가 얼마나 컸는지 다른 누구보다 란이 잘 알고 있었다.

"그래서 성공했어?"

"모르겠다. 좀 놀란 거 같기는 한데. 이 정도로는 약했나? 아예 호텔 룸으로 끌고 가 다 벗을 걸 그랬나?"

"너라면 가능할 것 같기도 하다."

란이 웃음을 삼키며 말했다.

"뭐, 작전 중 하나긴 한데. 원래 남자의 마음을 녹이려면 섹시함으로 접근해야 하거든. 너도 네 남편한테 한번 해 봐."

"내가 그러고 나갔다간 아마 날 죽이려고 할걸."

자신을 향한 이현의 소유욕을 그 누구보다 란이 잘 알고 있었다.

"그 남자 여전히 널 사랑하는구나?"

"모르겠어. 스스로는 죽어도 아니라니까."

"멍청하긴. 술이나 마시자. 기분도 우울한데."

직원이 가져다준 병맥주를 들며 진아가 가볍게 흔들었다. 두 사람의 술병이 경쾌한 소리를 내며 부딪쳤다.

"멍청한 두 남자를 위해서."

"문구 마음에 드네."

란은 경쾌한 웃음을 터트렸다. 진아와 있으면 기분이 좋았다. 말하지 않아도 자신의 감정을 다 알아주는 친구가 돌아와서 얼마나 기쁜지 모른다. 강윤도 어서 깨달았으면 좋겠다. 진아가 얼마나 멋진 여자인지. 그래서 더는 진아가 아프지 않았으면 좋겠다.

✝

지잉, 책상 위에 올려 둔 이현의 휴대폰이 울어 댔다. 감기 때문인지 또다시 시작된 두통에 얼굴을 찡그리며 서류를 보고 있던 이현은 천천히 휴대폰으로 손을 뻗었다. 막 자신의 휴대폰으로 전송된 사진을 보던 이현의 얼굴이 방금 전보다 더 일그러졌다.

"많이 아파? 그러게 오늘은 그냥 집에 있으라니까."

이현과 함께 클라이언트를 만나기 위해 같이 대기하고 있던 인후가 걱정 어린 목소리로 말했다.

"얌전히 커피숍에나 있을 것이지."

야한 블랙원피스를 입은 여자와 마주 앉아 술을 마시고 있는 란의 사진을 보며 이현은 신경질적인 목소리로 중얼거렸다.

"누구? 나? 무슨 소리야?"

이현으로 곁으로 다가온 인후가 어느새 그가 보고 있던 휴대폰 사진을 함께 봤다.

"와우. 제수씨랑 같이 있는 이 섹시한 여자는 누구야? 멋진데. 이 여자?"

귓가에 들리는 인후의 목소리에 이현은 얼굴을 찡그리며 휴대폰을 내려놓았다.

"좀 더 보자. 누구야, 저 여자? 제수씨도 미인이지만 저 여자도 만만치 않은데? 딱 보아하니 BAR에 있는 것 같은데 주변에 남자들 좀 들끓겠어."

인후의 한마디에 이현은 자리에서 벌떡 일어났다.

"야, 어디 가? 곧 클라이언트 올 시간인데?"

"네가 미팅 좀 진행해."

그 말만을 남겨 두고, 이현은 사무실 밖으로 사라졌다.

"뭐야? 저럴 거면 그냥 나오지 말지. 저렇게 불안해하면서, 왜 감정을 인정을 안 해?"

인후는 투덜투덜거리면서도 피식 웃음을 터트렸다. 하루빨리 고집불통 정이현이 감정을 인정하는 날이 오길 인후는 간절하게 바라고 있었다. 힘겨웠던 정이현의 삶을 지탱하던 존재가 란이라는 걸 그 누구보다 인후가 잘 알고 있었다.

BAR가 있는 층에 이현이 도착하자 사진을 찍어 보낸 경호원이 그를 향해 다가왔다.

"어디 있어?"

"제일 안쪽 자리에 계십니다."

경호원의 말이 끝나기 무섭게 이현은 BAR 안으로 걸음을 옮겼다. 웃으면서 진아와 대화하고 있는 란의 모습을 발견한 이현은 잠시 멈칫했다. 괜한 걱정을 한 걸까. 친구와 함께 있는 란의 모습이 편안하고 즐거워 보였다. 그냥 돌아설까 고민을 하고 있는데 한 남자가 두 여자를 향해 다가서는 것이 보였다.

그 남자의 모습에 이현은 잔뜩 굳은 얼굴로 다시 걸음을 옮겼다. 그러고는 거칠게 그 남자의 팔을 붙잡았다.

"지금 내 와이프한테 무슨 수작 걸고 있는 겁니까?"

치솟는 질투에 목소리가 한껏 날카로워졌다. 그런 이현을 란은 당황한 얼굴로 바라봤다.

"당신 왜 그래요?"

"뭐가 왜 그래야? 왜? 남자가 수작 걸어 주니까 기분이 좋아?"

"사, 사장님. 오해십니다."

잔뜩 얼어붙은 남자의 목소리가 귓가에 들렸다. 그와 동시에 남자의 왼쪽 가슴에 달려 있는 은색 명찰이 보였다.

"란이 남편분? 아무래도 오해한 것 같네요. 저흰 술 좀 더 시키려고 한 거뿐인데."

란의 맞은편에 앉아 있던 진아가 몸을 일으키며 이현을 향해 말했다. 그제야 이현은 두 여자에게 접근한 남자가 BAR 직원임을 알아챘다. 이현은 굳은 얼굴로 천천히 남자의 팔을 놓아주었다.

"오해해서 미안합니다. 가 봐요."

"아, 아닙니다. 사장님."

팔이 풀려난 직원은 서둘러 그들에게서 멀어졌다. 그 모습이 재미있다는 듯 진아는 웃음을 터트렸다.

"신혼인 건 알겠는데 애정이 너무 과한 거 아니에요?"

"진아야."

란이 진아를 향해 손을 내저었다. 이현은 애써 평온한 얼굴을 유지하고 있었지만, 얼굴이 달아오르는 건 어찌할 도리가 없었다.

"실례했습니다. 이 사람 그만 데리고 가도 되겠습니까?"

오해에서 벌어진 해프닝이긴 했지만 BAR 안에 계속 란을 두는 걸 위험하다고 판단한 이현이 정중한 말투로 진아에게 말했다.

"그러세요. 란아, 못 마신 술은 다음에 마시자."

"응. 그래. 또 연락해."

란은 서둘러 자리에서 일어나 이현의 곁으로 다가왔다.

"화장실 좀 다녀올게요."

"그래."

이현은 란과 진아가 마신 술을 계산하기 위해 계산대 앞으로 걸어갔다.

"저 테이블 거 계산해 줘요."

"네."

이현은 직원에게 카드를 내밀고 낮은 한숨을 내뱉으며 이마를 긁적였다. 안도감과 민망함이 동시에 밀려와 어지러운 머리가 더 어지러워지고 있었다.

"란이가 그렇게 좋아요?"

어느새 이현 곁으로 다가온 진아가 눈을 가늘게 뜨며 물었다.

"오늘은 실례가 많았습니다."

대답하기 거북한 질문을 던지는 진아에게 이현은 정중한 태도로 말을 돌렸다.

"좋으면 잘해 줘요. 나중에 란이 놓쳐서 후회하지 말고. 란이 이야기에도 귀 좀 기울여 주고요. 그럼 다음에 봬요."

가볍게 고개를 숙이고 나가는 진아의 뒷모습을 이현은 굳은 얼굴로 바라봤다. 얼굴은 분명 예전에 란과 친하게 지내던 유진 아가 맞다. 무엇이든 한 번 보면 외워 버리는 자신의 기억이 틀릴 리가 없었다. 방정맞은 옷차림과 다르게 그녀의 눈빛은 날카로웠다. 정곡을 찌르는 진아의 말 한마디, 한마디가 이현의 신경을 거슬리게 하고 있었다.

"가요."

어느새 이현의 곁으로 다가온 란이 그를 향해 말했다.

"커피숍에 있겠다더니 BAR엔 왜 온 거야? 그것도 여자 둘이 낮부터 술이라니."

"그럴 일이 있었어요. 많이 마신 것도 아닌데요, 뭐."

"BAR에서 마실 거면 룸에 들어가서 마시든가."

이어지는 이현의 잔소리에 란은 웃음을 삼켰다.

"룸은 답답해서요. 사람도 별로 없었는데요, 뭐."

란이 짓는 해사한 미소가 아름다웠다. 이 아름다운 얼굴을 다른 사람과 조금도 공유하고 싶지 않을 만큼. 오로지 자신의 것이어야만 했다. 그녀가 짓는 표정, 손짓, 몸짓까지도. 스스로 주체하기 힘들 만큼 커져 가는 소유욕에 이현은 이를 악물었다. 독감바이러스가 이성까지 날아가게 만든 걸까. 솟구치는 소유욕에 짜증이 나 이현은 신경질적으로 걸음을 옮겼다.

"그런데 어떻게 알았어요?"

이현의 뒤를 바짝 쫓으며 란은 호기심이 가득 담긴 목소리로 물었다.

"뭘?"

"나 여기 있는 거요. 설마 경호원이?"

란은 주위를 두리번거리다가 경호원 앞에 시선을 정확히 멈추었다.

"너무 충성심이 높은 거 아니에요? 일거수일투족 다 보고하고."

란은 자신과 시선이 마주치자 민망한 듯 고개를 숙이는 경호원을 향해 웃으며 말했다. 그 모습을 보고 있자니 머리가 더욱 지끈거렸다. 인상을 잔뜩 찌푸리며 이마로 손을 가져다 대는 이현의 모습에 란은 다급히 그의 곁으로 다가왔다.

"아파요? 그러니까 무리하지 말고 쉬라고 했죠? 안 되겠어요. 오늘은 일이고, 뭐고 집으로 돌아가요."

이현을 부축하며 란이 엘리베이터 버튼을 눌렀다.

"괜찮아."

"괜찮긴 뭐가 괜찮아요? 몸도 뜨거운 게 열도 나는 거 같은데. 그럴 게 아니라 아예 병원으로 갈까……."

이현이 손을 뻗어 란의 입을 막았다.

"쉿. 조용히 해. 네가 떠들면 자꾸 여기가 울려."

이현의 말에 란은 조용히 입을 다물었다. 때마침 도착한 엘리베이터를 이현은 비틀거리는 걸음으로 탔다. 그런 그의 뒤를 란은 입을 꾹 다문 채 조용히 뒤따랐다. 두 사람을 태운 엘리베이터는 천천히 아래로 내려가기 시작했다.

"그래도 병원은 가 보는……!"

그새를 못 참고 입을 여는 란의 입술에 이현의 뜨거운 입술이 포개졌다. 열 때문인지 평상시보다 뜨거운 입술은 한참 동안 그녀의 붉은 입술 위에 머물다가 멀어졌다.

"이제야 좀 조용하군."

놀라서 입을 다무는 란을 보며 이현은 피식 웃으며 말했다. 하지만 얼마 못 가 그의 커다란 몸이 휘청거렸다.

"그런데도 왜 이렇게 어지럽지?"

이 말을 하며 자신을 향해 고꾸라지는 이현을 란은 당황한 얼굴로 부축했다.

"왜 이래요? 정이현 씨. 오빠! 당신, 괜찮아요?"

여러 가지 호칭이 동시에 란의 입에서 쏟아져 나왔다. 하지만 이미 쓰러져 버린 이현으로부터 아무런 답을 들을 수가 없었다.

✝

방금 머리를 감았는지 촉촉하게 젖은 머리로 자신의 음습한 방을 찾아온 란을 이현은 조심스러운 시선으로 바라봤다.

"이 늦은 밤에 무슨 일이에요, 아가씨?"

혹시 누가 보기라도 하면 어쩔까, 하는 걱정이 이현의 목소리에 묻어 있었다.

"내가 다 확인하면서 왔어. 걱정하지 마. 그리고 공부하다가 모르는 게 있어서 왔는걸. 아빠가 모르는 거 있을 땐 오빠한테 물어봐도 된다고 그랬어."

해사한 미소를 지으며 란은 이현의 낡은 침대 위에 걸터앉았다.

"공부하고 있었어?"

"네."

"오빠 공부가 재미있나 봐. 왜 이렇게 열심히 해?"

책상 위에 수북하게 쌓여 있는 이현의 책들을 가리키며 란이 이해가 안 된다는 듯이 물었다.

"제 미래를 위해서 할 수 있는 일이 이것밖에 없으니까요."

"그러면 고등학교 계속 다니지. 왜 그만뒀어?"

"괜찮아요. 검정고시 보고, 나중에 돈 많이 모아서 대학 가면 되니까요."

이현이 꿈꾸는 미래는 란과 함께 하는 미래였다. 조금 더 나은 자신이 되어서 당당하게 란의 손을 붙잡을 수 있길, 이현은 간절하게 꿈꿨다.

"뭘 전공하고 싶은데?"

"돈 많이 벌 수 있는 거요."

"에이. 겨우 그거야? 돈 많이 버는 게 뭐가 중요하다고."

부족함이 없이 살아온 란은 이해가 안 된다는 듯 투덜거렸다.

"그거 말고 오빠가 하고 싶은 걸 해야지. 그래야 사람은 즐거운 거래. 난 이다음에 디자이너가 될 거야. 인테리어 디자인도 좋고, 의상 디자인도 좋고. 내 손으로 무언가를 창조해낸다는 게 무척이나 기분이 좋아."

화사한 란의 얼굴을 보고 있자니 이현은 자신이 더 초라하게 느껴졌다. 이현에게 꿈이란 사치였다. 하루하루 살아 내는 것도 힘겨웠기에, 꿈조차 꿀 수가 없었다. 단지 그가 지금 간절히 바라는 딱 한 가지는 란이 항상 자신의 곁에 있는 것. 그것뿐이었다.

"참, 물어볼 게 뭐예요?"

씁쓸한 기분을 털어 내며 이현은 부드러운 얼굴로 란을 향해 물었다.

"아, 이거. 이게 해석이 잘 안 돼."

란은 영어 문장이 적혀 있는 쪽지 하나를 이현을 향해 내밀었다.

"Nothing can be instead of you. Whatever you are doing, I will be always on yourside."

란이 내민 영어문장을 이현은 차분히 읽어 나갔다. 좁은 방 안엔 이현의 부드러운 목소리가 울려 퍼졌다.

"음, 역시 오빠 목소리는 듣기 좋다. 영어 발음도 좋네."

란이 화사한 웃음을 지었다. 그러면서 더욱 이현의 가까이로 붙어 앉는 그녀였다. 그녀의 머리에선 그녀를 닮은 상큼한 꽃향기가 났다.

"그래서 해석은?"

잠시 멍하게 앉아 있던 이현은 란의 목소리에 비로소 정신을 차렸다.

"이 뜻이에요. 그 어떤 것도 당신을 대신할 수 없어요. 당신이 무엇을 하든지 난 항상 당신 편이에요."

이현의 해석을 들으며 란은 생글생글 웃었다. 그러더니 침대 아래로 폴짝 뛰어 내려가 따뜻한 시선으로 이현을 바라봤다.

"내 마음이야."

"네?"

"사실은 해석은 핑계고, 이건 내가 오빠한테 주는 편지. 역시 똑똑한 오빠는 해석해 낼 줄 알았어."

엄지손가락을 귀엽게 추켜세운 란은 문 쪽으로 걸음을 옮겼다.

"그 편지가 내 마음이야. 요즘 오빠 너무 기운 없어서, 응원의 편지 좀 써 왔어. 그럼 힘내고. 잘 자."

자신을 보며 예쁘게 웃는 란의 미소가 이현의 심장에 와서 박혔다. 란이 문을 열고 방에서 사라지고 나서도 얼빠진 이현의 얼굴은 제대로 돌아오지 않고 있었다. 한참 뒤에야 정신을 차린 이현은 떨리는 시선으로 다시 쪽지를 읽어 내려갔다.

한 번도 가져 본 적 없는 내 편, 내 편이 되어 준다는 란의 말이 이현의 심장을 울리고 있었다. 란이 자신의 곁에 있어 준다면 무슨 일이든 할 수 있을 것 같았다. 그녀와 미래를 꿈꿀 자격이 자신에게 없다는 걸 알면서도, 이현은 그 꿈을 놓을 수가 없었다. 자신의 미래의 목표는 오직 주란, 그녀뿐이었기에.

"괜찮아요?"

옛 꿈에서 벗어나 스르르 눈을 뜨자, 걱정스러운 눈으로 자신을 보고 있는 란의 모습이 보였다. 그리고 병원 특유의 알코올

향이 이현의 코끝을 자극했다.

"병원에 왔어요, 갑자기 쓰러져서."

란의 말에 이현은 여전히 쑤시는 머리를 붙잡으며 고개를 끄덕였다.

"열이 40도가 넘었었어요. 당신 정말 큰일 날 뻔했다고요."

그렇게 열이 많이 났었던 건가. 머리가 많이 아프다고 생각은 했었지만, 열이 그렇게 오르고 있다는 걸 잘 몰랐다.

"독감 다 나을 때까진 병원에 얌전히 있어요. 이번엔 제발 내 말 좀 들어요. 오늘도 말 안 들었다가 이렇게 쓰러졌잖아요."

잔소리를 쏟아 내는 란의 말에 이현은 인상을 찌푸리며 고개를 끄덕였다.

"알겠어. 알았다고."

신경질적이지만 알았다고, 대답하는 이현의 말에 란은 입가에 부드러운 미소를 지었다.

또 저 미소군. 사람 미쳐 버리게 만드는 미소.

"왜 이렇게 웃음이 헤퍼?"

딱딱한 이현의 물음에 란의 얼굴에선 서서히 미소가 거둬졌다.

"그렇게 웃지 마."

란의 얼굴에선 아예 미소가 사라졌다. 그게 이현은 또 신경질이 났다.

"주의할게요. 음, 깼으니까 일단 담당의 호출 좀 할게요."

의자에서 일어서는 란의 팔을 이현이 재빨리 붙잡았다.

"내 앞에서만 웃어. 그렇게 웃을 거면."

느릿하게 내뱉는 이현의 말에 란의 아름다운 얼굴엔 또다시 해사한 미소가 번졌다. 역시 여전히 아름다웠다, 저 미소는. 이렇게 미치도록 심장을 뛰게 할 만큼.

"기분 좋네요. 당신이 그런 말을 다 하고."

란의 목소리 톤이 상기된 듯 살짝 올라갔다. 왠지 모르게 민망한 기분이 들어 이현은 낮게 헛기침을 내뱉었다.

"내 소유니까."

무뚝뚝한 이현의 말에 란은 눈을 가늘게 떴다.

"그런 얄미운 소리는 안 했으면 더 좋았겠지만. 뭐, 이 정도로 발전한 것도 용하니까 그냥 넘어갈게요. 기다려요. 담당의 호출할게요."

란은 의자에서 몸을 일으켜 가벼운 걸음으로 인터폰 앞으로 걸어갔다. 란이 의사를 호출하고 나서 얼마 안 돼, 의사가 병실 문을 열고 들어왔다.

"아직 열이 잡히지 않았습니다만, 그래도 아까보단 많이 내렸네요. 독감은 푹 쉬고, 약 잘 챙겨 먹는 거 말고는 다른 방법이 없습니다. 이틀 정도 경과 보고 퇴원하도록 하지요."

진찰을 하고, 체온을 잰 의사가 차분한 목소리로 이현을 향해 설명했다.

"의사 선생님 말씀 들었죠? 입원해 있는 동안 푹 쉬어요."

"감기로 무슨 입원까지."

이마를 찡그리는 이현을 란은 살짝 흘겨보았다.

"괜히 일한다고 무리해서 병 더 키우지 말고 말 잘 들어요. 그렇죠, 선생님?"

란의 물음에 의사는 느릿하게 고개를 끄덕였다.

"단순 감기가 아니라 독감이니까 더욱 주의를 기울여야 합니다. 약도 꼬박꼬박 잘 챙겨 먹어야 하고요."

독감 우습게 봤다가 기절까지 한 이현이었기에 더 이상 반항은 할 수가 없었다.

"회진 때 또 들르겠습니다."

의사가 나가고 병실 안엔 다시 두 사람만 남았다.

"TV라도 볼래요?"

"TV 보는 거 별로 안 좋아해."

"그래요? 그럼 어차피 집에서 갈아입을 옷 좀 챙겨 와야 하니까 책 좀 가져다줄까요?"

"그러든가."

사실 이현은 별로 지루하단 생각을 하지 못했다. 자신의 시선 끝에 있는 란의 존재 때문이란 걸 그때는 미처 몰랐다.

"다녀올게요."

"그래."

란이 병실에서 사라지자, 넓은 병실이 더욱 넓게만 느껴졌다. 잊고 있던 지루함이란 감정이 그제야 이현을 지배해 나가기 시작했다.

이현은 무료한 얼굴로 벽에 걸린 시계를 바라봤다. 1초, 1초, 참으로 더디게 흘러가고 있었다. 란이 없다는 이유 하나만으로.

✝

　집 앞이라고 나오라던 강윤의 전화에 진아는 한껏 들뜬 얼굴로 집을 나섰다. 대문을 열고 나가자, 집 앞에 세워져 있는 하얀 강윤의 차가 보였다. 진아는 애써 표정 관리를 하며 강윤의 차에 올라탔다.

　"살다 보니 이런 날도 다 있구나? 오빠가 날 다 불러내고."

　심각한 강윤의 얼굴을 보니 그리 좋은 이야기가 아니라는 걸 진아는 직감했다. 하지만 벌써부터 주눅 들면 안 되었다. 앞으로 자신이 가야 할 길이 얼마나 험난한 길인지 그 누구보다 진아가 잘 알고 있었다.

　"유진아."

　"무슨 말을 하려고 그렇게 무게를 잡아?"

　"아무리 생각해도 아니야. 너랑 나 결혼이라니. 그건 아닌 거 같다."

　차분한 얼굴로 자신을 설득하는 강윤의 말에 진아의 마음은 상처로 얼룩졌다. 아무렇지 않은 얼굴로 강윤을 보고 있었지만, 진아의 손끝은 가늘게 떨리고 있었다.

　"오빠가 거절할 수 없는 입장이라는 건 알지? 오빠네 회사 지금 많이 힘들다는 것도. 우리 집에서 투자해 주지 않으면, 조만간 부도날지 모른다는 것도."

정곡을 찌르는 진아의 말에 강윤의 얼굴이 흔들렸다.

"아무리 그래도 그런 이유로 너와 결혼할 수 없어. 나한테 넌 여전히 좋은 동생일 뿐이야."

"서강윤. 너랑 나랑 피가 통했니, 어쨌니? 왜 나랑 동갑인 란이는 너한테 여자고, 난 너한테 동생인 건데? 누가 오빠 동생 같은 거 하고 싶대?"

날카로운 진아의 물음에 강윤은 무거운 한숨을 내뱉었다.

"불행해질 게 뻔해. 네가 상처 입을 게 뻔하다고. 널 아프게 하고 싶지 않아."

"그러니까 나랑 살자고. 길게 바라는 것도 아니야. 그렇게 부담스러우면 딱 1년만 살아. 오빠네 회사 투자받고, 안정될 때까지 나랑 살자고."

강윤 앞에선 자존심이고 뭐고 다 사라지고 만다. 그를 가질 수만 있다면 자존심 같은 거 얼마든지 버릴 수 있었다.

"진아야."

"내가 바라는 건 딱 1년이야. 1년 살아보면 무언가 결론이 나겠지. 내가 지쳐 나가떨어지든, 오빠가 날 사랑하게 되든. 일 년 살고도 오빠가 날 사랑하지 않는다면 그땐 내가 포기할게."

무거운 침묵이 차 안을 감돌았다. 진아는 애써 밝게 웃으며 강윤을 바라봤다.

"난 오빠가 날 사랑하게 만들 자신 있어."

강윤은 여전히 아무런 말이 없었다. 그 침묵이 또다시 진아를 아프게 하고 있었다.

"오빠한테 다른 선택은 없어."

"알아."

"알면 그냥 결혼해. 1년 뒤에도 오빠 마음 변함없다면 그땐 내가 정말 깨끗하게 물러날게. 적어도 그 정도 자존심은 남아 있어."

당당한 말투와 다르게 떨리고 있는 진아의 손을 강윤은 느릿한 손길로 붙잡았다.

"네가 뭐가 부족해서 이런 결혼을 하려고 해?"

"오빠니까. 내 마음이 원하는 사람이 오빠니까."

"널 아프게 하기 싫다."

"이러는 게 더 날 아프게 하는 거야."

자신의 손을 붙잡고 있는 강윤의 손이 따뜻했다. 이 손만큼이나 자신을 향하는 그의 감정도 따뜻하다면 얼마나 좋을까?

"어쨌든 날 설득하러 온 거면 포기해. 오빠와 난 결혼하게 될 거야."

강윤의 손에서 자신의 손을 빼내며 진아는 흔들림 없는 목소리로 말했다.

"갈게. 조만간 있을 상견례 장에서 봐."

약한 모습을 강윤에게 보이고 싶지 않았다. 자신이 약한 모습을 보인다면, 강윤은 더욱 도망치려 할 것이다.

차에서 내린 진아는 서둘러 대문을 열고, 안으로 들어섰다. 봄에 어울리지 않는 매서운 바람이 불었다. 얼굴을 스쳐 지나가

는 차가운 바람이 그녀의 심장도 긁고 지나갔다. 상처로 구멍이
뚫려 있는 심장을 차가운 바람이 가득 메웠다. 아프고, 또 아프
게.

7

무료한 시간이 끝없이 이어지고 있었다. 이현의 검은 눈은 여전히 시계에 집중되어 있었다. 그때 들리는 낮은 노크 소리에 이현의 얼굴에 순간 생기가 맴돌았다. 란이 돌아온 걸까.

자연스레 문 쪽으로 고개를 돌리자, 과일바구니를 들고 안으로 들어오는 인후의 모습이 보였다. 이현은 애써 실망한 기색을 감추며, 인후를 향해 가볍게 손을 들었다.

"좀 괜찮냐? 그러게 집에서 그냥 쉬라니까 굳이 애써 호텔은 왜 나와 가지고."

테이블 위에 과일바구니를 내려놓은 인후가 이현을 보자마자 잔소리를 늘어놓았다.

"잔소리는 이미 질리도록 들었으니 그만하지?"

"누가? 제수씨가? 그래도 결혼하니 좋구나. 챙겨 주는 사람도 있고."

"클라이언트랑 미팅은 어떻게 됐어?"

지독한 일벌레 아니랄까 봐, 호텔 일부터 묻는 이현을 보며 인후는 고개를 내저었다.

"잘했어, 인마. 나 못 믿어?"

"그래. 수고했다."

"그리고 또 반가운 소식이 하나 있는데."

인후의 말에 이현이 검은 눈을 반짝였다.

"호텔에 새로 입점시킬 외식업체 알아보는 중이었잖아. '레브'라는 프랑스 레스토랑이 있는데, 여기 엄청 유명하거든. 체인 제의도 많이 받고 그랬는데, 계속 거절했나 봐. 그런데 어쩐 일로 거기서 먼저 우리 호텔에 입점하고 싶다는 연락이 왔어. 이 레스토랑 인기가 대단하거든. 예약하고도 한 달을 기다려야만 한다더라."

"그래? 그런데 왜 하필 우리 호텔에 입점하고 싶대?"

"몰라. 그 오너 속을 누가 알겠냐. 어쨌든 나쁜 제안은 아닌 것 같아서 한번 만나 볼까 해."

이마를 살짝 찡그리며 머릿속으로 계산을 맞춰 보던 이현은 천천히 고개를 끄덕였다.

"외식사업부 쪽은 어차피 네가 진행시키기로 한 거니까. 그렇게 해."

"오케이. 그런데 아름다운 제수씨는 어디 갔어?"

텅 빈 병실을 둘러보며 인후는 그제야 란의 행방에 대해 물었다.

"네가 그게 왜 궁금해?"

"제대로 인사도 못 했잖아."

"하지 마. 앞으로도 영원히."

퉁명스러운 이현의 말에 인후는 피식 웃었다.

"왜? 꽁꽁 싸매고 아무한테도 안 보여 주고 싶냐?"

정곡을 찌른 모양이었다. 입을 고집스럽게 다물고 있는 이현의 옆모습을 보며 인후는 그의 머리로 손을 뻗었다.

"아이고, 이 귀여운 녀석."

"손 치워라."

"그렇게 제수씨가 좋아요? 우쭈쭈."

"최인후!"

신경질적인 이현의 외침에 인후는 배를 붙잡고 경쾌한 웃음을 터트렸다.

"아프니까 좀 사람다워지네. 보기 좋다, 인마."

"그런 거 아니야."

딱딱하게 굳은 목소리로 말하는 이현을 보며 인후는 피식, 하고 웃으며 고개를 내저었다.

"아니라고 말하면 아닌 게 되는 거냐?"

"무슨 말이 하고 싶은데?"

"감정 가는 대로 좀 편하게 살아."

인후의 얼굴에 늘 어려 있던 장난기는 이미 사라져 있었다. 진지한 얼굴로 자신을 향해 충고하는 인후를 보며 이현은 나지막한 한숨을 내뱉었다.

"그러다 또 상처받으면?"

처음으로 속내를 털어놓는 이현의 물음에 인후는 손을 뻗어 그의 검은 머리를 가볍게 툭 건드렸다.

"상처받는 게 두려워 아무것도 못하는 자, 아무것도 얻는 게 없다. 인후 님 말씀이다. 잘 새겨들어."

"됐어, 인마."

이현은 신경질적으로 인후의 손길을 밀쳐 냈다. 그런 이현의 모습에 인후는 다시 장난기 가득한 얼굴로 미소를 지었다.

"형님 말씀 잘 새겨들어라."

"됐고. 피곤하니까 그만 가라."

침대에 몸을 눕히는 이현을 보며 인후는 천천히 몸을 일으켰다.

"그래. 이왕 입원한 거 푹 쉬어라. 제수씨랑 오붓한 시간 보내면서."

침대에 누운 채 이현은 손을 들어 휘휘 내저었다. 얼른 나가라는 이현의 신호에 인후는 조용히 병실을 빠져나왔다. 이현이 자신에게 감정을 내비쳐 준 것이 고마웠다. 벌써 10년 가까이 이현을 알고 지냈지만, 속내를 잘 드러내 놓지 않던 그였다.

"이제야 진짜 친구가 된 거 같네."

이현의 병실을 슬쩍 쳐다보며 인후는 나지막한 목소리로 중얼거렸다. 그때 커다란 가방을 들고, 엘리베이터에서 내리는 란의 모습이 인후의 눈에 보였다.

"제수씨?"

인후는 서둘러 란에게 다가가 말을 걸었다.

"누구세요?"

"최인후라고 합니다. 이현이 녀석의 유일한 친구죠. 통화도
한 번 했었는데."

말끝마다 제수씨라고 자신을 부르던 유쾌한 목소리의 주인공
이 인후임을 알아챈 란은 고개를 숙여 인사를 건넸다.

"아, 반가워요."

"꼭 한 번 뵙고 싶었는데 이현이 녀석이 좀처럼 보여 주질
않아서 이제야 인사를 하네요. 잠시 시간 괜찮으면 커피 한 잔
할래요?"

엘리베이터 왼쪽에 있는 휴게실을 가리키며 묻는 인후의 말
에 란은 고개를 끄덕였다.

"그래요."

"일단 무거운 짐은 저에게 맡기고. 가시죠."

란의 손에 들린 가방을 가로채 들며 인후가 먼저 휴게실 쪽
으로 걸음을 옮겼다. 친구는 많이 닮는다던데, 이현과 인후는
오히려 정반대인 것 같았다.

휴게실에 도착하자 테이블에 가방을 내려놓은 인후가 자판기
에서 캔 커피를 뽑아 란을 향해 내밀었다.

"힘들죠? 애 키우는 거?"

"네?"

"고집불통에 엄청 말 안 듣는 애 하나 키우고 있잖아요."

이현의 병실 쪽을 가리키며 인후가 장난기 어린 얼굴로 물었
다.

"아, 좀 그렇죠."

"원래 남자는 죽을 때까지 애래요. 우리 어머니가. 그러니 저
녀석이 속 썩여도 너그러운 아량으로 보살펴 주세요."

천성이 유쾌한 사람 같았다. 이현 곁에 이런 친구가 있어서
정말 다행이라 생각하며 란은 입가에 미소를 지었다.

"두 사람 사이에 무슨 일이 있었는지 정확히 잘 몰라요. 저
녀석이 원체 그런 이야기를 잘 안 해서."

어느새 진지한 얼굴로 란을 보며 인후가 말했다.

"그래도 제수씨 다시 만나고 저 녀석이 좀 사람다워졌어요.
저 녀석 미국 대학에서 처음 만났는데, 그땐 정말 기계 같았어
요. 공부만 하는 기계, 딱딱한 얼굴로 강의실, 도서관만 오가면
서 그 어떤 사람에게도 마음을 열지 않았어요. 학교에서도 유명
한 아웃사이더였죠."

머릿속에 이현의 모습이 절로 그려졌다. 군중 속에 있어도 고
독했을 이현의 모습을 떠올리자 란은 마음이 아파 왔다. 누구보
다 사람을 좋아하고, 사람들과 어울리는 걸 좋아했던 이현이었
는데, 자신이 그를 그렇게 바꿔 버린 것 같아 란은 너무 속상하
고, 마음 아팠다.

"처음엔 같은 한국인이라는 이유로 녀석한테 관심이 갔어요.
그런데 어찌나 곁을 안 주던지 그게 자꾸 자존심을 긁더라고요.
그래서 일방적으로 제가 따라다녔어요, 친구 하자고. 여전히 도

도한 녀석이지만요."

"고마워요, 저 사람 옆에 있어 줘서."

"그 말로는 약한데? 나중에 맛있는 거 한 번 대접해 주세요."

란은 웃으면서 고개를 끄덕였다. 한 번이 아니라, 몇 번이라도 이 사람에겐 대접해 주고 싶은 마음이었다.

"그리고 녀석한테 잘해 주세요. 제수씨가 어떤 상처를 줬는지 모르지만, 저 녀석 아직도 그 상처 속에서 살아요. 또 상처받으면 그땐 저 녀석 어떻게 될지 상상도 하기 싫습니다."

"이제 다시 상처 주는 일 없을 거예요."

란의 대답이 마음에 든다는 듯이 인후는 가볍게 고개를 끄덕였다.

"저 녀석도 사실 잘한 거는 없죠. 제수씨 호텔 그렇게 만든 건 미안해요. 그런데 아마 저 녀석이 생각할 수 있는 유일한 방법이었을 거예요, 그게. 제수씨 곁으로 다시 돌아올 수 있는."

"알고 있어요."

"꼭 행복해지세요. 그래서 행복이 뭔지 모르던 저 녀석에게 알려 주세요. 행복은 이런 거다, 하고."

이현을 진심으로 아끼는 인후의 마음이 전달되었다.

"참견은 여기까지. 이현이한테는 비밀로 해 줘요. 제가 제수씨랑 이렇게 오붓하게 티타임 가진 거 알면 절 죽이려고 할지도 몰라요."

자신의 목을 조르는 시늉을 하는 인후의 우스꽝스러운 모습에 란은 웃음이 났다.

"네."

"들어가 봐요. 제수씨 꽤나 기다리던 눈치였어요."

란은 고개를 끄덕이고, 가방을 챙겨 들고 일어섰다.

"다음에 또 봬요."

"네. 진짜 맛있는 거 해 주는 겁니다. 집 밥이 얼마나 그리운지 몰라요."

"네. 조만간 초대할게요."

자신이 없었던 11년간 이현의 삶이 어땠는지 많이 궁금했었다. 생각했던 것처럼 그의 11년은 많이 고독하고, 외로웠던 것 같다. 그래도 저런 친구가 곁에 있어서 다행이었다. 조금은 위로가 되었겠구나, 하는 안도감이 란의 마음에 깃들었다.

"나 왔어요."

란은 천천히 병실 문을 열고, 안으로 들어가자 침대에 누워 있던 이현이 재빨리 몸을 일으켰다.

"나 기다렸어요?"

웃으며 묻는 란의 말에 이현이 다른 곳으로 시선을 돌렸다.

"기다리긴 누가."

거짓말을 할 땐 원래 사람 눈을 잘 못 마주치던 그였다. 예전엔 늘 그런 이현의 행동으로 그의 거짓말을 찾아내곤 했었다. 오랜만에 보는 이현의 그런 모습에 란은 웃음이 났다.

"그래요? 난 당신 빨리 보려고 서둘러 왔는데."

"서둘러 온 것치곤 너무 늦었군."

이현의 불만 섞인 목소리에 란은 웃음을 삼켰다.

"이제 다시는 자리 비우는 일 없을 거예요."

"누가 뭐래?"

진심을 들키는 게 쑥스러웠는지 이현은 퉁명스러운 목소리로 대꾸했다.

"열은 좀 내렸어요?"

이현의 곁에 다가가 앉은 란은 손을 들어 그의 이마를 짚었다. 아직 살짝 열이 있는지, 뜨거운 기운이 맴돌았지만 아까처럼 불덩이같이 뜨겁지는 않았다. 그런 란의 손을 이현이 거친 손길로 붙잡았다.

"함부로 만지지 마. 병원에서 험한 꼴 당하기 싫으면."

욕망으로 일렁거리는 이현의 검은 눈에 란은 마른침을 꼴깍 삼켰다. 아픈 와중에도 이 남자의 눈에 비친 욕망은 사그라질 생각을 하지 않았다. 란은 재빨리 한 발 물러서며, 그의 손에 잡혀 있는 자신의 손을 빼냈다.

자신의 몸을 매만지던 그의 손길이 떠오르자 란의 몸 역시 뜨겁게 달아올랐다. 여전히 그의 검은 눈엔 욕망이 가득했다. 머리부터 발끝까지 천천히 자신을 훑어보는 그의 시선에 란은 옷을 입고 있음에도 불구하고 발가벗겨지는 기분이 들었다.

이마, 눈, 콧잔등, 입술, 가슴, 허리, 그리고 점점 더 아래로 내려갔다 올라갔다를 반복하며, 시선은 끈덕지게 그녀를 따라붙었다. 그 시선만으로도 호흡이 가빠지는 걸 느끼며 란은 붉어진 자신의 얼굴에 손을 가져다 댔다.

"여기가 병원이라는 건 잊지 말아요. 당신이 환자라는 것도."

그걸 잊지 말아야 하는 사람은 자신 역시 마찬가지였다. 란은 애써 이현으로부터 시선을 거두며 집에서 싸 온 가방을 열었다. 그러고는 그의 서재에서 가져온 책 몇 권을 이현을 향해 내밀었다.

"책 좋아하나 봐요. 서재에 책이 엄청 많더라고요."

"짧은 시간 지식을 쌓기 제일 좋은 게 책이니까."

"병원에 있으니까 좀 편하게 볼 수 있는 걸로 가져왔어요."

란이 챙겨 온 건, 명시들이 들어 있는 시집과 편안하게 읽을 수 있는 소설 위주였다. 책을 살펴보던 이현은 그중 시집을 들어 책장을 넘기기 시작했다.

"생강차 챙겨 왔어요. 감기에 좋다더라고요. 타 줄 테니까 잠시만 기다려요."

란이 커피포트를 얹으며 따뜻한 목소리로 말했다. 조용한 병실 안에는 책장이 넘어가는 소리와 커피포트의 물이 보글보글 끓는 소리만이 가득했다. 이런 평온한 느낌은 참으로 오랜만이었다. 이현은 방금 읽은 시를 떠올리며 생강차를 타고 있는 란을 슬그머니 바라봤다.

『한 마디의 탄식하는 말조차도
그대의 입술에서 흘러나오지는 않으리.
그러나 온화한 입가에 숨겨진 그대의 마음은
그 창백한 손이 모조리 말해 주고 있다.

내 눈동자가 계속 끌리고 있는 그대의 손은
그 슬픔의 가냘픈 그림자를 지니고 있다.
졸음조차 찾아오지 못했던 밤에
고뇌에 찬 가슴에 놓였던 추억을 생각케 한다.』

다시 만난 란은 예전과 변한 게 하나도 없었다. 차갑게 구는
자신에게 늘 따뜻하게 먼저 손을 내밀었다. 자신을 매몰차게 내
쫓던 그날의 그녀 모습이 이질적으로 느껴질 정도로, 란은 여전
히 밝고, 아름다우며 다정했다.

그런 사람이 어찌하여 그랬던 걸까? 상처 주는 말 같은 건
잘 내뱉지도 못하는 사람이 그날은 왜 그토록 모질고 차가웠던
걸까?

스스로 받은 상처가 너무 커 이현은 한 번도 생각해 보지 않
았다. 란이 그렇게 행동했을 이유를. 그저 자신에게 보여 주었
던 다정하고, 따뜻했던 행동들을 가식이라 치부해 버렸다.

란에게 버려진 이후, 여전히 그녀를 사랑하는 자신의 마음조
차 증오스러웠다. 스스로가 한심해 견딜 수가 없었다. 그래서
그녀를 향한 사랑을 지우고, 그녀를 마음껏 미워하려고 노력했
다. 미움과 사랑이 같은 말이라는 걸 모른 채로.

"식기 전에 마셔요."

란이 방금 탄 생강차를 이현에게 내밀었다. 차의 뜨거운 온기
가 컵을 통해 전달되었다.

"그날……."

힘겹게 입을 열었던 이현은 끝까지 말을 하지 못하고 멈추어 버렸다.

"네?"

"아무것도 아니야. 차 잘 마실게."

이현은 아직 진실을 들을 용기가 나지 않았다. 그녀를 못 믿어서가 아니라, 진실을 알게 되면 자신이 그녀에게 했던 모진 말과 행동들을 견딜 수 없을 것 같았다. 그러기에 차마 아무것도 물을 수가 없었다.

†

이현이 잠든 사이 병실에 놓아둘 꽃을 사러 꽃집에 갔다 돌아온 란은 병원 앞에서 한 노신사와 실랑이를 벌이고 있는 인후를 발견했다. 돌아간 줄 알았는데 아직까지 병원에 있었던 걸까?

"아, 어르신. 이현이 녀석 괜찮다니까요. 어르신이 안 거 알면 괜히 저한테 불똥이 떨어져요."

"쯧. 고얀 것들. 아무리 그래도 입원한 걸 숨겨?"

"많이 아픈 것도 아니에요. 단순한 감기인걸요, 뭐."

시끄럽게 실랑이를 벌이고 있는 두 사람 곁으로 란은 조심스럽게 다가갔다.

"인후 씨?"

"어? 제수씨?"

인후의 입에서 나온 제수씨란 단어에 노신사의 날카로운 눈이 란을 향했다.

"이현이 색시?"

노신사의 물음에 인후가 재빨리 고개를 끄덕였다.

"어르신은 처음 보죠? 결혼식에도 안 오셨잖아요."

"뭐가 예쁘다고 결혼식을 가?"

"에이. 그래도 이현이 아프다니까 부리나케 달려오시고……. 아야!"

노신사가 들고 있던 지팡이로 인후의 정강이를 내리쳤다.

"어르신! 아프다고요!"

"아프라고 때린 거다. 그래, 이현인 좀 어떤가?"

자신을 향해 묻는 노신사의 말에 란은 어리둥절한 표정을 지었다. 누구기에 이현의 일에 그토록 관심이 많은 걸까.

"아, 저희 사업 실질적인 오너세요, 이 어르신이. 이현이 녀석 공부도 시켜 주시고, 이 자리에 오르기까지 많이 도와주셨죠."

"그래요? 정말 고맙습니다."

고개를 숙여 인사를 건네는 란을 노신사는 퉁명한 시선으로 바라봤다.

"색시한테 인사 듣자고 한 일은 아니야."

"원래 성격이 좀 까칠하세요. 이현이랑 부자(父子)사이라고 해도 믿을 정도로 성격이 똑 닮았죠."

란의 귀에 나지막하게 속삭이는 인후의 정강이를 노신사가
다시 지팡이로 내리쳤다.

"아프다고요, 어르신!"

"잠시 시간 좀 되면 나랑 이야기 좀 하지."

노신사가 다시 란을 보며 차분한 목소리로 말했다.

"네."

이현을 도와준 어르신이라는 이야기에 란은 순순히 그 뒤를
쫓았다. 병원 1층에 위치한 커피숍에 들어간 두 사람은 안쪽에
자리를 잡았다.

"음료는 뭐로 시킬까요?"

"아메리카노."

어르신답지 않은 취향에 란은 슬쩍 놀라며, 자리에서 일어나
주문대로 걸음을 옮겼다. 아메리카노 두 잔을 받고 돌아오는 란
을 노신사는 관찰하는 눈으로 바라보고 있었다.

"그래. 결혼 생활은 할 만하고?"

"네."

"그 녀석 무지 못되게 굴지?"

정곡을 찌르는 질문에 란은 이상하게 웃음이 나왔다. 인후 말
대로 이현과 노신사는 참으로 많이 닮은 듯했다. 퉁명스러운 말
투하며, 고집스러운 얼굴까지, 부자사이라고 해도 믿을 정도로
닮은 두 사람이었다.

"이젠 괜찮아요."

"아프더니 철들었나 보구먼. 사실 색시랑 결혼하다고 해서

내 무지하게 반대를 했어. 그런 마음으로 하는 결혼 잘될 리가 없다고 생각했거든."

"그 사람이 저 미워했던 거 아시는군요."

"그 녀석을 그렇게 만든 게 색시라는 것도 알지. 자네 아버지도 알고 있고."

노신사의 눈이 다시 날카롭게 빛났다. 아버지에게 반감을 가지고 있는 듯한 말투에 란은 심장이 덜컥 내려앉았다. 혹여 과거 아버지에게 피해를 입은 사람일까?

"저희 아버지가 혹시……."

"나한텐 험한 짓 한 거 없으니 안심하게. 원래 그 사람 약자 앞에선 강하고, 강자 앞에선 약한 사람 아니던가."

입맛이 썼다. 아버지의 성정을 정확하게 집어내는 노신사의 말에 란은 할 말이 없어졌다.

"그래도 다행히 애비를 닮지는 않은 것 같구면. 이현이 녀석 잘 살까 걱정이 되었는데 색시를 보니 좀 안심이 되네."

이현을 진심으로 걱정하는 노신사의 마음을 느낄 수가 있었다.

"인후 녀석이 하도 난리를 치니 오늘은 그냥 돌아가야겠구면. 이현이 그놈이 불퉁하게 굴더라도, 잘 좀 감싸 주게. 천성이 나쁜 녀석은 아니니."

일어서는 노신사를 따라 란 역시 재빨리 일어섰다.

"감사합니다, 어르신."

"잘 살아. 상처 준 사람이 치유도 해 줄 수 있는 거야."

그렇게 이현을 내쫓고 많은 걱정을 했었다. 이현의 삶이 너무 고달프지 않을지, 갈 곳을 잃은 그가 어딘가에 제대로 정착해 살 수나 있을지. 하루하루 그의 걱정을 하며 시간을 보냈다. 종교도 없던 란이 종교도 가지며, 매일매일 간절하게 기도했다. 이현의 삶이 평안하기를.

그 간절한 기도가 다행히 통했던 걸까? 비록 그의 마음은 자신으로 인해 꽁꽁 얼어붙었지만, 좋은 사람들을 곁에 둘 수 있었던 것 같다. 인후도 그렇고, 방금 전 만난 노신사도 그렇고.

"다행이다, 정말."

병실로 돌아온 란은 잠든 이현을 바라보며 나지막하게 중얼거렸다. 따뜻한 사람들이 곁에 있어서 정말 다행이라 생각하면서.

†

저녁을 먹고 약기운에 취해 먼저 잠이 든 이현은 달빛이 어스름한 새벽 스르르 눈을 떴다. 애초에 수면시간이 그리 길지 않았던 그였기에, 일찍 잠이 든 만큼 일찍 눈이 떠지고 말았다. 타는 듯한 갈증에 옆을 둘러보자, 그가 물을 찾을 줄 알았는지 침대 옆 서랍장에는 란이 올려 둔 것으로 추정되는 생수병 하나가 보였다.

단숨에 생수병에 있는 물을 마신 이현은 자신의 침대 옆에 놓인 보호자 침대에서 몸을 웅크리고 자고 있는 란을 내려다보

149

았다. 그런데 란의 모습이 영 이상했다. 끙끙거리는 소리를 내는 란의 곁으로 이현은 재빨리 몸을 일으켜 다가갔다. 이불을 젖히기 전에도 그녀의 몸에서 내뿜어지는 뜨거운 열감이 이현의 손끝에 느껴졌다.

"란아. 주란."

이현은 다급한 손길로 란의 몸을 흔들었다. 하지만 열에 취했는지, 좀처럼 눈을 뜨지 못하는 그녀였다.

"젠장. 나한테 옮았군."

자신과 증세가 아주 똑같았다. 이럴 줄 알았으면 그냥 집에 들여보내는 건데. 이현은 초조한 얼굴로 인터폰을 향해 걸어갔다.

"내 아내가 열이 많이 납니다, 의사 좀 호출해 줘요."

인터폰을 내려놓은 이현은 다시 란의 곁으로 돌아왔다. 아픈 란을 보고 있으려니 이상하게 심장이 저릿거렸다. 자신이 아플 때보다 더 큰 아픔이 느껴지고 있었다.

"싫다. 네가 아픈 거."

열이 너무 많이 나 땀도 나지 않는 뜨거운 란의 이마에 손을 가져다 대며 이현은 나지막하게 중얼거렸다. 잠시 후 의사와 간호사가 들어왔고, 정신없이 란의 상태를 체크하였다.

"증상이 똑같군요. 아내분도 같이 치료를 받아야 할 것 같습니다."

란의 병상은 이현의 침대 옆에 차려졌다. 링거와 주사를 맞고, 여전히 열에 취해 눈을 뜨지 못하는 란을 이현은 조용히 바

라봤다. 여린 몸을 바들바들 떠는 란의 모습에 이현은 마음이
아파 시선을 뗄 수가 없었다.

"아프지 마라. 아프지 마."

란이 상처받고 아파하길 바랐지만 실제로 그런 모습을 보니,
자신의 진심이 무엇인지 비로소 알았다. 란이 아픈 것이 싫다.
그걸 지켜보는 게 너무나 마음 아프다. 심장을 톡톡 건드리는
이상한 감정들에 이현은 나지막한 한숨을 내뱉었다.

다시 란을 만나도 사랑하지 않을 수 있다, 자신했다. 그녀에
게 가지는 감정을 단순한 욕망이라 정의 내렸었다.

하지만 아픈 란의 모습에 그 오만했던 자신감은 한순간에 무
너져 내리고 있었다.

"나는……."

살짝 떨리는 입술로 이현은 천천히 입을 열었다.

"여전히……."

느릿하게 말을 뱉으며 이현은 뜨거운 란의 손을 붙잡았다.

"네가……."

아무리 외면하려고 애써도 외면할 수 없는 여자가 지금 눈앞
에 있다.

"좋은 것 같다."

억눌렀던 감정을 인정하고 나자, 란을 향한 마음이 봇물 터지
듯 커지고 있었다. 그 감정의 무게에 짓눌려 숨조차 제대로 쉴
수가 없었다. 그래, 어쩌면 그녀를 미워하는 그 순간에도 그녀
를 사랑하고 있었는지 모른다. 증오와 사랑이 같은 말이라던 란

의 말이 맞았다. 정이현은 여전히 주란을 사랑하고 있었다.

✝

긴 잠에서 깬 란은 자신의 침대 위에 엎드린 채 잠들어 있는 이현의 모습에 깜짝 놀랐다. 왜 이현이 이렇게 잠들어 있는 걸까? 그러다가 자신의 팔에 꽂혀 있는 링거를 발견한 란은 어젯밤 자신이 많이 아팠던 걸 떠올렸다. 본인도 환자면서, 자신을 간호한 걸까? 밤새 맞은 링거 때문인지 많이 가뿐해진 몸을 느끼며 란은 슬그머니 침대에서 몸을 일으켰다.

"괜찮아?"

란의 인기척을 느꼈는지 잠들어 있던 이현이 번쩍 눈을 뜨며 물었다.

"아, 깼어요? 왜 이러고 자고 있어요. 아픈 사람이."

"나보다 네가 더 아팠어. 이젠 좀 괜찮은 거야?"

이현의 물음에 란은 웃으면서 고개를 끄덕였다.

"괜찮아요. 나 이제 하나도 안 아픈 것 같아요."

"방심하지 마. 이번 감기 그렇게 쉽게 안 떨어지니까. 애초에 내 간호를 못하게 했어야 했는데. 괜히 너까지 이게 뭐야?"

신경질적인 목소리로 내뱉는 이현의 말에 란은 조용히 손을 뻗어 그의 어깨를 붙잡았다.

"난 좋은데요."

"뭐가? 아픈 게?"

어이가 없다는 듯 이현이 퉁명스러운 목소리로 되물었다.

"당신 간호하다 감기 옮은 거요. 이렇게 감기도 옮고, 함께 아프고. 진짜 부부가 된 것 같잖아요."

해사한 란의 웃음에 이현이 코끝을 살짝 찡그렸다.

"아픈 와중에도 넌 참 해맑아."

"그러게요. 난 왜 이런 게 기쁘지?"

란이 민망한 듯 손을 들어 이마를 살짝 긁적였다.

"근데 나 때문에 못 잔 거 아니에요? 침대에서 좀 더 자요. 아픈 사람이 이게 뭐예요? 이러다 더 병나겠네."

자신을 걱정하는 란을 이현은 말없이 바라보다, 커다란 손을 들어 그녀의 머리를 쓰다듬었다.

"내 걱정하는 거 보니 확실히 좀 괜찮은 것 같군. 그래. 좀 더 자야겠어."

아쉬운 듯 란의 머리에서 손을 떼며 이현은 자신의 침대로 걸어갔다.

"너도 좀 더 쉬어."

자신의 침대에 몸을 눕힌 이현이 퉁명한 목소리로 내뱉었다. 하지만 슬쩍 란을 스쳐 지나가는 그 시선만큼은 다른 날과 다르게 따뜻했다. 그 시선을 느낀 란은 천천히 이현의 침대 곁으로 다가왔다.

"당신 열은 좀 내렸어요? 나는 괜찮은 거 같은데."

란은 하얀 손을 이현의 수려한 이마 위로 뻗었다. 그 손길에 눈을 감으려던 이현은 몸을 움찔거리며 다시 눈을 떴다.

"경고야. 손 떼."

"왜요? 열 있나 좀 보려는 건데."

아까보다 짙어진 이현의 검은 눈을 눈치채지 못하고 란은 생글거리는 얼굴로 말했다.

"분명히 경고했어."

"뭘……!"

란이 미처 말을 다 내뱉을 틈도 주지 않고, 이현이 손을 들어 그녀의 머리를 자신 가까이로 끌어왔다. 그러고는 단숨에 집어삼킬 듯 그녀의 입술에 자신의 입술을 묻었다.

란은 눈을 꼭 감은 채 그의 입술을 받아들이고 있었다. 부드러운 혀가 입 안을 파고들고 그녀의 혀를 휘어 감았다. 입술과 입술을 통해 나오는 뜨거운 열기가 두 사람의 얼굴을 달아오르게 만들고 있었다.

늘 그가 하던 거친 키스가 아닌, 부드러운 키스였다. 달콤하게 혀를 빨아 당겼다가, 놓아주고, 다시 부드럽게 빨아들이는 그의 혀에 란의 몸은 뜨겁게 달아오르고 있었다. 이곳이 병원이란 사실도 잊고 란은 한껏 달뜬 얼굴로 그의 키스를 받아들였다.

그때였다. 똑똑, 하는 낮은 노크 소리가 들려온 것은. 노크 소리에 놀란 두 사람은 서둘러 떨어졌다. 잠시 후, 간호사가 문을 열고 병실 안으로 들어왔다.

"어? 두 분 다 열이 많이 나는 것 같아요."

열을 체크하러 왔는지 체온계를 꺼내 들던 간호사가 두 사람의 붉은 얼굴을 보며, 놀란 얼굴로 말했다.

"이상하네."

먼저 이현의 열을 체크하고, 란의 열을 체크하던 간호사가 고개를 갸웃거렸다.

"열은 없는데요? 그런데 왜 이렇게 두 분 다 얼굴이 붉지?"

"아, 병실이 너무 더워서 그런가 봐요."

손부채질을 하며 란이 내뱉는 변명의 말에 간호사는 고개를 끄덕였다.

"온도 좀 내릴게요. 두 분 오늘 약이에요. 식사하고 30분 뒤에 먹으면 돼요."

"네. 알겠습니다."

간호사가 병실에서 나가고 나서야 란과 이현은 서로를 보며 안도의 한숨을 내뱉었다. 그런 자신들의 모습이 웃겼는지 두 사람은 동시에 웃음을 터트렸다.

"병원에서 갑자기 키스를 하면 어떡해요?"

병원인 것도 잊고, 그에게 빠져들었던 게 민망해 란은 또다시 얼굴을 붉히며 말했다.

"그러니까 경고했잖아."

당당한 이현의 대답에 란은 피식 웃음을 터트렸다.

"다음부터 주의할게요."

"그래. 나 지금 아주 위험한 상태라고."

다시 침대에 누워 이불을 덮으며 이현이 나른한 목소리로 말했다.

"알겠어요. 절대 안 건드릴 테니까 어서 자요."

"그래."

얼마 지나지 않아 이현은 스르르 잠에 빠져들었다. 밤새 자신을 걱정하느라 잠도 잘 못 잔 것 같았다. 그런 이현이 고마워 란은 따뜻한 시선으로 잠든 그를 바라보았다.

✝

잠에서 깬 이현은 옆 침대에 앉아 있는 란을 조용히 바라보았다. 란은 이현이 잠에서 깬 것도 모른 채 집중해서 시집을 읽고 있었다. 마음에 드는 시를 읽는지 그녀의 얼굴은 무척이나 행복해보였다.

"시 읽고 있어?"

이현의 물음에 란은 재빨리 그를 향해 고개를 돌렸다.

"깼어요?"

"응. 입원해서 잠은 정말 실컷 자는 것 같군."

"이런 날도 있어야죠. 당신 그동안 너무 바빴잖아요."

"그래. 그런데 무슨 시 읽고 있었어? 네 표정이 즐거워 보이는데."

이현의 물음에 란은 웃으면서 고개를 끄덕였다.

"이 시, 내가 좋아하는 시예요. 들어 볼래요?"

"좋아."

이현의 대답에 란은 목소리를 가다듬었다. 그러고는 천천히 시를 읽어 내려가기 시작했다.

"그 깊은 떨림, 그 벅찬 깨달음, 그토록 익숙하고, 그토록 가까운 느낌. 그대를 처음 본 순간 시작되었습니다. 지금껏, 그날의 떨림은 생생합니다. 단지, 천 배나 더 깊고, 천 배나 더 애틋해졌을 뿐. 나는 그대를 영원까지 사랑하겠습니다. 이 육신을 타고나 그대를 만나기 훨씬 전부터 나는 그대를 사랑하고 있었나 봅니다. 그대를 처음 본 순간 그것을 알아 버렸습니다. 운명, 우리 둘은 이처럼 하나이며, 그 무엇도 우리를 갈라놓을 수는 없습니다."

차분한 목소리로 시를 읽는 란을 이현은 따뜻한 눈으로 바라보았다.

"좋죠? 칼리 지브란 레바논 시인의 '그 깊은 떨림'이란 시예요."

15살 어린 시절, 친구한테 빌린 시집에서 이 시를 보았을 때 제일 먼저 떠오른 사람이 바로 이현이었다. 마치 그를 향한 자신의 마음 같아서, 이 시가 어린 란의 마음에 깊게 각인되었다. 언젠가 그에게 읽어 주고 싶었던 이 시를 이렇게 읽으려니 감회가 새로웠다.

"좋군."

"사랑하는 사람이 생기면 이 시 꼭 읽어 주고 싶었어요."

그 사람이 바로 이현이란 말은 하지 않았지만, 란의 눈빛에서 그녀의 진심이 읽어졌다. 두 사람은 한참을 말없이 서로를 바라본 채 앉아 있었다. 이현이 그녀의 진심을 느끼듯, 란도 달라진 그의 마음을 알아챌 수 있었다.

여전히 말투는 무뚝뚝했지만, 눈빛은 예전과 다르게 한없이 다정해진 그였다. 자신을 향한 원망이, 미움이 조금은 풀린 걸까? 아직은 물어볼 용기가 나지 않았다. 혹여나 자신을 보는 저 눈빛이 또다시 차가워질까 봐.

"병실에만 있기 답답한데 병원 정원이라도 같이 걸을래요?"

"아직 바람이 차. 답답해도 참아."

"그래요."

일상적인 대화가 오가는 지금이 너무 좋았다. 이제야 비로소 진정한 부부가 된 것 같은 기분이 들었다. 힘들게 되찾은 이 따뜻한 행복을 깨트리고 싶지 않았다. 그래서 란은 아무것도 물을 수가 없었다.

†

하루 더 병원에서 치료를 받은 두 사람에게 퇴원을 해도 된다는 의사의 말이 떨어졌다. 드디어 병실에서 탈출할 수 있게 된 게 기쁜지 이현은 서둘러서 짐을 쌌다.

"퇴원해서 좋아요?"

퇴원 수속을 마치고 돌아온 이현을 향해 란이 웃는 얼굴로 물었다.

"그래. 그만 가지. 우리 집으로."

그의 입에서 나오는 '우리 집'이라는 단어가 따뜻하게 느껴졌다. 이제 정말 그 집이 '우리 집' 같이 느껴지는 순간이었다.

병원을 나서는 란과 이현을 향해 경호원이 뛰어와 가방을 받아들었다.

"바로 출근할 거예요?"

차에 올라타서 란은 걱정스러운 눈으로 이현을 보며 물었다.

"이제 진짜 괜찮아. 집에 가서 중요한 일부터 하고, 바로 출근할 거야."

"중요한 일이요?"

"있어. 아주 중요한 일."

대답을 하는 이현의 얼굴이 굉장히 초조해 보였다. 도대체 무슨 일이기에 그럴까?

그 궁금증은 얼마 지나지 않아서 풀리게 되었다. 호들갑스럽게 자신을 맞이하는 메이드들에게 인사를 하고, 란은 자신의 방으로 들어갔다.

일단 개운하게 샤워부터 할 생각이었다. 몸에 밴 병원 특유의 냄새가 그리 달갑지가 않아 란은 서둘러 옷을 벗어 던지고는 욕실 안으로 들어갔다. 쏴아, 샤워기의 시원스러운 물줄기가 몸에 닿는 게 기분 좋아 란은 눈을 꼭 감은 채, 뜨거운 물줄기를 즐겼다.

그렇게 눈을 감은 채 샴푸를 향해 손을 뻗는데, 누군가 자신에게 샴푸를 건네주는 게 느껴졌다. 깜짝 놀란 란이 눈을 뜨자, 자신과 같이 나체로 샤워기 물줄기 아래 서 있는 이현의 모습이 보였다.

"뭐예요, 당신?"

"중요한 일 하러 왔어."

욕망으로 인해 잔뜩 허스키해진 이현의 목소리가 욕실 안에 울렸다. 그와 동시에 세차게 뛰는 그녀의 심장 소리와 함께.

샤워기에서 흘러내리는 물줄기가 두 사람의 몸을 흠뻑 적시고 있었다. 남자의 몸이 이렇게 아름다울 수 있을까? 군더더기 하나 없는 탄탄한 몸에 흘러내리는 물을 보며, 란은 감탄을 자아내고 있었다.

욕실 안은 어느새 뜨거운 열기로 가득 차기 시작했다. 뜨거운 물줄기에서도, 그녀의 붉은 입술에서도, 자신의 몸을 부드럽게 쓰다듬는 이현의 손길에서도 뜨거운 열기가 분출되고 있었다.

그의 손이 얼굴에 닿는 걸 느끼며 란은 자연스레 붉은 입술을 벌렸다. 단숨에 파고드는 그의 혀를 느끼며 란은 야릇한 신음을 흘리기 시작했다.

란의 투명할 정도로 하얀 살결 위에 와 닿은 손은 천천히 그녀의 몸을 쓸어 내려가기 시작했다. 선이 둥근 어깨, 움푹 팬 쇄골, 가슴골 사이를 지나간 손은 그녀의 배꼽까지 느릿하게 움직였다. 그의 손이 닿는 모든 곳이 뜨겁게 달아오르며, 란의 호흡을 더 가빠지게 만들고 있었다.

천천히 그녀의 입술에서 입술을 뗀 이현은 그녀의 등 뒤로 걸어갔다. 그렇게 뒤에서 그녀를 끌어안은 채 이현은 커다란 손으로 풍만한 란의 가슴을 움켜잡았다. 단단한 손의 움직임에 분홍빛 젖꼭지는 단숨에 부풀어 올랐다.

젖꼭지가 부풀어 오른 걸 확인한 이현은 젖꼭지를 손가락 사이에 낀 채 앞뒤로 비틀며 그녀의 자극을 더욱 극대화시키고 있었다. 느리게 움직이던 손가락이 점차 빠르게 움직였다. 그 손가락 사이에서 분홍빛 젖꼭지는 더욱 단단해지고 있었다.

"아!"

신음을 참을 수가 없었다. 그의 손가락 아래에서 그녀의 몸은 어느새 달아오르고 있었다. 소리가 그대로 울리는 욕실에서 그녀의 신음은 메아리처럼 울려 퍼졌다. 다리에 힘이 풀려 제대로 서 있을 수가 없었다.

점점 더 거세지는 흥분에 란은 다리가 그대로 풀려 버리고 말았다. 그의 단단한 허벅지에 기대에 선 란은 엉덩이 골에서 느껴지는 그의 성난 남성의 느낌에 얼굴을 붉혔다.

한참 그녀의 엉덩이에 자신의 남성을 비비던 이현은 그녀의 몸을 서서히 자신 쪽으로 돌리고는 거칠게 그녀의 입술에 입을 맞추었다. 혀를 깊게 빨아들이는 그의 입술에 란은 거친 숨을 토해 냈다.

그의 혀가 그녀의 치열을 빠르게 훑고 지나갔다. 그게 마치 자신의 몸을 훑고 지나가는 느낌이어서 란은 그의 입 안에 뜨거운 신음을 토해 내고 말았다.

그녀의 거센 신음을 느끼며 입술을 떼어 낸 이현은 천천히 그녀의 쇄골에 입술을 가져다댔다. 샤워기에 쏟아져 나오는 물줄기로 인해 촉촉이 젖어 있는 쇄골을 세차게 빨며 점점 더 입술을 아래로 내렸다. 그러더니 단단해진 젖꼭지를 혀끝으로 살

161

짝 건드리는 그였다.

"하아!"

그의 사소한 행동 하나하나가 모두 전율이 되었다. 그의 몸에 익숙해질 대로 익숙해진 란이었지만, 욕실이라는 공간이 선사하는 쾌락은 또 달랐다.

생전 처음 느껴 보는 짙은 쾌락에 란은 정신을 차릴 수가 없었다. 세상에 이런 쾌락이 있을까? 직접 느끼고 있는 이 순간에도 란은 그게 잘 믿기지가 않았다. 이런 쾌락이 현실에 존재한다는 것이.

"아훗."

현실이라는 걸 일깨워 주듯 꼿꼿이 세운 혀는 젖꼭지 주변 유륜을 세차게 움직였다. 그의 손길에, 그의 숨결에 활짝 핀 꽃봉오리처럼 란의 몸은 뒤로 젖혀져 갔다. 그녀의 어깨를 단단히 지탱해 주고 있는 그의 팔에 기대에 흥분과 환희가 뒤섞인 신음을 잔뜩 터트렸다.

여러 번의 경험으로 이미 그녀의 성감대를 너무나 잘 파악하고 있는 그였다. 혀로 가슴을 끊임없이 공략하면서 그의 손은 어느새 흠뻑 젖어 있는 여성을 향해 나아가고 있었다. 흥분과 긴장으로 인해 다리에 힘을 잔뜩 주었지만, 여성 주변을 맴도는 그의 손길에 다리는 스르르 풀어지고 말았다.

빈틈을 찾아낸 손은 단숨에 여성에 와 닿았다. 엄지와 중지로 여성을 벌리고 들어와서 검지로 가장 예민한 클리토리스를 자극했다.

"아아!"

란의 신음은 한층 더 높아졌다. 음핵 주변을 빙그르르 도는 손가락에 더운 거센 쾌락이 찾아와 그녀의 머릿속을 하얗게 질려 가게 만들었다. 이대로 가다간 그대로 폭발해 버릴 것만 같았다.

하지만 멈추라고 하고 싶지는 않았다. 그가 선사하는 폭풍 같은 쾌락에 더 물들고 싶었다. 그런 그녀의 마음을 아는지 손가락은 더욱 섬세하게 연주를 해 나갔다. 그리고 그 연주의 끝에 그녀는 기어코 폭발하고 말았다.

왈칵. 샤워기 물줄기와는 이질적으로 다른 물이 그녀의 여성 안에서 흘러나왔다. 란의 허벅지는 여성 안에서 흘러나오는 물과 샤워기에서 나오는 물이 합쳐져 더욱 번들거렸다.

자신에게 안겨 꿈틀거리는 란을 만족스러운 얼굴로 바라보며 이현은 샤워기 물을 멈추었다. 커다란 타월을 꺼내 그녀의 몸을 닦아 준 이현은 자신의 몸을 닦고 난 후, 그녀를 번쩍 안아 들었다.

"나머진 침대에서 본격적으로 하지."

욕실 문을 열고 나온 이현은 그녀를 침대 위에 눕혔다. 그러더니 자연스럽게 그녀의 두 다리를 벌리고 여전히 물이 찰랑거리는 여성을 바라봤다. 부끄러웠지만, 그를 말릴 힘이 그녀에겐 없었다. 그의 손에서 절정을 맞이했던 여파로 아직도 그녀의 몸은 잔뜩 달아올라 있었다.

할짝.

물이 찰랑거리는 여성으로 어느새 그의 입술이 와 닿았다. 혀로 물살을 가르며 곧장 가장 예민한 그곳을 향해 입술을 뻗는 그였다. 한 번의 절정으로 몸은 이미 예민해져 있었다. 그의 숨결에 여린 란의 몸은 또다시 파닥였다.

"아아!"

또다시 커다란 밀물 같은 쾌락이 찾아오고 있었다. 단단해져 톡 튀어나온 음핵은 보드라운 혀의 공격에 또 한 번 무너지고 있었다. 아까보다 더 강한 쾌락이 그녀의 몸을 가득 채워 갔다. 침대 시트가 다 젖을 정도로 많은 물을 흘리며 란은 거친 숨을 토해 냈다.

"못 참겠어요."

다시 여성으로 손을 뻗는 이현의 손을 꽉 움켜잡으며 란은 잔뜩 상기된 얼굴로 말했다.

"이제 그만 넣어 줘요."

란의 말에 이현의 검은 눈은 더욱 짙어졌다.

"원했던 말이야."

지체 없이 그녀의 몸 위로 올라온 그는 잔뜩 성이 난 남성을 여성의 갈라진 틈 사이로 가져다 댔다. 그러더니 단숨에 그녀의 질 안으로 남성이 파고들었다.

"하아!"

만족감이 가득한 신음을 흘리며, 이현을 몸을 앞뒤로 빠르게 움직였다. 찌걱찌걱, 여성에서 흘러나오는 물과 남성과의 마찰음이 고요한 방 안에 색스럽게 울려 퍼졌다. 이미 그의 손과 혀로 인해 두 번의 절정을 맛보았던 여성은 더욱 세차게 그의 남성을 조였다.

"미치겠군, 정말."

란이 선사하는 쾌락을 견디기 힘들었는지 이현이 이를 악물며 말했다. 그러면서도 결코 피스톤 운동을 멈추지 않는 그였다. 란의 흥분이 거세질수록 남성을 조이는 여성의 힘 또한 더욱 강해졌다.

질 벽을 긁고 지나가는 남성을 세차게 조였다, 풀었다 하는 여성에 이현의 입에선 뜨거운 열기와 함께 거센 신음성이 터져 나왔다. 란은 더욱 세차게 그의 어깨를 움켜잡으며 엉덩이를 한 껏 더 높이 들어 올렸다. 남성은 더욱 깊숙이 박혀 오며 그녀의 가장 예민한 곳을 자극해 나갔다.

"아웃!"

여태껏 느꼈던 쾌락보다 훨씬 더 큰 쾌락이 찾아왔다. 머릿속이 새하얗게 질려 아무 생각도 할 수가 없었다. 이 쾌락이 멈췄으면, 아니, 멈추지 않았으면 좋겠다. 머리부터 발끝까지 번져가는 쾌락에 란은 몸을 바르르 떨었다.

여성에서 또다시 왈칵하고 물이 쏟아져 내렸다. 그녀의 여성에서 샘솟는 물로 인하여 남성도 흠뻑 젖었다. 하지만 남성은 멈추지 않고, 더욱 쉼 없이 움직였다. 그녀가 가장 예민하게 반응하는 깊은 곳으로 끝없이 찔러 들어오며 란을 쾌락의 늪에서 헤엄치게 만들고 있었다.

왈칵, 왈칵, 여성에서 물이 쏟아져 나오며 여러 번의 절정을 맞이하고 나서야, 그의 남성에서 절정의 결정체인 하얀 액체가 뿜어져 나왔다. 그렇게 절정을 맞이한 두 사람은 서로를 꼭 끌어안은 채 거친 숨을 내뱉었다.

"이제 아까 못한 샤워 마저 해야지."

가만히 누워 있는데도 여성이 움찔거렸다. 여전히 절정에서 벗어나지 못한 여성을 느끼며 란은 고개를 내저었다.

"손 하나 까딱할 힘도 없어요."

"그렇다면 내가 씻겨 주지."

이현이 번쩍 란을 들어 올리고는 다시 욕실 안으로 들어갔다.

"뭐하는 거예요?"

"넌 그저 가만히 있으면 돼."

커다란 욕조 안에 란을 내려놓은 이현은 샤워기 물을 틀어 욕조에 물을 채웠다.

"고개 좀 뒤로 젖혀 봐."

욕조 밖에 의자를 놓고 앉은 이현이 란을 향해 말했다.

"머리 감겨 주게요?"

"알면 시키는 대로 좀 하지?"

란은 웃으면서 이현을 향해 고개를 젖혔다. 따뜻한 물줄기가 땀으로 흠뻑 젖은 머리에 와 닿았다. 퉁명스러운 말투와 다르게 그의 손길은 부드러웠다. 물에 흠뻑 젖은 적갈색 머리에 기분 좋게 와 닿는 긴 손가락을 느끼며 란은 눈을 꼭 감았다.

향기 좋은 샴푸 냄새가 코끝을 기분 좋게 자극했다. 또다시 쏟아지는 따뜻한 물줄기가 거품을 제거하는 걸 느끼며 란은 슬그머니 눈을 떴다. 그러자 자신을 똑바로 응시하고 있는 이현의 검은 눈이 보였다. 그 눈엔 여태껏 보아 왔던 원망, 증오, 그런 감정은 없었다. 예전만큼 따사로운 눈은 아니었지만, 그 검은 눈이 조금은 편안해 보여 란은 마음이 놓였다.

"팁 줄게요."

란은 손을 뻗어 그의 뒷머리를 붙잡고는 그대로 자신 쪽으로 끌어왔다. 그러고는 그대로 그의 입술에 자신의 붉은 입술을 포갰다. 슬며시 입을 대었다 뗀 란은 수줍게 웃었다. 그런 란을 보며 이현은 피식 웃음을 터트렸다.

"팁치고는 조금 약한데."

이 말을 하며 이현은 몸을 일으켜 욕조 안으로 들어왔다. 그러고는 단숨에 란의 가슴을 움켜잡았다.

"또요?"

란은 더 이상의 질문을 던질 수가 없었다. 이현의 뜨거운 애무에 연신 달콤한 신음을 흘리는 것 말고는 아무것도 할 수가 없었기에.

8

이현의 사무실에서 대신해서 업무를 보고 있던 인후는 출근
을 하는 이현을 놀란 눈으로 반겼다.

"뭐야? 벌써 퇴원한 거야?"

"이제 많이 괜찮아졌어."

무뚝뚝한 이현의 대답에 인후는 피식 웃었다.

"그래. 입원한 게 효과가 있나 보다. 혈색이 아주 좋아졌는
데?"

인후의 말에 이현은 혈색이 좋아진 진짜 이유를 떠올리며 입
가에 미소를 지었다.

"단순히 입원의 힘은 아닌 건가? 눈빛이 음탕한데?"

"음탕하긴 뭐가 음탕해?"

정곡을 찌르는 인후의 말에 이현은 살짝 당황했다.

"분명 뭔가 있는데. 뭐야? 혈색이 좋아진 진짜 비결이?"

"알면 다쳐."

"뭐야? 제수씨랑 사이가 좀 돈독해진 거야? 그래, 그래. 제수씨 좋은 사람 같더라. 이제 그만 마음 풀고 잘해 줘. 선물도 좀 하고, 다정한 말도 좀 해 주고. 남자만 여자 하기 나름이 아니라, 여자도 남자 하기 나름이야."

선물이라는 단어가 이현의 귀에 꽂혔다. 예전엔 란에게 선물을 해 주고 싶어도 돈이 없어서 해 주질 못했다. 그래도 종종 모은 돈으로 큰 선물은 아니었지만, 작은 선물이라도 란을 위해 해 주려고 노력했다. 핸드폰 고리라든가, 헤어핀이라든가, 지금 생각하면 정말 별 볼 일 없는 선물이었지만 그 선물을 받을 때마다 란은 해사한 미소를 지으며 정말 기뻐했었다.

지금도 선물을 받으면 그렇게 기뻐해 줄까? 그 시절 란의 얼굴을 떠올리던 이현의 눈앞에 인후의 손이 빠르게 지나갔다.

"뭐야?"

"자네 돌아왔군. 딴 세상에 간 것 같아서 말이야."

인후가 이현의 어깨에 손을 얹으며 장난기 어린 말투로 말했다.

"아무리 내 잔소리가 듣기 싫어도 말이야. 딴생각이나 하고. 이 형님이 얼마나 섭섭하겠냐?"

"알았다. 충고 감사히 새겨들으마."

"자식, 너 오늘 좀 이상하다? 재미없게 왜 이렇게 고분고분해? 넌 튕기는 게 매력인데."

인후가 관찰하는 눈빛으로 이현을 살폈다. 그런 인후를 향해 이현은 재빨리 손을 내저었다.

"정신 사납게 하지 말고 결재한 서류나 줘 봐. 다시 살펴보게."

그때 사무실 문이 열리며 비서가 차를 가지고 들어왔다.

"윤 비서."

"네?"

자신을 부르는 이현의 목소리에 비서는 재빨리 대답했다.

"여자들은 어떤 선물 받을 때 제일 좋아하지?"

이현답지 않은 물음에 비서는 살짝 당황한 눈치였다. 그동안 못되게 군 게 미안해 란에게 선물을 하고 싶긴 한데 어떤 선물을 좋아할지 좀처럼 감이 잡히지가 않았다.

"야, 그걸 윤 비서한테 물어보면 어쩌냐? 제수씨 선물해 줄 거 아냐?"

"그럼 너한테 물어보냐?"

"스스로 생각을 해야지, 이현아. 세상에 여자가 백 명 있으면 선물도 백 개가 있어야 해. 여자들은 다 가지고 싶은 게 달라. 안 그래요, 윤 비서? 윤 비서 취향 맞춰 봤자 제수씨가 하나도 안 좋아할걸?"

인후의 말에 윤 비서는 입을 가리고 웃었다.

"이사님은 어떻게 그렇게 잘 아세요? 연애 경험이 많은가 봐요."

"뭐, 그건 아니지만."

연애 경험 이야기에 인후가 고개를 푹 숙이며 그답지 않게 힘없는 목소리로 대답했다.

"모태솔로야, 최인후."

"야!"

인후가 서둘러 손을 들어 이현의 입을 막았다.

"윤 비서 차 잘 마실게. 그만 나가 봐요."

인후는 어색하게 웃으며 윤 비서를 향해 말했다. 윤 비서는 웃음을 꾹꾹 삼키며 쟁반을 들고 사무실 밖으로 나갔다.

"그걸 말하면 어떡해?"

"창피하냐?"

"안 창피해. 이래 봬도 나 순정을 지키고 있는 남자라고. 나한테 여자는 내 첫사랑 수린이밖에 없다고."

30살이 넘어서도 첫사랑 운운하는 인후의 말에 이현은 고개를 내저었다. 하긴 증오든, 미움이든 평생 여자라곤 란밖에 모르던 자신이 할 걱정은 아니었지만 말이다.

"10년 후에 만나기로 한 약속장소에도 안 나왔다며?"

그게 벌써 9년도 지난 일이었다. 수린을 만나겠다는 일념에 인후가 한국까지 들어와 약속장소에 갔건만, 여자는 끝내 나타나지 않았다고 한다.

"이유가 있겠지."

"그 여자는 아마 기억도 못 할 거다, 너."

"우리 수린이 그런 애 아니거든!"

"그래. 그 첫사랑 꼭 만나기를 바란다."

"내 꿈이다, 인마."

이 녀석 순정만큼은 인정해 줘야 한다. 소식도 모르는 첫사랑을 잊지도 못하는 남자라니. 세상에 이런 남자가 또 있을까?

"어쨌든 제수씨 선물은 너 스스로 생각해. 그게 곧 정답이다."

끝까지 충고를 멈추지 않는 인후의 의지에 이현은 조용히 그의 어깨를 두드렸다.

"충고 고맙다."

"그래, 인마. 형님 말을 들으면 자다가도 떡이 생기는 법이다."

"됐고. 그 레스토랑 오너는 만나 봤어?"

이현의 물음에 인후는 가볍게 고개를 끄덕였다.

"음식 진짜 맛있더라. 다음번에 너희 부부도 초대하고 싶다던데? 너도 본격적인 계약 진행하기 전에 한번 먹어 봐야 할 거 아니야?"

"우리 부부를?"

"응. 너 결혼한 것도 알더라고. 하긴 이 바닥에 소문 쫙 났으니까."

"그러지, 뭐."

레스토랑 오너의 제안을 대수롭지 않게 여기며 이현은 서류로 눈을 돌렸다. 하지만 서류가 눈에 잘 들어오지 않았다. 어떤 선물을 받으면 란이 기뻐할까? 그 생각만으로도 이현의 머리는 복잡해져 오고 있었다.

✝

화기애애한 분위기 속에서 란의 홈패션 수업은 이어졌다.

"와, 이제 정말 잘하는데요?"

메이드 아주머니들이 만든 커튼들을 살펴보며 란은 감탄 어린 목소리로 말했다.

"다 사모님 덕분이에요."

"그러게요. 해 보니까 정말 재미있어요."

아주머니들의 칭찬에 란은 얼굴을 붉히며 손을 내저었다.

"아주머니들도 저 요리 가르쳐 주시잖아요. 오늘도 알려 주실 거죠?"

"오늘은 보양식 알려 드려야 할 것 같아요."

한 아주머니가 꺼낸 말에 모여 있던 다른 아주머니들이 웃음을 터트렸다.

"요즘 사장님하고 금슬이 아주 좋은 것 같아요."

아주머니들의 놀림에 란의 얼굴이 더욱 붉어졌다.

"가르쳐 주신다면 사양은 않겠어요."

붉어진 얼굴과 다르게 호탕한 란의 대답에 아주머니들은 또 한 번 웃음을 터트렸다.

"전복 삼계탕 알려 드릴까요?"

"정말요?"

한 씨 아주머니의 말에 란은 갈색 눈을 반짝이며 되물었다.

"네. 전복이 그렇게 남자 정력에 좋대요."

"어우, 이 여편네 보게."

"왜 그래? 내가 효과 제대로 봤다고."

능청스러운 한 씨 아주머니의 농담에 란 역시 웃음을 터트리고 말았다. 지금보다 더 좋아진다면 좀 곤란할 것도 같지만, 그럼에도 불구하고 기대가 되는 건 왜일까?

"그럼 사모님, 재료 준비하고 부를게요."

"네. 전 여기서 커튼 마무리 좀 하고 있을게요."

"네."

아주머니들이 사라지자 세탁실은 순식간에 조용해졌다. 란은 마무리 단계의 커튼을 보며 이현의 방에 걸려 있는 블랙 톤의 암막커튼을 떠올렸다. 왜 그렇게 검은색을 좋아하는 건지. 이현의 방을 보고 있자면, 절로 삭막한 기분이 들었다.

"그래서 성격도 그렇게 칙칙해진 게 분명해."

표정이 거의 없는 이현의 얼굴을 떠올리며 란은 피식 웃었다. 주말 빼놓고는 해 뜰 때 집에 거의 없는 사람이 방은 왜 그리 어둡게 해 놓고 사는지. 이 커튼이 완성되면 당장 그 방 커튼부터 바꿀 생각이었다.

하얀 레이스로 속 커튼을 만들고, 다시 그 위에 덮을 커튼은 은은한 아이보리 톤으로 골랐다. 암막 기능까지 하면서도, 화사한 느낌을 줄 수 있는 커튼을 만들었는데, 이현이 좋아할지는 의문이었다. 이왕이면 좋아했으면 좋겠다.

"사모님. 재료 준비 다 됐어요."

커튼 작업이 거의 끝나 갈 때쯤 한 씨 아주머니가 세탁실 안으로 들어왔다.

"네, 가요."

란은 활기찬 목소리로 대답하고 아주머니를 따라 일어섰다. 주방으로 걸어 들어가자 전복과 생닭, 한약재와 마늘 등 재료들이 보기 좋게 식탁 위에 일렬로 놓아져 있었다.

"우선 전복 손질부터 알려 드릴게요. 전복 내장은 제거할 필요가 없고요, 이빨은 제거해주는 게 좋아요."

"전복에 이빨이 있어요?"

놀란 눈으로 묻는 란을 향해 한 씨 아주머니는 웃으며 고개를 끄덕였다.

"몰랐어요. 전복에도 이빨이 있는지."

저번에 전복죽을 끓였을 때 아주머니들이 재료 손질까지 다 해 줘서, 이런 걸 배울 틈이 없었다.

"씹으면 딱딱해서 제거하는 거예요. 먹을 때 이물감이 느껴지면 기분 안 좋잖아요. 일단 여기 두툼한 부분 보이죠? 거기에 살짝 칼집을 내 주세요."

한 씨 아주머니는 시범을 보이며 칼집을 낸 부분을 살짝 들쳤다. 그러자 빨간 속살 사이로 뾰족한 이빨 두 개가 보였다. 전복은 귀엽게 생겼는데, 이빨은 왠지 모르게 징그러웠다. 단숨에 이빨을 제거하는 한 씨 아주머니를 란은 감탄 어린 시선으로 바라봤다.

"간단하죠?"

"간단하긴 한데 좀 징그럽네요."

"그래도 이게 의외의 쾌감이 있어요."

한 씨 아주머니의 말을 들으며 란은 전복을 손에 들었다. 두 툼한 부분을 찾아 칼집을 낸 후, 슬쩍 들쳐서 이빨을 뽑아냈다. 생각보다 손쉽게 뽑히는 이빨을 보며 란은 어색하게 웃었다.

"아직 쾌감까진 잘 모르겠네요."

"잘하네요. 이번엔 닭 손질할 차례예요. 여기 꽁지에 보면 기름기 많은 부분이 있거든요. 거기를 제거하고, 칼집을 넣은 다음에……."

란은 눈을 반짝이며 한 씨 아주머니의 설명을 들었다. 요리를 배우는 게 생각보다 재미있었다. 이 음식을 먹을 사람의 행복한 표정을 떠올리면서 하는 요리는 정말 즐거웠다. 이현의 무뚝뚝한 얼굴에도 미소가 감돌길 바라며 란은 정성스러운 손길로 요리에 임했다.

✝

집으로 돌아가던 길 '해피트리' 라는 이름을 가진 화원을 본 이현은 잠시 차를 멈추었다.

"나는 나무가 좋아."

이현의 귓가에 열여섯 란의 목소리가 들려왔다. 이현은 아련한 얼굴로 그때의 기억을 떠올렸다.

"이 책 읽어 봤어?"

커다란 벚꽃나무 아래 누워 있던 란이 자신이 읽고 있던 책을 이현을 향해 흔들며 물었다.

"아낌없이 주는 나무요?"

책 제목을 따라 읽으며 묻는 이현의 물음에 란은 웃으며 고개를 끄덕였다.

"난 이 책이 너무 좋아. 좋으면서도 슬퍼. 그런데 나도 이런 나무 같은 사람이 되고 싶어. 들어 봐."

란은 낭랑한 목소리로 책 뒷부분을 펼쳐 들고 읽어 내려갔다.

『 '미안해.'
나무는 한숨을 쉬었습니다.
'무언가 너에게 주고 싶은데 내게 남은 것이 아무것도 없단다. 나는 그저 늙어 버린 나무 밑동일 뿐이야. 미안해.'
'이젠 나도 필요한 게 별로 없어. 그저 편안히 앉아서 쉴 곳이나 있었으면 좋겠어. 난 몹시 피곤하거든.'

소년이 말했습니다.

'아, 그래.'

나무는 안간힘을 다해 몸뚱이를 펴면서 말했습니다.

'자, 앉아서 쉬기에는 늙은 나무 밑동이 그만이야. 얘야, 이리로 와서 앉으렴. 앉아서 쉬도록 해.'

소년은 그렇게 했습니다. 그래서 나무는 행복했습니다.」

책을 가슴에 푹 끌어안으며 란은 여러 가지 감정이 담긴 눈으로 이현을 바라봤다.

"이런 사랑을 하고 싶어, 나도. 모든 걸 다 주어도 행복한 사랑 말이야. 항상 그 자리에 뿌리 박혀 있는 나무처럼 변함없는 사랑을 말이야."

자신을 보는 란의 눈빛이 너무 따뜻했다. 기대를 하면 안 되는 줄 알면서도, 이현은 그 눈빛에 심장이 두근거렸다. 마치 자신을 사랑한다는 말같이 들려서, 바보 같은 심장은 속절없이 두근거렸다.

"어?"

간판 불이 꺼지는 걸 본 이현은 재빨리 옛 생각에서 벗어났다. 서둘러 차에서 내린 이현은 화원 주인을 향해 달려갔다.

"잠깐만요."

"네?"

"나무 좀 사고 싶은데요."

"찾으시는 나무는요?"

주인의 물음에 이현은 말문이 막혔다. 어떤 나무가 좋을지는 생각을 미처 하지 못했다.

"어떤 나무가 좋을까요?"

되묻는 이현의 말에 주인은 웃으면서 초록 잎이 싱그러운 작은 나무 하나를 가리켰다.

"저희 화원 이름이랑 똑같은 해피트리예요. 실내에서 키우는 나무인데 공기 정화에 아주 좋아요. 거기다 의미도 있고요."

"의미요?"

"네. 서로 다른 모든 것을 치유하며 향기를 뿜는다, 라는 의미를 가지고 있어요."

치유라는 단어에 이현의 심장이 반응했다. 서로에게 준 상처를 이 나무로 치유할 수 있었으면 좋겠다는 생각이 들었다.

"이걸로 할게요."

계산을 하고 나무 화분을 받아 든 이현은 다시 차에 올라탔다. 란이 이 나무를 보면 환하게 웃어 줄까? 싱그러운 란의 미소를 떠올리며 이현 역시 기분 좋은 미소를 지었다.

†

나무 화분을 들고 들어오는 이현을 란은 웃는 얼굴로 반겼다.

"어? 해피트리네요?"

"이거 알아?"

"네. 좋아하는 나무예요. 이거 키우려고요?"

이현은 천천히 란을 향해 화분을 내밀었다.

"받아. 너 주려고 산 거야."

"어? 이거 내 선물이에요?"

란의 얼굴은 순간 환해지며 싱그러운 미소가 번졌다.

"마음에 들어?"

"너무 마음에 들어요. 고마워요. 이런 선물 받을 거란 기대도 안 했는데."

"마음에 들면 됐어."

무뚝뚝한 목소리로 답하고 있었지만, 이현의 얼굴에도 만족스러운 미소가 번지고 있었다.

"저녁은 먹었어요?"

화분을 햇살이 잘 들어오는 거실 통유리 앞에 내려놓으며 란이 이현을 향해 물었다.

"아직."

"이 시간까지요?"

"바빴어."

"그래도 식사는 잘 챙겨 먹어야죠. 씻고 나와요. 저녁 준비할게요."

이제 란이 차려 주는 식사에 제법 익숙해진 이현은 고개를 끄덕이며 방으로 들어갔다. 주방으로 간 란은 뚝배기에 준비해 두었던 전복 삼계탕을 불 위에 올렸다. 혹시나 해서 준비해 두었는데 그러길 잘했다 생각하며, 란은 냉장고 쪽으로 걸음을 옮겼다.

"사모님 제가 할게요."

자신을 향해 다가오는 한 씨 아주머니에게 란은 손을 내저었다.

"아니에요. 늦었는데 방에 가서 쉬세요. 제가 하고 싶어서 그래요."

"그럼 수고하세요, 사모님."

"네. 수고 많으셨어요."

란은 웃으면서 한 씨 아주머니에게 인사를 건네고는 찬거리를 꺼냈다. 접시에 김치와 각종 나물들을 보기 좋게 담은 란은 식탁 위에 올려 두었다. 보글보글 맛있게 끓은 삼계탕을 식탁 위에 올려 두자, 편한 옷으로 갈아입은 이현이 주방으로 들어왔다.

"딱 맞춰서 나왔네요. 앉아요."

"전복 삼계탕이군."

의자에 앉으며 하는 이현의 말에 란은 느릿하게 고개를 끄덕였다.

"오늘 배웠어요. 보양식으로 좋다고 그래서요."

"뭐, 보양이 필요하긴 하지."

가늘게 눈을 뜨며 중얼거리는 이현의 말에 란은 슬며시 얼굴을 붉혔다. 전복 삼계탕에 숨겨진 의미를 아무래도 이현이 눈치 챈 모양이었다.

"그게 아니라 당신 몸도 아팠고, 일도 너무 많은 거 같아서요."

"그래. 그런 의미로 받아들였어. 왜? 다른 의미라도 있는 건가?"

그답지 않은 짓궂은 미소가 이현의 얼굴에 번졌다.

"없어요. 얼른 먹기나 해요."

확 달아오른 얼굴을 가라앉히기 위해 란은 무던히도 열심히 손부채질을 했다. 그나저나 이 남자 먹는 모습은 왜 이리 섹시한 걸까? 수저를 쥐고 있는 손등 위 푸른 힘줄까지 섹시해보였다.

남자 정력에 좋은 음식이라더니 여자한테도 그런 거 아니야? 아까 한 씨 아주머니와 함께 먹었던 삼계탕의 효과를 의심하며 란은 고개를 숙였다. 이러다간 식탁에서 자신이 먼저 그를 덮치게 생겼다.

"잘 먹었어."

길게만 느껴졌던 식사 시간이 드디어 끝이 났다.

"참, 당신 방 커튼 봤어요?"

식사를 마친 식탁을 치우며 란이 이현을 향해 물었다.

"네가 만든 건가?"

"마음엔 들어요?"

"뭐, 그다지 내 취향은 아니지만. 예쁘더군."

"당신 방도 좀 화사해졌으면 좋겠어요. 봄이잖아요."

"손쉽게 화사해지는 방법이 있는데."

란은 눈을 동그랗게 뜨며 그를 올려다보았다.

"궁금하면 따라와 봐."

란은 이현의 뒤를 따라 그의 방으로 걸음을 옮겼다.

"손쉽게 화사해지는 방법이 뭐예요?"

"너."

"네?"

"네가 있으면 돼, 이 방에."

이현의 검은 눈에 수줍은 얼굴의 자신이 반사되어 보였다.

"얌전히 기다려. 금방 양치질만 하고 나올 테니. 보양식 먹은 보답은 확실하게 해야지."

란의 심장이 세차게 두근거렸다. 왠지 모르게 다리가 후들거려 서 있을 수가 없었다. 떨리는 시선으로 침대에 앉아 있는데, 욕실 문이 열리며 이현이 걸어 나왔다. 두 팔로 란을 가둔 그는 매혹적인 미소를 지었다.

"보답할 시간이야."

이현의 입술은 단숨에 란의 붉은 입술을 덮쳤다. 란 역시 입술을 활짝 벌리며 입 안을 파고드는 그의 혀를 적극적으로 반겼다.

키스를 하면서 이현의 손은 그녀의 면 원피스 위 가슴에 와 닿았다. 옷을 벗기지도 않은 채 그녀의 가슴을 주무르며 이현은 브래지어만 살짝 아래로 내렸다. 면 원피스 위로 솟아오른 젖꼭지의 형체가 적나라하게 드러났다.

이현의 기다란 손가락이 빙그르르 돌며 그녀의 젖꼭지를 끊임없이 자극했다. 사각사각, 옷이 쓸리는 소리와 함께 란의 젖꼭지는 더욱 부풀어 올라 단단해졌다.

"하으응."

고양이 같은 신음이 그녀의 입에서 흘러나오는 걸 들으며 그는 옷 위로 그녀의 가슴을 물었다. 힘껏 빨아 당기며 혀로 살살 핥자 젖꼭지 있는 부분이 그의 타액으로 젖어 들어 더욱 도드라졌다.

맨살을 빠는 것보다 더욱 자극적이었다. 그가 선사하는 뜨거운 열기에 란은 연신 달콤한 신음을 흘리며 몸을 뒤로 젖혔다. 이현은 여전히 그녀의 옷을 벗길 생각을 하지 않은 채 원피스 아랫부분을 말아 올렸다. 흠뻑 젖은 팬티 위에 와 닿는 그의 손가락은 단숨에 클리토리스를 향해 파고들었다.

"하웃!"

높아지는 란의 교성을 들으며 이현은 손을 더욱 빠르게 움직였다. 어느새 여성에선 찌걱찌걱 소리가 나며 더욱 많은 애액이 흘러나오기 시작했다. 하지만 그걸로는 만족이 되지 않는지 란을 그대로 침대 위에 눕힌 이현은 그녀의 두 다리를 활짝 벌렸다.

이번에도 역시 팬티는 벗기지 않은 채 젖어 있는 그곳으로 입을 가져다 대는 그였다. 얇은 천 위로 그가 내뿜는 입술의 뜨거운 열기가 그대로 느껴졌다. 갈라진 틈 사이를 쭉 훑고 지나가던 혀는 클리토리스 앞에 멈춰 섰다. 뜨거운 입술이 그대로 클리토리스를 물고는 세차게 빨아 당겼다.

"아아!"

란은 침대 시트를 양손으로 움켜잡으며 더 큰 신음성을 내질렀다. 이현은 만족스러운 표정을 지으며 단숨에 젖은 그녀의 팬티를 벗겨 버렸다. 순간 차가운 공기가 와 닿는 듯하더니 금세 그의 입술이 뜨거운 열기를 내뿜으며 여성에 와 닿았다.

뜨거운 애액이 흘러내리는 갈라진 틈 사이를 세차게 핥고 올라가며 그의 매끄러운 혀는 클리토리스 위를 맴돌았다. 하지만 거기서 끝이 아니었다. 란을 절정에 도달시키기로 마음먹었는지 혀로는 클리토리스를 자극하며 손가락은 연신 꿈틀거리고 있는 질 안으로 파고들었다.

"아, 아, 안 돼요."

양쪽에서 느껴지는 거센 자극에 놀라며 란은 여린 몸을 파닥거리며 외쳤다.

"괜찮아. 편안하게 느껴. 보답은 제대로 해야 하잖아."

여전히 란의 클리토리스 근처에 머물던 입술을 살짝 달싹거리며 이현이 말했다. 그러더니 잠시 멈칫했던 손가락을 빠르게 움직이며 더 깊은 곳을 자극해 나갔다.

"흐읏!"

가장 예민한 곳에 와 닿는 손가락에 란의 여성은 빠르게 수축을 반복하며, 그의 손가락을 세차게 조였다. 그녀의 몸이 절정을 향해 나아가는 걸 느낀 이현의 손가락엔 자비가 없었다. 찌걱찌걱 색스러운 소리와 함께 손가락은 빠르게 움직였고, 입술은 쉴 새 없이 클리토리스를 빨아 당기고 있었다.

"아앗, 어떡해!"

울음 섞인 목소리가 란의 입에서 터져 나왔다. 그와 동시에 여성에선 뜨거운 물이 왈칵 쏟아져 나오며 이현의 손가락뿐만 아니라, 그의 침대 시트를 흠뻑 적셨다. 그가 손가락과 입술을 뗐음에도 불구하고 여성은 수축을 멈추지 않았다. 그 엄청난 쾌감에 란은 몸을 바르르 떨며 발가락 끝에 힘을 잔뜩 주었다.

"좀 진정되었나?"

땀에 젖은 란의 머리를 쓰다듬으며 이현이 부드러운 목소리로 물었다.

"넌 참 쉽게 흥분하는군."

"당신이 너무 노련한 거예요. 도대체 얼마나 여자 경험이 많으면 이래요?"

불현듯 궁금해지는 이현의 과거에 란의 목소리 끝이 뾰족해졌다. 얼마나 많은 여자와 관계가 있었기에, 이토록 노련하단 말인가. 건장한 서른한 살의 남자가 여자 경험이 없을 리가 없다는 걸 알면서도, 질투가 치솟는 건 어쩔 수가 없었다.

"없어."

란은 순간 자신의 귀를 의심했다.

"말도 안 돼."

"왜? 너도 처음이었잖아. 안심해. 날 이렇게 욕망에 휩싸이게 하는 여자는 오직 너뿐이니까."

사랑한다는 말보다 이 말이 더 달콤하게 들리는 이유는 뭘까? 란은 스르르 몸을 일으켜 이현을 내려다보았다.

"나도 해 주고 싶어요."

"뭘?"

란은 대답 대신 그가 입고 있는 티셔츠를 위로 말아 올렸다.

"도대체 뭐하는……. 하!"

젖꼭지에 와 닿는 란의 부드러운 입술에 이현은 날카로운 신음을 흘렸다. 그를 애무하는 그녀의 손길은 서툴기 그지없었지만, 이현에게 자극을 주기엔 충분한 모양이었다. 열심히 젖꼭지를 애무하는 그녀의 붉은 입술에 젖꼭지는 더욱 단단해졌고, 면바지 안에 남성은 크게 부풀어 올랐다.

서투른 손짓도, 수줍은 혀 놀림도 매혹적이지 않은 곳이 하나도 없었다. 다른 곳은 애무할 줄 모르고 오로지 그녀가 매달리고 있는 것은 가슴뿐인데도, 남성은 점점 더 뜨거워지고 있었다.

"그만, 그만해."

이현은 란의 여린 어깨를 붙잡고 자신의 가슴에서 그녀를 떼어 냈다. 그러고는 그녀의 몸이 아래로 오도록 빙그르르 몸을 돌렸다.

"왜요? 내가 너무 별로예요?"

순진하게 갈색 눈을 반짝이며 물어 오는 란의 말에 이현은 이를 악물었다. 전혀. 그 반대였다.

"네가 아무것도 안 해도 난 흥분돼."

그녀가 흘리는 달콤한 숨에도, 자신을 바라보는 달뜬 눈빛에도 남성은 달아올랐다.

"그리고 가장 좋은 건……."

말을 멈춘 이현은 단숨에 란의 옷을 벗기고, 자신의 옷도 벗어 버렸다.

"우리가 함께 느낄 때야."

흥분으로 인해 더욱 커진 남성이 여성의 갈라진 틈 사이에 와 닿았다. 그 위를 비비는 남성에 란은 눈을 꼭 감고 신음을 흘렸다. 그녀의 신음에 응답이라도 하듯 남성은 망설임 없이 흠뻑 젖은 여성 안으로 밀고 들어왔다.

처음은 느리게, 느리게 움직이던 남성은 점점 속도를 내기 시작했다. 그녀가 가장 예민하게 반응하는 질 속 깊은 곳을 향해 거침없이 내리꽂혔다. 그곳은 살아 움직이는 꽃봉오리였다. 예민한 곳을 남성이 건들기 무섭게 잔뜩 오므라들며 남성을 자극해 나갔다.

"아아!"

두 사람의 입에선 동시에 거친 신음성이 터져 나왔다. 세차게 조여 오는 여성과 힘차게 돌진하는 남성은 멈출 줄 몰랐다. 자극이 강해지면 강해질수록 더욱 빠르게 움직였다.

머릿속이 새하얗게 질리는 절정에 도달하고 나서야 두 사람의 뜨거운 움직임은 멈추었다. 서로를 꽉 끌어안은 채.

✝

낮부터 밤까지 가졌던 여러 번의 관계에 체력이 많이 소진됐

느지, 란은 쉽사리 잠이 들었다. 란과 나란히 침대에 누워 잠이 든 그녀를 바라보던 이현은 자신이 했던 어이없던 생각을 떠올리며 쓴웃음을 지었다.

그녀를 수없이 많이 안고 나면 질릴 줄 알았다니. 엄청나게 오만한 착각이었다. 안으면 안을수록 더욱 욕망은 샘솟았다. 지금 이 순간도 그녀가 안고 싶어 미칠 것만 같았다. 이건 단순한 욕망이 아니라는 걸 이현은 인정할 수밖에 없었다.

"다시는 나를 떠나지 마라."

그녀가 또다시 자신을 떠난다면…….

이현은 상상하기도 싫다는 듯이 눈을 질끈 감았다. 또다시 자신은 그녀가 없으면 살 수가 없는 존재가 되어 버렸다. 아니, 애초에 그녀를 다시 만나기 위해 삶을 유지해 왔는지도 모른다.

미워하려고 해도 미워할 수 없는 이 여자만이 이현의 삶에 온전한 목표였다. 그녀를 향한 감정을 인정하고 나니 오히려 마음이 편했다.

사랑한다.

란의 머리를 다정하게 쓰다듬으며 이현은 머릿속으로 수없이 이 문장을 떠올렸다.

9

같은 침대에서 일어나 아침을 맞이하고, 같은 욕실에서 씻고, 식탁에 마주 보고 앉아 대화를 나누며 식사를 하는 일상적인 행복에 란은 감사하고 있었다. 불과 얼마 전까지만 해도 이런 평범한 일상은 상상도 하지 못했었다. 그러기에 평범한 일상이 이어지는 매일이 란에겐 특별하게 여겨졌다.

"오늘 저녁엔 외출 준비해 둬."

"왜요? 같이 어디 가요?"

옷장에서 그에게 매 줄 넥타이를 고르며 묻는 란의 말에 이현은 가볍게 고개를 끄덕였다.

"새로운 외식업체와 계약을 할까 해. 기존 외식업체들 평이 너무 안 좋기도 하고 해서."

"그건 그래요. 예전에 오빠가 경영할 때 여러 번 제안했었는데, 들을 생각을 안 하더라고요."

란이 씁쓸한 얼굴로 중얼거리다, 이내 밝게 웃으며 이현을 바라봤다.

"그래서 어디예요? 새로 계약할 곳이?"

"체인은 아니야. '레브'라는 프랑스 레스토랑인데."

"어? 나 거기 알아요. 미식가들 사이에선 유명하더라고요. 예약하고도 엄청 기다려야 한다던데요? 그런데 거기가 제안을 받아들였다고요?"

"인후가 진행시키고 있는데 그쪽에서 먼저 제안을 했대. 우리 호텔에 입점하고 싶다고."

"정말요?"

믿기지 않는다는 듯 란은 눈을 동그랗게 뜨며 되물었다.

"입점 전 레스토랑 분위기랑 음식의 질, 서비스를 파악해야하니까 우리가 한번 가 보는 게 좋을 것 같아서."

란은 갈색 눈을 반짝이며 재빨리 고개를 끄덕였다.

"좋아요."

"그렇게 좋아?"

아이처럼 좋아하는 란을 보며 이현이 이마를 긁적이며 물었다. 란은 블루 톤의 넥타이를 꺼내 이현의 목에 매 주며 들뜬 얼굴로 입을 열었다.

"레브에 가는 것도 좋지만, 우리 결혼하고 함께하는 첫 외식이잖아요. 그래서 더 좋아요."

"그러게. 외식은 처음이군."

"참 거기 오너, 여자인 거 알아요? 셰프가 오너인데 엄청 미인이란 소문이 있어요."

오너가 미인이란 이야기에도 이현은 별다른 반응을 보이지 않았다. 그 말을 꺼낸 란이 무색할 정도로 이현의 얼굴은 덤덤했다.

"본격적으로 계약 진행하게 되면 당신이랑 자주 엮이는 거 아니에요?"

"질투하는 건가?"

란의 반응이 재미있다는 듯 이현의 검은 눈이 반짝였다.

"당연히 신경 쓰이죠. 남편이 미인이랑 일한다면."

"신경 안 써도 돼. 내 눈에 예뻐 보이는 사람은 너뿐이니까."

무뚝뚝한 말투랑 안 어울리는 다정한 이현의 말에 란은 미소 지었다.

"말투만 더 다정해지면 좋을 텐데."

"노력하고 있어."

쑥스러운 얼굴로 하는 이현의 말에 란은 생긋 웃으며 까치발을 들어 올렸다. 그러고는 살짝 이현의 입술에 입을 맞추는 그녀였다.

"노력하는 모습이 예뻐서 주는 상이에요."

"출근을 못하게 하는군."

맹수가 낮게 포효를 하듯, 욕망에 휩싸인 목소리로 중얼거리던 이현은 란을 번쩍 안아 들어 침대에 눕혔다.

"뭐하는 거예요?"

"벌을 주려고. 내 욕망을 자극한 벌."

원피스 위 가슴으로 이현이 얼굴을 묻었다. 이런 벌이라면 몇 번이고 받을 수 있다 생각하며 란은 달콤한 신음을 흘렸다.

†

"군기가 빠졌어."

요즘 들어 툭하면 출근 시간을 어기는 이현을 보며 인후가 잔소리를 늘어놓았다.

"넌 왜 아침부터 내 사무실에 와 있어?"

"출장 가기 전에 들렀다. 아무리 신혼이라지만 출장은 매번 나만 보내고."

불만을 토로하는 인후의 말에 이현은 피식 웃었다.

"한가하잖아. 억울하면 연애라도 하든가."

"수린이 찾을 때까진 연애 안 할 거래도."

"그러다 그 여자 결혼했으면?"

무심코 던진 이현의 말에 인후의 얼굴이 하얗게 질렸다.

"농담이라도 그런 말 하지 마라."

정색을 하는 인후를 보며 이현은 고개를 내저었다. 그런 일은 절대 없길 이현 역시 바라고 있었다. 이 녀석 폐인 되는 꼴은 절대로 보고 싶지가 않았다.

"출장 잘 다녀와. 거제도 호텔은 어떤지 잘 체크하고."

"그래도 거기는 평이 좋은 편이라 제주도 갈 때보단 덜 긴장

된다."

"꼼꼼히 살펴 봐."

"걱정 마. 그리고 가기 전에 선물 하나 있다."

인후는 손에 들고 있던 쇼핑백을 이현에게 내밀었다.

"이게 뭐야?"

"홍삼. 너 요즘 얼굴이 어떤지 아냐? 이거 먹고 영양 보충 좀
해라. 그러다 곧 코피 쏟겠어."

인후의 말에 이현을 손을 들어 요즘 들어 핼쑥해진 자신의
얼굴을 매만졌다.

"그렇게 안 좋냐?"

"장난 아니야."

이현은 민망한 기분에 볼을 긁적였다. 자제해야지, 생각을 하
면서도 잘 자제가 되지 않았다. 란의 손끝이라도 스치면 몸이
뜨거워져 견딜 수가 없었다.

"제수씨 거도 챙길까 하다가 말았다."

"네가 내 여자를 왜 챙겨?"

"이런 말 나올 줄 알았지. 그러니까 네가 알아서 챙겨. 네가
이런데 제수씨는 오죽하겠어?"

원래 마른 몸매이긴 했지만, 요즘 들어 더 부쩍 야윈 것도 같
았다. 란의 대한 걱정에 이현의 잘생긴 얼굴엔 근심이 어렸다.
그런 이현을 보며 인후는 피식 웃었다.

"그렇게 걱정되면 좀 자제하든가."

"요즘 그 단어랑 안 친해."

"그래 보이긴 한다. 보약이라도 해먹이든가."

인후의 말에 이현의 얼굴이 순간 환해졌다.

"간만에 기특한 생각했다. 고맙다, 최인후."

"와, 지 홍삼 챙겨 줄 땐 고맙다는 말도 안 하던 자식이. 아, 부러워서 배 아프게."

"홍삼도 잘 먹을게. 출장 잘 다녀와."

이현은 인후의 어깨를 가볍게 두드리며 말했다.

"그래. 간다, 가. 바다 보면서 힐링이라도 해야지."

투덜거리며 나가는 인후를 보며 조용히 미소 짓던 이현은 쇼핑백을 열어 홍삼 박스를 꺼냈다. 그러고는 홍삼즙 하나를 꺼내 단숨에 삼켰다. 기분 탓인지 모르겠지만, 왠지 모르게 힘이 솟는 듯했다.

"마음에 들어."

뿌듯한 표정을 지으며 자신이 마신 홍삼즙을 보며 나지막하게 중얼거리는 이현이었다.

✝

이현이 자신을 데리러 오길 기다리며 란은 신경 써서 옷을 골랐다. 하얀 자수 블라우스와 검은 플레어스커트, 그리고 깔끔한 블랙패턴이 들어간 코트까지 골라 입은 란은 만족스러운 얼굴로 거울을 들여다보았다.

"준비 다 했어?"

어느새 란의 방 안에 들어온 이현이 그녀의 어깨를 붙잡으며 물었다.

"네. 나 괜찮아요?"

"예쁘군. 그런데 밖에 나갈 때 너무 꾸미지 마. 다른 남자들이 너 보는 거 싫어."

"누가 본다고 그래요?"

"네가 얼마나 예쁜지 자각 좀 해."

이현의 말에 란은 피식 웃었다. 남들이 들으면 팔불출이라고 욕할 것 같은 발언을 이현이 하다니, 그게 참 신선했다.

"칭찬 고마워요."

란이 슬며시 이현의 팔짱을 끼며 말했다.

"늦은 거 아니에요?"

"아니야. 지금 출발하면 약속 시간 딱 맞출 수 있을 것 같아."

이현의 말처럼 다행히 제시간에 도착할 수가 있었다.

삼청동에 위치한 레브는 작은 프랑스식 집 모양으로 지어져 있었다. 노란 파스텔 톤 문을 열고 들어가자, 은은한 빛을 뿜어내는 눈꽃 모양의 샹들리에와 벽 한쪽을 차지하고 있는 커다란 벽난로가 제일 먼저 눈에 들어왔다. 특이하게 벽에 걸려 있는 화병엔 생화가 꽂혀 있었고, 커다란 창 주변엔 딱 세 개의 하얀 원목 테이블이 놓여 있었다.

레브는 하루에 딱 세 팀의 손님만 받는다고 한다. 예약할 때 미리 주문받은 메뉴로 코스 요리를 준비해 선보이는데 그 맛이 엄청 일품이란 이야기를 란은 소문으로 들었다.

"오셨어요?"

란과 이현이 레스토랑 내부를 둘러보는 사이 주방에서 앞치마를 입은 한 여자가 걸어 나와 두 사람을 향해 인사를 건넸다. 소문처럼 화려한 외모를 가진 여자는 생각보다 훨씬 젊어보였다.

"안녕하세요. 여기 오너 되시나요?"

"맞아요. 최은우라고 합니다."

란의 물음에 은우라고 자신을 소개한 여자가 화사하게 웃으며 말했다.

"반가워요. 미인이란 소문은 많이 들었지만, 생각보다 더 아름다우시네요. 정말 미인이세요."

"사모님도 미인인데요, 뭐. 일단 자리에 앉으실래요. 곧 식사 준비할게요."

식사 준비를 한다는 은우의 말에 란은 벌써부터 군침이 돌았다.

"그런데 오늘은 손님들이 없나 봐요?"

"오늘은 한 달에 딱 한 번 있는 쉬는 날이거든요."

자리에 앉으며 묻는 란의 말에 은우는 웃으며 설명을 해 주었다.

"아, 그런 날 저희 때문에 쉬지도 못하고."

"아니에요. 딱히 할 일도 없는걸요. 메뉴는 원래 미리 주문받지만, 두 분은 예외적인 경우라 제가 자신 있는 요리로 골라 봤어요. 괜찮으신가요?"

별다른 말이 없는 이현을 보며 은우가 조심스레 물었다.

"괜찮습니다."

"다행이네요. 그럼 일단 식전 빵부터 준비할게요."

은우가 다시 주방으로 사라졌다. 찬찬히 레스토랑 내부를 구경하며 란은 감탄 어린 시선으로 이현을 쳐다봤다.

"인테리어가 너무 예쁘네요. 그렇죠?"

"난 그런 거 잘 몰라서. 네 마음엔 들어?"

"네. 나중에 우리 집도 이렇게 꾸미고 싶어요."

"그렇게 해. 원래 이런 거 관심 많잖아."

"그런데 여기 오너도 그림에 관심이 많나 봐요."

벽에 걸려 있는 그림들을 가리키며 하는 말에 이현은 무심한 시선으로 그림들을 둘러보았다.

"그런가 보군."

"당신이랑 비슷하네요."

"난 그림 별로 안 좋아해."

퉁명스러운 이현의 대답에 란은 조용히 웃었다. 하얀 원목 테이블엔 블랙 톤의 테이블 매트가 깔려 있었고, 그 위엔 하얀색 심플한 원형 접시들이 놓여 있었다. 고급스러워 보이면서 심플한 테이블 세팅이 란의 마음에 쏙 들었다.

잠시 후 커다란 하얀 접시에 호밀빵과 양파빵, 그리고 아이스크림 모양으로 데코레이션 된 고소한 무염버터가 함께 놓여졌다.

"빵은 그날그날 만들고 싶은 빵으로 만들어요. 한번 드셔보세요."

모양은 다른 빵들과 다를 게 없었지만, 평범한 모양과 다르게 맛은 특별했다. 부드러운 버터와 함께 먹는 빵이 얼마나 고소한지 입이 절로 즐거워졌다.

"정말 맛있어요."

"다행이네요. 그럼 아뮤즈 부쉬 준비할게요."

주방으로 들어간 은우는 하얀 접시에 세 가지 아뮤즈 부쉬를 담아 나왔다. 달콤한 멜론주스와 이베르코 햄, 치즈를 올린 마늘 비스킷과, 캐비어를 곁들인 연어타르타르가 각기 다른 디자인의 작은 그릇에 담겨 있었다.

은우는 요리가 나올 때마다 하나하나 설명해 주었고, 곧장 다음 코스를 준비하기 위해 주방에 들어갔다.

무엇 하나 버릴 게 없는 음식들이었다. 맛있으면서도 독특한 맛의 향연들이 계속해서 이어졌다.

그중 란의 마음을 가장 크게 사로잡은 것은 바닷가재와 바질 오일을 넣은 꽃게수프였다. 꽃게향이 물씬 느껴지는 수프맛과 탱글거리는 바닷가재 살이 란의 입맛을 단숨에 사로잡았다. 메인디시인 한우 스테이크도 훌륭했지만, 수프 맛이 남긴 여운이 너무 강했다.

로즈 마카롱과 화이트 아이스크림, 진한 초콜릿 케이크 디저트로 두 시간 반의 긴 식사가 끝이 나자, 란은 황홀한 눈으로 앞에 서 있는 은우를 바라봤다.

"식사는 맛있게 하셨나요?"

단 음식을 싫어해 디저트를 그대로 남긴 이현과 다르게 마지막 디저트까지 깨끗하게 비운 란을 보며 은우가 정중한 목소리로 물었다.

"너무 맛있어요. 와, 소문은 들었지만 정말 상상 그 이상이네요. 그렇죠?"

란은 앞에 앉은 이현에게 동조를 구하며 물었다.

"뭐. 그럭저럭."

퉁명스러운 이현의 대답에 란은 재빨리 은우를 바라봤다.

"이 사람이 원래 말투가 좀 저래요. 음식뿐만 아니라 여기 인테리어도 너무 마음에 들어요. 그림 좋아하시나 봐요?"

벽에 걸린 그림들을 가리키며 묻는 란의 말에 은우가 고개를 내저었다.

"별로 안 좋아해요."

"아, 그래요?"

"그냥 고상해 보이려고 걸어 둔 거예요."

예전에 이현이 했던 대답과 똑같은 대답이 은우의 입에서 흘러나왔다.

"어디서 많이 들었던 답이네요."

정작 그 말을 한 적이 있었던 당사자인 이현은 아무런 반응이 없었다. 디저트와 함께 나온 홍차를 마시며 창밖을 응시하고 있을 뿐이었다.

"어쨌든 대단해요. 전 요리 잘하는 사람이 얼마나 부러운지 몰라요."

"네 요리도 맛있어."

조용히 있다가 눈치 없이 이럴 때 끼어드는 이현의 말에 란은 어색하게 웃었다.

"난 이제 겨우 배우는 단계인걸요. 도대체 이런 요리는 어떻게 만드는지."

"그럼 한번 배워 볼래요? 자주 시간은 못 내도 일주일에 한두 번 정도, 오전엔 가르쳐 드릴 수 있는데."

생각지 못한 은우의 제안의 란은 갈색 눈을 반짝였다.

"정말요?"

"네. 아, 물론 같이 일한다는 전제 조건하예요."

은우의 시선이 란이 아닌 이현을 향했다. 란 역시 이현의 눈치를 슬그머니 살폈다.

"하루에 딱 세 팀만 받는다고 했죠? 호텔에선 그런 시스템으로 유지할 수 없을 텐데 그건 상관없습니까?"

"상관없어요. 이 레스토랑은 제 밑에서 일하던 다른 셰프가 맡을 거고, S호텔에 오픈할 레스토랑은 제가 맡을 생각이에요. 이 레스토랑보단 대중적으로 운영하되, 고급스러움은 더욱 업그레이드시킬 예정이에요."

"일단 구체적인 계획이 담겨 있는 기획안부터 보도록 하죠. 계약은 그다음에 본격적으로 진행하도록 합시다."

이현이 사업가답게 날카롭게 눈을 반짝이며 은우를 향해 말했다.

"이틀 뒤에 호텔로 기획안 들고 찾아갈게요. 요리 수업은 사흘 뒤 오전부터 시작해요. 어차피 계약은 하게 될 것 같으니까요."

자신만만한 미소를 지으며 은우는 란을 향해 손을 내밀었다.

"그랬으면 좋겠네요. 그럼 그 날 뵈어요."

란은 조용히 웃으며 그녀의 손을 붙잡았다. 당당한 은우의 태도가 마음에 들었다. 레스토랑 밖까지 나와 자신들을 배웅하는 그녀에게 인사를 건네고, 란과 이현은 차에 올라탔다.

"음식 진짜 맛있지 않아요?"

영 시원찮았던 이현의 대답을 떠올리며 란이 다시 한 번 그에게 물었다.

"나쁘진 않았어."

"입맛 엄청 깐깐한 거 아니에요? 도대체 그럼 뭐가 맛있어요?"

"네가 해 주는 음식. 처음엔 별로였는데 먹다 보니 적응됐어. 그래서 지금은 그게 제일 맛있어."

"나 때문에 당신 입맛까지 망가진 거예요?"

화들짝 놀라며 묻는 란을 보며 이현은 피식 웃었다.

"요리 별로 못하는 건 아는군."

"당연하죠. 당신이랑 결혼하면서 요리란 걸 시작했는데."

"됐어. 어쨌든 지금은 내 입에 네 음식이 제일 맛있어."

"기대해요. 은우 씨한테 배워서 더 맛있는 음식 해 줄게요. 그런데 생각보다 더 미인이네요. 눈도 이렇게 크고, 코도 오똑

하고, 입술은 섹시하고. 몸매도 아주 좋더라고요."

화려한 미인인 은우를 경계하며 하는 란의 말에 이현은 피식
웃었다.

"하여튼 네 눈은 특이해. 어딜 봐서 미인이라는 건지."

눈이 특이한 건 오히려 이현 같았다. 이 남자, 미의 기준도
까다로운 건가?

"그럼 어떤 여자가 미인인데요?"

"적갈색 긴 머리에 단정한 이마, 그리 크지도, 그리 작지도
않은 동그란 갈색 눈, 오똑하면서도 동그란 콧대, 작고 사랑스
러운 붉은 입술을 가진 여자."

"그거 나예요?"

살짝 붉어진 얼굴로 자신을 가리키며 묻는 란의 말에 이현은
피식 웃었다.

"그래. 나한테 최고는 무조건 너야. 세상에서 제일 맛있는 요
리를 하는 여자도, 세상에서 제일 예쁜 여자도……."

말을 잠시 멈춘 이현은 란의 귓가에 입술을 가져다 댔다.

"세상에서 제일 섹시한 여자도."

뜨거운 숨결과 함께 속삭이는 이현의 말에 란의 몸은 저절로
반응했다. 자신도 모르게 꼬리뼈까지 짜릿한 전율이 올라, 호흡
이 빨라졌다.

"그러니까 빨리 집으로 가자고."

이어지는 이현의 말에 란은 생긋 웃었다.

"좋아요."

라고, 달콤한 목소리로 답하면서.

†

이현의 아침을 란이 직접 준비하는 게 이젠 너무나 당연하게
되어 버렸다. 절대 주방에 오지 말라는 란의 명령 아닌 명령에
메이드 아주머니들은 오히려 더 편해졌다. 이현이 좋아하는 우
렁된장찌개를 끓인 란은 수저를 들어 맛을 보고는 만족스러운
얼굴로 고개를 끄덕였다. 요 며칠 도전했을 땐 맛이 영 별로였
는데, 다행히 오늘은 아주 괜찮았다.

"냄새 좋군."

때마침 이현이 주방에 들어오며 란을 향해 말했다.

"어서 앉아요. 찌개 다 되었어요."

보글보글 끓는 찌개를 식탁 위에 올려 두며 란이 환하게 웃
는 얼굴로 말했다.

"정말 할수록 재미있어요, 요리가. 은우 씨한테 배울 요리도
기대돼요."

"생각보다 소질이 있는 것 같긴 해."

란이 끓인 찌개를 맛보며 이현이 고개를 끄덕였다.

"그렇죠? 참 언제 한번 인후 씨 집으로 초대해요."

란의 입에서 나오는 인후의 이야기에 이현이 말없이 그녀를
바라봤다.

"사실 당신 병원 입원했을 때 잠깐 만났었어요. 좋은 친구인

거 같더라고요."

"그래. 정말 좋은 녀석이지."

"집 밥이 그립대요."

란의 말에 이현이 살짝 눈살을 찌푸렸다.

"남의 여자한테 못하는 말이 없군."

"신세도 갚을 겸 한번 대접하고 싶어요. 아, 그리고 당신 돌
봐 준 어르신 있잖아요."

이어지는 란의 이야기에 이현의 검은 눈은 더욱 커졌다.

"김 회장님도 만났어?"

"김 회장님이셨구나. 네. 병원 한 번 오셨다 가셨어요. 인후
씨가 하도 말려서 병실까지 들어오진 않으셨지만."

"나도 모르는 사이에 참 많은 일이 있었군."

이현의 말에 란은 웃으면서 고개를 끄덕였다.

"그러게 말이에요. 어르신은 지금 어디서 지내세요?"

"호텔에서."

"아, 그래요? 왜 그런데 호텔에서?"

"곧 미국으로 돌아가실 거래. 나 이러고 사는 거 마음에 안
드신다고."

"왜요?"

이현은 씁쓸한 표정으로 별다른 말을 하지 않았다.

"당신 엄청 아끼는 거 같던데요? 가족이 미국에 있어요?"

"없으셔, 가족. 사고로 하나뿐인 아들 내외를 잃었거든."

란의 얼굴에 안타까움이 번졌다. 자식을 잃은 김 회장의 슬픔

을 생각하니 마음이 묵직해졌다.

"외로운 분이시네요."

"그렇지."

"그래도 다행이에요. 당신이 곁에 있어서. 아마도 어르신에겐 당신이 아들 대신이었을 거예요."

"글쎄. 내가 위로가 되긴 했을까. 워낙 무뚝뚝하고, 말이 없는 분이라. 잘 모르겠군."

자신 역시 그렇다는 걸 이 남자가 알까? 물론 요즘 조금씩 달라지고 있지만, 특유의 무뚝뚝한 분위기는 여전히 남아 있었다. 그런 부분은 정말 친부자(父子)처럼 쏙 닮아 있는 두 남자였다. 서로를 걱정하고, 위하면서도 어떻게 표현할지 몰라 했을 두 남자가 머릿속에 절로 그려졌다.

"어르신도 같이 초대하는 건 어때요? 우리 사는 것도 보여 드리고."

"별로 안 좋아하실 것 같은데."

"그건 모르는 거죠. 언제가 좋을까요? 이번 주말?"

"그러든가. 인후도 그때쯤이면 출장에서 돌아올 테니."

무뚝뚝한 말투였지만, 자신의 뜻에 동의해 주는 이현의 말에 란은 조용히 미소 지었다.

"참, 이따 점심때 호텔로 좀 나와."

"왜요?"

"같이 점심 먹게."

"좋아요."

란은 흔쾌히 대답하며 웃었다.

이현이 선물한 해피트리가, 정말로 행복을 가지고 온 것 같았다. 하루하루 달라져 가는 이현의 모습에 란은 감사하고, 또 행복했다.

†

점심시간에 맞춰 호텔에 도착한 란이 막 로비로 들어서고 있을 때, 이현으로부터 전화가 걸려왔다.

— 어디야?

"막 로비로 들어왔어요."

란의 대답에 이현이 낮은 한숨을 흘렸다.

— 미안한데 일이 생겨서 점심 함께 못 할 것 같아. 몇 주 전에 투자자와 중요한 미팅을 잡아 놓고 깜박했어. 어쩌지?

"어쩔 수 없죠, 일인데. 그냥 혼자 먹고 가도 되니까 걱정 말아요."

란은 부드러운 목소리로 이현을 향해 말했다.

— 그래. 아, 점심 먹고 호텔 근처 윤 한의원에 가 봐.

"거긴 왜요?"

— 예약해 두었어. 네 약 좀 지으려고.

"뭐하러 그래요? 나 괜찮은데."

— 요즘 너무 말랐어.

이렇게 살 빠지게 만든 공은 누구도 아닌 이현에게 있었다.

시도 때도 없이 그와 격렬한 시간을 보내다 보니, 살이 절로 빠지고 있었다. 메이드 아주머니들은 신혼인 란이 부럽다며 놀리곤 했지만, 심각하게 빠지는 살에 란 역시 고민이 되곤 했다.

"알겠어요."

— 꼭 가 봐. 제일 효능 좋고, 비싼 걸로 지어 달라고 해 놓았으니까.

"네. 신경 쓰지 말고 미팅이나 잘해요."

그 때 막 엘리베이터에서 내리는 김 회장의 모습이 란의 눈에 들어왔다.

"끊어요."

란은 서둘러 이현에게 말하고 전화를 끊었다. 그러고는 재빨리 김 회장을 향해 달려갔다.

"어르신. 안녕하세요?"

몸을 숙여 인사를 건네는 란을 본 김 회장은 살짝 당황한 눈치였다.

"여긴 어쩐 일이야? 이현이 보러 온 건가?"

"네. 그런데 바람맞았어요. 중요한 일이 있다네요."

"쯧. 지 마누라 챙기는 것보다 중요한 일이 뭐라고."

혀끝을 차며 하는 김 회장의 말에 란은 해사한 웃음을 지었다.

"어르신은 어디 가시는 길이세요?"

"밥 먹으러. 호텔 밥도 이제 물려서."

"아, 그럼 저랑 함께 식사하실래요? 저도 안 그래도 혼자 밥 먹어야 하는데.”

적극적인 란의 태도에 김 회장은 잠시 망설이는 표정을 지었
다.

“호텔 근처에 아주 맛있는 집을 제가 알고 있거든요.”

이어지는 란의 말에 김 회장은 솔깃한 얼굴로 그녀를 바라봤
다.

“가지. 밥은 자네가 사.”

“네.”

란은 살짝 먼저 앞서 걸으며, 호텔 근처에 있는 작은 백반 집
으로 김 회장을 모시고 갔다. 오래되고 낡은 작은 식당이었지
만, 그래도 내부는 깔끔하게 잘 정돈되어 있었다.

“이 집이 엄청 맛있어요. 진짜 집에서 먹는 음식처럼요.”

메뉴는 달랑 ‘가정식 백반’ 하나뿐이었다. 소복이 담은 하얀
쌀밥과 먹음직스러운 고등어자반, 아삭아삭 상큼한 겉절이, 꼬
들꼬들한 맛이 일품인 무말랭이, 메추리알 조림, 들기름을 넣어
더 고소하고 맛있는 푸릇푸릇한 시금치나물, 매콤한 어묵 볶음
에 오징어 젓갈, 끝으로 시원한 콩나물국까지 더해져 단돈
5,000원에 한상 거하게 차려졌다.

“드셔 보세요.”

“맛은 있겠구먼.”

기대에 찬 눈빛으로 상을 둘러보며 김 회장은 수저를 들었다.
반찬을 한 가지씩 차례로 맛본 그는 만족한 얼굴로 란을 바라봤
다.

"내가 원하던 맛이네."

"그래요? 다행이네요."

맛있는 음식 때문인지 란을 향한 그의 견제가 많이 느슨해졌다. 날카로운 눈매도 푸근하게 변해 있었고, 입가엔 부드러운 미소가 번져 있었다.

"호텔에서 지내는 거 안 불편하세요?"

식사를 하며 조심스레 묻는 란의 말에 김 회장이 고개를 내저었다.

"호텔처럼 편안한 곳이 어디 있어. 신경 쓸 게 하나도 없는데."

"그래도 정이 없잖아요."

"호텔 안주인이 그런 말하면 쓰나."

김 회장의 타박에 란은 입을 가리며 웃었다.

"괜찮아. 어차피 곧 미국 들어갈 거고."

"정말 미국 들어가시게요?"

"뭐, 이현이 녀석도 결혼했으니까."

이현이 아마도 아들 같은 존재였을 것이다. 덤덤히 저 말을 내뱉는 김 회장의 쓸쓸한 얼굴에 란은 마음이 아팠다.

"그냥 여기서 지내는 건 어떠세요? 저희 집에서 함께 지내셔도 좋고."

김 회장이 재빨리 손을 들어 휘휘 내저었다.

"누굴 눈치 없는 노인네 만들 생각이야? 신혼부부가 사는 집에 내가 왜 들어가서 살아?"

"저희 둘 다 외로운 사람들이잖아요. 어르신이 함께해 주시면 저희야 감사하죠."

"다 늙어 빠진 노인네 집에 들일 생각 말고. 얼른 자식이나 낳아. 이왕이면 많이. 하나는 너무 적적해."

사고로 잃은 아들을 떠올리는지 주름진 김 회장의 검은 눈에 슬픔이 가득하였다.

"저희 아이들 할아버지 해 주시면 되겠네요. 그 사람한테 아버지 같은 존재잖아요, 회장님이."

"할아버지?"

김 회장의 목소리 끝이 살짝 떨려 왔다.

"네. 제가 아주 많은 손자, 손녀들 만들어 드릴게요."

"그 마음가짐 하나는 마음에 드는구먼."

김 회장이 껄껄 웃음을 터트렸다.

"마음이 참 착한 색시구먼. 다행이야. 이현이 녀석 좋은 아내를 만난 것 같아서. 그 마음만 감사히 받겠네."

주름진 김 회장의 손이 란의 손을 붙잡았다.

"천천히 생각해 보세요. 이대로 회장님 들어가면 그 사람도 많이 쓸쓸할 거예요. 조만간 저희 집에도 놀러 오시고요."

"그래. 그러지."

"저랑 자주 놀아 주시고요. 그 사람 너무 바빠서 심심하거든요."

란의 애교에 김 회장은 따뜻한 미소를 지어 보였다.

"늙은이랑 노는 게 뭐가 재밌어."

"왜요? 전 이렇게 어르신이랑 같이 이야기 나누는 거 너무 좋은걸요."

"요즘 젊은 처자들 같지 않구먼."

"원래 애늙은이라는 소리 좀 많이 들었어요. 사실 저 기원 이런 곳에 가서 어르신들이랑 바둑 두는 것도 좋아해요. 요즘은 정신없어서 못 가고 있지만요."

란의 말에 김 회장이 검은 눈을 반짝였다.

"바둑 둘 줄 아는가?"

"이래 봬도 수준급이랍니다."

"그럼 호텔 가서 나랑 바둑 한 판 두겠나?"

넌지시 묻는 김 회장의 말에 란은 재빨리 고개를 끄덕였다.

"좋아요."

"당장 가지."

김 회장도 상당히 바둑을 좋아하는 눈치였다. 같이 바둑 둘 상대가 생겼다는 게 기쁜지 그는 란을 재촉하며 일어섰다. 밥값을 계산한 란은 웃으며 김 회장을 뒤따라 나섰다. 생기가 도는 김 회장을 얼굴을 보고 있자니, 란 역시 기분이 좋아졌다.

†

투자자와 미팅을 끝내고, 호텔로 돌아온 이현은 정신없이 호텔 일에 매달렸다. 새로 리모델링 추진할 제주 호텔 문제도 그렇고, 서울에 있는 호텔에도 많은 변화를 꾀할 예정이라 정신없이 바빴다. 더군다나 인후마저 출장 중이라 이현의 업무량은 더욱 많았다. 그렇게 정신없이 결재 서류들과 씨름하고 있는 사이 그의 전화벨이 울렸다.

"네, 윤 원장님."

란의 약을 짓기 위해 예약해 둔 한의원 원장으로부터 온 전화였다.

— 저기, 사모님 무슨 일 있으십니까?

"왜요? 설마 그 사람 안 갔습니까?"

오후 네 시를 향해 가는 시계를 슬쩍 보며 이현이 인상을 찌푸렸다.

— 네. 기다려도 오시질 않네요.

"제가 연락해 보겠습니다. 번거롭겠지만 예약 내일 한 번 더 잡아 주시겠습니까?"

— 아, 물론이죠. 그럼 연락 기다리겠습니다.

전화를 끊은 이현은 바로 다시 란에게 전화를 걸었다. 하지만 뭘 하는지 란은 전화를 받을 생각을 안 했다.

"무슨 일 있는 건가?"

이현은 걱정으로 잔뜩 어두워진 얼굴로 이번엔 란의 경호원에게 전화를 걸었다.

— 네, 사장님.

"이 사람 지금 어디 있어?"

— 지금 호텔에 계십니다. 김 회장님이랑 함께.

"뭐? 언제부터?"

— 아까 같이 점심 드시고 난 이후엔, 김 회장님 방에서 함께 바둑을 두고 계십니다.

둘이 함께 바둑을 둘 정도로 친해진 걸까? 그걸 떠나 란이 바둑을 둘 줄 알았던가? 하여튼 알면 알수록 진귀한 구석이 많은 여자였다.

"알겠어. 이따 내가 직접 가 보지."

지금 보고 있는 서류만 다 보고 내려가자 생각하며 이현은 전화를 끊었다. 그때 낮은 노크 소리가 들렸다.

"사장님. 최은우 씨 오셨습니다."

윤 비서의 말에 이현은 은우와의 약속을 떠올렸다.

"들어오시라고 해."

이현은 자리에서 일어나 사무실 안으로 들어오는 은우를 반겼다.

"오셨습니까?"

"네. 기획안 제출하려고요."

이현은 은우로부터 기획안을 받아 들고, 자신의 책상에 가서 앉았다.

"앉아서 기다리세요. 윤 비서 차 좀 내오고."

"네."

이현은 꼼꼼하게 기획안을 읽어 내려갔다. 잠시 후, 그는 만족스러운 얼굴로 은우 앞으로 걸어와 소파에 앉았다.

"좋군요. 지금 운영하는 레스토랑 방식과 잘 접목이 된 것 같습니다. 다양한 메뉴를 미리 손님들에게 제공하고, 예약할 때 미리 원하는 메뉴를 선택할 수 있게 하는 방식이 괜찮은 것 같 군요."

"네. 그러면 그때마다 신선한 재료를 공급할 수 있고, 재료의 낭비가 적으니 쓸데없는 예산 지출을 막을 수가 있죠. 그리고 프랑스 음식이 낯설어 메뉴 선택을 하기 어려운 분들에겐 그날그날 셰프의 추천 코스로 안내해 드리면 되고요."

"기획안을 보니 이제 좀 안심이 되네요. 함께 일하도록 하죠."

이현의 말에 은우는 매혹적인 미소를 지으며 그를 향해 손을 내밀었다.

"앞으로 잘 부탁드려요."

이현은 손을 들어 은우의 악수를 거절했다.

"전 제 여자 말고 다른 여자 손은 안 잡습니다."

단호한 이현의 대답에 은우는 살짝 당황한 얼굴로 손을 내렸다.

"보면 볼수록 더 매력적이시네요. 아내분은 좋겠어요."

농담처럼 건네는 은우의 칭찬에도 이현의 얼굴엔 별다른 변화가 없었다.

"그건 제 아내한테 직접 물어보시죠. 어차피 내일부터 요리 수업할 테니. 뭐든지 금방 배우는 여자니, 잘 할 겁니다."

이현은 태연한 얼굴로 란의 칭찬을 늘어놓았다.

"아내분을 많이 사랑하나 봐요?"

"그런 사적인 이야기를 나눌 만큼 친한 사이는 아니라고 생각하는데요?"

날카로운 이현의 물음에 은우는 생긋 웃었다.

"앞으로 자주 볼 텐데 좀 친해지죠?"

"그럴 생각 없습니다. 그럼 안녕히."

단호하게 거리를 두는 이현을 보며 은우는 이마를 긁적였다.

"전 원래 편하게 일하는 걸 좋아하는데 사장님이 안 그러시다니 별수 없죠, 뭐. 그럼 이만 가 보겠습니다."

정중하게 인사를 하고 나가는 은우에게 살짝 고개를 숙여 인사를 건넨 이현은 다시 책상에 가서 앉았다. 란이 있는 곳으로 서둘러 가려면 일부터 빨리 끝내야만 했다.

이현은 검은 눈을 맹렬하게 불태우며, 서류에 집중을 하기 시작했다. 조금이라도 빨리 란을 보러 가기 위해서.

†

김 회장 룸 벨을 누르자 거실에서 대기하고 있던 경호원이 문을 열었다.

"아직도 바둑 두고 있나?"

"네. 안쪽 방에서 두고 계십니다."

경호원의 말에 이현은 방으로 걸음을 옮겼다. 그러자 테이블 앞에 마주 앉아 진지한 얼굴로 바둑을 두고 있는 란과 김 회장의 모습이 보였다. 방으로 자신이 걸어 들어오는 것도 모른 채 집중하고 있는 두 사람의 모습에 이현은 헛웃음이 났다. 정말

투명인간이 따로 없었다.

조금 더 두 사람을 향해 가까이 다가가던 이현은 바둑판 상황에 놀라운 표정을 지었다. 김 회장의 바둑 실력이 뛰어나다는 건 누구보다 이현이 잘 알고 있었다. 그런데 란의 바둑 실력도 상상 그 이상이었다. 김 회장이 더 유리한 판세로 보이긴 하나, 란도 결코 밀리지 않았다. 얼마든지 승부는 뒤집힐 수 있었다.

"바둑을 둘 줄 안다는 것도 놀라웠는데. 실력도 수준급이군."

조용히 둘을 지켜보던 이현이 더는 못 참고 란을 향해 말을 걸었다. 그제야 바둑을 두던 두 사람은 곁에 서 있는 이현을 바라봤다.

"어? 언제 왔어요?"

"방금."

"일단 거기 앉아서 조용히 있거라. 중요한 승부 중이니."

김 회장이 다시 진지한 얼굴로 바둑판으로 시선을 돌리며 말했다. 이현은 조용히 란의 곁으로 가서 앉아 두 사람의 바둑을 관전하였다.

끝내기 단계로 돌입한 두 사람은 한 수, 한 수 신중하게 바둑을 두고 있었다. 지켜보는 이현이 흥미진진함을 느낄 정도로 두 사람의 수 싸움이 재미있었다. 결과는 김 회장이 들고 있는 흑돌의 두 집 반 승리였다.

"이번엔 어르신이 이기셨네요."

"그래. 이로써 2대 2 동점이구나. 한 판 더 둬야겠지. 승부를 가려야 하지 않겠느냐?"

넌지시 바둑 한 판을 더 두자 제안을 하는 김 회장의 말에 란
은 웃으며 고개를 끄덕였다.

"그래요. 그런데 식사부터 하고 두는 게 어때요? 전 좀 출출
한데."

"그래? 이현이 네가 룸서비스로 음식 좀 시켜라. 우리 란이
먹고 싶다는 걸로."

다정하게 란의 이름을 부르며 하는 김 회장의 말에 이현은
당황한 표정을 지었다. 김 회장이 원래 곁을 쉽게 내어 주는 인
물이 아니었다. 십 년을 넘게 김 회장을 알고 지냈지만, 누군가
를 저토록 친근하게 부르는 걸 처음 듣는 그였다.

"뭐 먹고 싶어?"

"어르신은 뭐 드실래요? 전 아무 거나 상관없어요."

"간단하게 먹을 수 있는 걸로 시켜라. 어서 먹고 바둑 둬야
하니."

김 회장의 시선은 바둑판에 고정되어 있었다. 어서 란과 바둑
을 두고 싶은지 그의 손짓은 초조해 보였다.

"그럼 초밥이 좋겠네요. 당신도 초밥 괜찮죠?"

"그래. 그럼 시키지."

"초밥이면 바둑 두면서도 먹을 수 있겠구나. 그럼 우린 기다
리는 동안 시작할까?"

김 회장의 물음에 란은 웃으면서 고개를 끄덕였다.

"좋아요."

주문을 하러 이현이 일어난 사이 두 사람의 바둑은 또다시

시작되었다. 결국 이현은 쓸쓸히 초밥을 먹으면서 바둑을 두고 있는 두 사람을 구경할 수밖에 없었다. 바둑이 시작되자, 두 사람은 먹는 것도 잊은 채 바둑에 집중하고 있었다. 이현의 존재는 까맣게 잊어버린 채 말이다.

점점 참을성이 사라져 갔다. 한 판만 더 하고 끝날 줄 알았던 바둑은 밤 아홉 시가 넘어가도록 이어지고 있었다.

"이제 그만하시죠?"

"왜? 한참 재미있는데."

끼어드는 이현을 향해 김 회장이 불만 가득한 표정을 지어 보였다.

"이 사람도 좀 쉬어야 할 거 아닙니까. 회장님도 그렇고요."

"난 하나도 안 피곤해."

"그럼 차라리 저랑 두시죠."

이현의 제안에 김 회장이 눈살이 더욱 찌푸려졌다.

"너랑 하는 건 재미없어. 져 줄 때도 매번 티 나게 져 주는 녀석이."

김 회장의 말에 이현은 순간 말을 잃었다. 김 회장보다 월등히 바둑 실력이 뛰어난 이현은 매번 이기는 게 미안해, 일부러 져 준 적이 많았다. 여태까지 김 회장이 모른다고 생각했는데, 정확하게 정곡을 집어내는 그의 말에 이현은 낮게 헛기침을 내뱉었다.

"란아. 많이 피곤하니?"

김 회장이 이현을 볼 때와 사뭇 다른 따뜻한 눈빛으로 란을 보며 물었다.

"괜찮아요. 그래도 너무 늦었으니 딱 한 판만 더 할까요?"

"그래, 그래. 그럼 어서 시작하자꾸나."

김 회장의 얼굴이 즐거워 보였다. 생전 처음 보는 김 회장의 밝은 모습에 이현은 고개를 푹 숙이며 입가에 살짝 미소를 지었다. 저렇게 즐거워하시는데 어쩔 수 없지.

다시 고개를 든 이현은 해사한 웃음을 지으며 김 회장과 바둑을 두는 란을 바라봤다. 지칠 법도 한데 란은 여전히 참 해맑았다. 그녀가 내뿜는 온화하고 따뜻한 빛이 좋아, 이현의 입가엔 절로 미소가 번졌다.

김 회장 역시 란의 이런 모습이 마음에 든 게 분명했다. 그래서 더는 불만을 표할 수가 없었다. 저렇게 즐거워 보이는 김 회장의 모습은 처음이었기에.

밤 열 시가 되어서야 김 회장의 최종 승리로 두 사람의 바둑이 끝이 났다.

"어르신. 오늘 정말 즐거웠어요."

룸을 나서며 란이 김 회장을 향해 공손히 몸을 숙이며 말했다.

"늙은이랑 놀아 주느라 고생했어."

"어우, 아니에요. 저도 모처럼 정말 재미있었어요. 다음에 또 찾아뵐게요."

"참말이지?"

"네. 그럼 좋은 꿈꾸세요."

인사를 하는 란의 등을 김 회장이 따뜻한 손길로 토닥였다.

"먼저 나가 있어. 금방 뒤따라 나갈 테니."

이현의 말에 란은 고개를 끄덕이고, 룸 밖으로 나갔다.

"즐거우셨어요?"

이현의 물음에 김 회장이 따뜻한 눈빛으로 느릿하게 고개를 끄덕였다.

"좋은 여자를 아내로 맞았구나. 네놈 마음가짐도 많이 바뀐 게지?"

란을 미워하는 마음을 가진 채, 이현이 결혼을 선택한 걸 누구보다 김 회장이 잘 알고 있었다. 정곡을 찌르는 김 회장의 물음에 이현은 머쓱한 얼굴로 볼을 긁적였다.

"도저히 미워할 수가 없는 여자라서요."

"쯧, 못난 놈. 이제라도 깨달았다니 다행이구나. 잘해 줘. 예전 일은 다 잊어버리고."

"안 그래도 그러고 있습니다."

"그래. 잘 살아. 저런 여자 흔치 않아."

김 회장은 주름진 손을 들어 이현의 어깨를 두드렸다.

"네. 조만간 집에 한번 놀러 오세요."

"그러마. 어서 가. 예쁜 색시 혼자 두지 말고."

"네. 가 보겠습니다."

이현은 고개를 숙이고, 룸 밖으로 나와 자신을 기다리고 서 있는 란 곁으로 다가갔다.

"피곤하지?"

이현의 물음에 란은 재빨리 고개를 내저었다.

"참! 나 여기 있는 거 어떻게 알았어요?"

이제야 이런 질문을 던지는 란을 보며 이현은 피식 웃음을 터트렸다.

"네가 전화 안 받아서 경호원한테 전화하니 여기 있다더군."

"아. 그랬구나."

"한의원 가는 것도 잊어버리고."

인상을 찌푸리며 하는 이현의 말에 란은 그제야 기억났다는 듯 이마를 긁적였다.

"정신없어서 깜박했어요."

"그렇게 바둑이 재미있어?"

"네. 정말 재미있었어요."

"바둑은 누구한테 배웠어?"

"아버지요. 바둑 많이 좋아하셨거든요."

이현과 나란히 함께 걸음을 옮기며, 란이 차분한 목소리로 대답했다.

"실력이 꽤 수준급이던데."

"당신만 하겠어요? 어르신이 그러던데 당신 엄청 잘 둔다면 서요?"

"바둑도 머리로 하는 거니까. 내가 다른 건 몰라도 머리는 좋잖아."

뭐든 한 번 보면 외워 버리는 그의 뛰어난 머리를 알기에 란은 별말 없이 고개를 끄덕였다. 어느새 로비 밖으로 나온 두 사람은 미리 대기하고 있던 경호원이 열어 주는 차에 올라탔다.

"머리는 좋은데 연기력은 영 아니었나 봐요? 져 주는 거 엄청 티 났다고 그러시던데."

란의 물음에 이현은 쓴웃음을 지었다.

"네가 알다시피 내가 그런 건 좀 꽝이잖아."

"맞아요. 아, 어쨌든 정말 재미있었어요."

"어쩐지 나랑 있을 때보다 더 즐거워 보이는군."

투덜거리는 이현의 말에 란은 웃음을 삼켰다. 이 남자의 이런 유치한 질투가 싫지 않았다.

"그래도 당신이랑 있을 때가 제일 즐거워요."

"좋아. 그 말은 집에 가서 확인해 보겠어. 당신이 얼마나 즐거워하는지."

이현의 입가에 섹시한 미소가 번졌다.

"얼마든지요."

그의 귓가에 붉은 입술을 가져다 댄 란이 나지막하게 속삭였다. 아무리 피곤해도 그와 보낼 뜨거운 밤을 포기할 수는 없었다. 그의 뜨거운 눈빛만으로 이미 란의 몸은 달아오르고 있었기에.

10

란의 얼굴을 본 메이드 아주머니들이 모두 한마디씩 했다.

"아이고, 사모님. 이러다 병나시겠어요."

"불타는 신혼도 좋지만 얼굴이 그게 뭐예요? 살이 하나도 없네."

"체력 관리 좀 하세요, 사모님."

란은 얼굴을 붉히며 손을 들어 살이 쏙 빠진 볼을 매만졌다.

"그러게 말입니다."

때마침 출근 준비를 마치고 방에서 나오던 이현이 아주머니들 말에 동조하며 덧붙였다.

"오늘은 꼭 한의원 가. 아주머니들 다 걱정하시잖아."

기껏 예약해 둔 한의원에 란이 가지 않은 게 불만인지 이현의 눈빛은 매서웠다.

"오늘 요리 수업 받고 난 다음에 갈게요."

"그래. 그럼 다녀올게."

"네. 이따 봐요."

이현의 등장에 입에 다물었던 아주머니들은 그가 집에서 사라지자 다시 시끄럽게 수다를 늘어놓았다.

"그래도 뜨거운 밤은 포기하기가 싫으신가 보네."

"그러니까. 하긴 꽃같이 예쁜 사모님 그냥 둘 수 있겠어?"

"아이고, 사모님 부러워요. 보약 해 주는 남편도 있고. 우리 남편은 내가 보약을 해 먹여야 간신히 힘쓸까, 말까인데."

한 아주머니의 농담에 아주머니들과 란은 웃음을 터트렸다. 이미 란과 많이 친해진 그녀들은 스스럼없이 저런 농담을 하곤 했다.

"그나저나 오늘도 홈패션 수업 못하겠어요."

"괜찮아요. 이미 많이 배웠는걸요. 저희들끼리 해도 돼요."

"걱정 말고 다녀오세요."

오전 10시에 레스토랑으로 오면 된다는 연락을 은우로부터 받았다. 란은 서둘러 방으로 돌아와 외출 준비를 했다. 요리 초보인 자신이 프랑스 요리를 잘 배울 수 있을까, 하는 걱정도 들었지만 그래도 뭐든지 배운다는 건 즐거운 일 같았다.

청바지와 베이비 핑크 컬러의 니트를 골라 입은 란은 긴 머리를 하나로 올려 묶고, 화장도 최대한 연하게 했다. 요리를 배우러 가면서 너무 거창하게 차려 입을 필요는 없을 것 같았다. 가는 길에 꽃집에 들른 란은 은우에게 선물할 꽃다발 하나를 샀

다. 분홍장미와 카네이션으로 장식된 꽃다발은 화사한 외모만큼
이나 향기 또한 일품이었다.

"오셨어요?"

꽃다발을 들고 설레는 얼굴로 레브 안으로 들어서는 란을 은
우가 웃는 얼굴로 반겼다.

"네. 앞으로 잘 부탁드려요, 선생님."

꽃다발을 내밀며 하는 란의 말에 은우가 어색한 얼굴로 그녀
를 바라봤다.

"선생님이요?"

"네. 요리 가르쳐 주시는 선생님이잖아요. 제가 엄청 초보라
속 좀 터지실 거예요."

"남편분 말로는 뭐든 금방 배운다던데요?"

은우의 말에 란의 얼굴이 살짝 붉어졌다.

"그 사람이 그래요?"

"네. 두 분 사이가 아주 좋아 보여요."

란은 말없이 수줍은 미소만 지었다. 그런 란을 보는 은우의
눈빛이 순간 날카롭게 빛났다. 하지만 이내 다시 평온한 얼굴로
돌아온 은우는 란에게 주방으로 따라 들어오라며 손짓했다.

"첫날이니까 간단한 요리로 준비했어요. 프랑스 사람들이 해
장국으로 즐겨 먹는 양파수프를 알려 줄 건데요. 간단한 한 끼
식사로도 아주 좋아요. 재료는 제가 미리 준비해 두었어요."

은우가 란에게 앞치마를 건네주며 차분하게 설명을 이어 갔
다.

"육수는 시간이 좀 걸려서 제가 미리 만들어 두었어요. 육수 만드는 법은 제가 따로 프린트 해 놓았으니까요, 집에 가서 해 보면 될 거예요."

"네."

"일단 앞에 놓인 양파를 가로로 얇게 썰어 주세요."

은우가 먼저 칼을 들어 시범을 보였다. 아직 칼질에 익숙하지 않은 란이기에 써는 속도가 느리긴 했지만, 은우를 따라 곧잘 썰었다.

"불은 중약으로 놓고요, 버터를 먼저 녹여서 달궈요. 그 위에 슬라이스 한 양파를 넣고요, 천천히 볶으면 돼요. 사실 여기서 약간 인내심이 필요해요. 양파 색깔이 노릇해질 때까지 볶아야 하거든요. 대략 한 이십 분 정도 소요된다고 보면 돼요."

"네."

"심심한데 수다나 떨면서 볶죠."

"그래요."

은우의 제안에 란은 웃으면서 고개를 끄덕였다.

"남편분하고는 어떻게 만났어요?"

"예전부터 알던 사이였어요. 중간에 사정이 있어서 오랜 시간 못 만나긴 했지만."

옛 기억을 떠올리며 란이 씁쓸한 목소리로 말했다.

"오, 그러면 첫사랑?"

"네. 어렸을 때 제가 첫눈에 반했어요."

"멋지네요. 첫사랑이랑 결혼까지 성공하고."

"네. 그 사람을 다시 만날 수 있어서 정말 다행이라고 생각해요."

이현의 이야기를 하는 란의 표정은 온화하고, 따뜻했다.

"그럼 란이 씨한테 제일 소중한 사람이 남편분이겠군요."

"네. 절대 그 무엇과도 바꿀 수 없는 소중한 사람이죠. 은우 씬 그런 사람 있어요?"

란의 물음에 은우의 눈빛이 어두워졌다.

"있었죠. 지금은 없지만."

씁쓸한 은우의 대답에 란의 얼굴에 안타까움이 번졌다.

"미안해요. 제가 쓸데없는 걸 물어서."

"아니에요. 사실 제 아버지였어요. 그렇게 소중한 사람."

"아버지요?"

"네. 평생을 절 위해 살아오신 분이에요. 제가 레스토랑 차리는 게 꿈이기도 했던 분이고요. 그래서 이 레스토랑 이름이 레브예요. 불어로 꿈을 뜻하는 단어거든요."

아버지를 얼마나 사랑했는지 은우의 눈빛을 보면 알 수 있었다. 란 역시 아버지를 잃은 경험이 있기에 은우의 지금 마음이 이해가 되었다. 다른 사람들에게 악독했던 아버지를 이해하지 못하고, 미워할 때도 있었지만, 그래도 아버지기에 사랑했다. 병으로 세상을 떠났을 때 그 슬픔은 이루 말할 수 없었다.

"아버지가 많이 기쁘시겠어요. 은우 씨 이렇게 번듯하게 성공한 거 보시고."

"그러시겠죠. 그런데 아직 아버지 한, 다 풀어 드리지 못했어요."

"그래요?"

"네. 복수가 남았거든요. 아버지를 그렇게 만든 사람들에게."

은우의 눈빛이 매섭게 반짝였다. 그 눈빛이 너무 살벌해 보고 있는 것만으로도 손끝이 떨려왔다.

"아, 나 좀 봐. 못하는 소리가 없네요. 이해해요. 제가 아버지 이야기만 나오면 이래요."

"아니에요. 무슨 사정이 있겠죠."

"네. 아주 깊은 한이 있어서 그래요, 내가."

은우는 다시 평상시 웃는 얼굴로 돌아왔다.

"양파 다 볶아진 것 같은데 다음 단계로 넘어갈까요?"

"네, 그래요."

밝은 사람이라 생각했는데, 꼭 그렇지만은 않은 것 같았다. 도대체 아버지에게 무슨 일이 있었기에 저럴까?

"여기에 육수를 붓고요……."

아무렇지 않은 얼굴로 돌아와 설명을 이어 나가는 은우의 모습에 란은 방금 전 그녀 모습을 기억 속에서 떨쳐 냈다. 은우의 상처를 캐물을 정도로 친한 사이도 아니었기에, 란은 그저 대수롭지 않게 넘겼다. 은우의 설명에만 집중을 하면서.

✝

일하던 중 걸려온 인후의 전화에 이현은 조용히 미소를 지었다. 그러고 보니 오늘 녀석이 출장에서 돌아오는 날이었다. 막상 곁에 없으니 자신을 챙겨 주던 인후가 많이 그리웠다.

"출발했어?"

이현은 반가운 목소리로 전화를 받으며 인후를 향해 물었다.

— 수린일 만났어.

"뭐?"

갑작스러운 인후의 말에 이현은 놀란 목소리로 반문했다. 수린을 만났다니 도대체 이게 무슨 소리란 말인가?

— 그래서 나 아무래도 여기서 더 머물러야 할 것 같아.

"최인후?"

— 부탁이야. 그동안 못 쓴 휴가 좀 쓸게. 알지? 나한테 무엇보다 중요한 일이라는 거.

농담이라 하기엔 녀석의 목소리가 지나치게 진지했다.

"어디서? 어떻게 만났는데?"

— 자세한 이야기는 차차 할게. 조만간 한번 올라갈 거야. 다시 제대로 준비해서 내려와야지. 호텔 정신없는 거 아는데 부탁 좀 할게.

"그래. 알았어."

— 고맙다. 그럼 끊을게.

이현은 멍한 눈으로 끊어진 전화를 바라봤다. 이토록 진지한 인후의 목소리는 처음 들었다. 하긴 그렇게 오랫동안 찾아 헤맸던 수린을 다시 만났으니 그럴 수밖에 없을 것이다.

그때 똑똑, 하는 낮은 노크 소리가 들렸다. 이현이 고개를 들어 문을 바라보자 자신의 눈치를 살피며 서 있는 란의 모습이 보였다.

"바빠요? 한의원 들렀다가 잠시 얼굴이나 볼까 해서 들렀는데."

"아니야. 들어와."

이현은 성급히 휴대폰을 내려놓으며 란을 향해 말했다.

"뭐 안 좋은 전화라도 온 거예요? 표정이 왜 그래요?"

"아니. 그런 건 아니고 인후한테 전화가 걸려왔어."

"그래요? 지금 출장 중이라고 안 했어요? 왜요? 거제도 호텔에 무슨 문제라도 생겼대요?"

걱정스러운 얼굴로 묻는 란을 향해 이현이 고개를 내저었다.

"그런 거 아니야. 거기서 첫사랑을 만났다는군."

"첫사랑이요?"

"응. 그 녀석 말이야, 초등학교 때 만난 그 첫사랑을 잊지 못해서 평생 연애도 안 했어."

란은 갈색 눈을 커다랗게 뜨며 이현을 바라봤다.

"정말요? 와, 로맨틱해요."

"로맨틱은 무슨. 답답해 죽는 줄 알았어. 소식도 모르는 첫사랑을 기다리는 남자라니."

"멋지네요, 인후 씨."

멋지다는 란의 표현에 이현이 눈살을 살짝 찌푸렸다.

"지금 남편 앞에 두고 그게 할 소리야? 다른 남자가 멋지다니."

투덜거리는 이현의 말에 란은 웃음을 터트렸다.

"멋지긴 하잖아요. 첫사랑만 기다리며 연애도 안 하는 남자라니."

"그건 나도 마찬가지라고. 물론 좋은 뜻으로만 그런 건 아니지만."

과거 자신이 했던 못난 짓을 스스로 인정하며 이현이 조금 기운 없는 목소리로 중얼거렸다. 그런 이현의 손을 란은 따뜻한 미소를 지으며 붙잡았다.

"고맙게 생각해요. 이렇게 날 다시 찾아 줘서, 내게 다시 기회를 줘서."

"진심이야?"

"아직도 못 믿어요? 내가 당신 많이 사랑한다는 거?"

진심이 묻어 나오는 란의 눈빛이 사랑스러웠다. 당장 이곳에서 그녀를 안고 싶을 만큼. 치솟는 욕망을 억누르며 이현은 말없이 그녀의 손을 붙잡았다.

"믿어. 믿는 게 더 행복하다는 걸 이제 아니까."

"고마워요."

두 사람은 따뜻한 눈빛으로 서로를 응시했다. 그 눈빛에 삭막한 사무실 공기마저 따뜻하게 변해 갔다.

"그나저나 그런 첫사랑을 다시 만났다니 정말 축하할 일이네요."

"그래. 비록 나는 녀석이 맡고 있던 일까지 다 떠맡게 생겼지만."

"내가 좀 도와줄까요?"

란의 물음에 이현은 재빨리 고개를 내저었다.

"됐어. 그랬다간 너 정말 쓰려져. 가뜩이나 바람 불면 날아가게 생겼으면서."

비쩍 마른 란의 손목을 움켜잡으며 이현은 걱정이 가득 담긴 목소리로 말했다.

"참, 한의원은 다녀왔어?"

"네. 지금 들렀다가 오는 길이에요."

"요리 수업은 재미있었고?"

이현의 물음에 란은 웃으면서 고개를 끄덕였다.

"좋았어요. 양파수프 배웠는데 다음에 해 줄게요. 아주 맛있더라고요."

"기대가 되는군. 이제 그만 집에 가서 좀 쉬어. 한동안 좀 늦을 거야. 아주 많이."

이현은 아쉬운 얼굴로 란의 손목을 놓아주며 말했다. 하지만 저 손을 더 붙잡고 있다가는 더 들여보내기 싫어질 것 같았다. 매일 얼굴을 보고 있는데도 이현은 그녀가 그리웠다. 한 순간이라도 자신의 곁에서 떨어뜨려 놓기 싫을 정도로, 란이 사랑스러워서 미칠 것만 같았다.

"오늘은 같이 들어갈게요."

"언제 끝날지도 몰라."

"괜찮아요. 어르신한테 찾아뵙는다고 연락드렸어요."

"또 바둑 두게?"

기가 막힌 얼굴로 묻는 이현의 물음에 란은 여전히 웃음기가 어려 있는 얼굴로 고개를 끄덕였다.

"네. 어르신이 아주 좋아하셨어요."

"조만간 그 양반 당신 딸 삼는다고 하겠군."

"이미 당신이 어르신께 아들인걸요. 절 며느리로 생각하고 예뻐해 주시는 것 같아요."

"내가 위로가 되긴 했을까?"

아들을 먼저 떠나보낸 김 회장의 슬픔은 그 누구보다 이현이 잘 알고 있었다. 그러기에 아들을 떠오르게 하는 자신을 외면하지 못했던 것이었다.

하지만 이현은 한 번도 살갑게 김 회장을 대한 적이 없었다. 사람에게 받은 상처가 너무 커 마음을 열기 쉽지가 않았다. 김 회장 역시 이현에게 정을 억지로 강요한 적은 없었다. 누구보다 냉혹한 사업가로 이현을 훈련시키고, 키워 냈을 뿐 따뜻한 말한 마디 건네는 법이 없던 양반이었다.

하지만 곁에 있다는 것만으로 알게 모르게 김 회장에게 많은 위로를 받았던 이현이었다. 그래서 막상 김 회장이 미국으로 돌아간다고 했을 때 마음이 좋지 않았다. 그럼에도 불구하고 이현에겐 김 회장을 붙잡을 용기가 없었다. 솔직히 자신에게 그런 자격이 있는지조차 의심스러웠으니까.

"분명 많은 위로가 되었을 거예요. 당신도 솔직히 어르신에게 많이 위로받았죠?"

란의 물음에 이현은 묵묵히 고개를 끄덕였다.

"둘이 어쩜 그런 무뚝뚝한 성격은 꼭 닮았는지. 용기를 내서 그 진심을 전해요. 진심은 언제 어디서건 꼭 통하게 되어 있으니까."

란은 따뜻한 미소를 지으며 몸을 일으켰다. 그러고는 이현의 뒤로 걸어가 그의 어깨를 부드럽게 끌어안았다.

"당신이 남아 달라 말하면 분명 당신 곁에 남아 주실 거예요."

"그랬으면 좋겠군."

이현이 털어놓는 진심에 란은 미소 지으며 그의 볼에 입을 맞추었다.

"용기를 내라는 의미의 키스."

나지막하게 중얼거리는 란의 말에 이현이 그녀의 팔을 붙잡아 자신 쪽으로 부드럽게 끌고 왔다.

"그 정도 키스로는 약해."

욕망이 이글거리는 눈으로 란을 바라보며 이현은 두 손으로 그녀의 볼을 감쌌다. 그의 뜨거운 입술이 붉은 란의 입술에 단숨에 포개졌다. 뜨거운 호흡과 호흡을 주고받으며, 서로를 끊임없이 탐하는 긴 키스가 이어졌다.

똑똑.

귓가에 파고드는 낮은 노크 소리에 이현은 아쉬운 얼굴로 란의 입술을 놓아주었다.

"나머진 집에서 하자고."

이현은 부드러운 손길로 란의 적갈색 머리를 쓰다듬으며 소파에서 몸을 일으켰다.

"들어와요."

업무 보고를 하러 들어오는 직원을 본 란은 상기된 볼을 감싸며 재빨리 소파에서 일어났다.

"이따 연락해요."

이현을 향해 말한 란은 서둘러 그의 사무실을 벗어났다. 여전히 욕망에 요동치는 자신의 심장을 향해 손을 뻗으면서.

✝

김 회장과 함께 밤 열 시가 넘도록 바둑을 두었건만 이현의 일은 끝날 줄을 몰랐다. 결국 먼저 집에 돌아가라는 이현의 전화에 란은 어쩔 수 없이 집으로 돌아올 수밖에 없었다. 아침부터 바쁘게 움직인 란이었기에 이현을 기다리지 못하고 그녀는 끝내 먼저 잠이 들었다.

이현과 뜨거운 키스를 나누는 꿈을 꾸었다. 자신의 아랫입술을 세차게 빨아 당기는 입술에 입에선 나른한 신음이 터져 나왔다. 꿈이었지만, 키스의 황홀한 느낌이 너무나 생생하게 전달되었다. 그와 동시에 팬티 위에 와 닿는 그의 손길이 느껴졌다. 뜨거운 애액이 흘러나오는 젖은 팬티 위를 빙그르르 도는 그 손길에 란은 몸을 비틀었다.

젖은 팬티 위에 닿은 손가락은 멈출 생각을 하지 않았다. 더욱 날카롭게 가장 예민한 핵을 찾아 움직였다. 손톱을 세우며 핵을 긁어 나가는 그 손길에 란은 더욱 높은 교성을 내질렀다.

동시에 감고 있던 눈을 번쩍 떴다.

분명 꿈이라 생각했는데, 팬티를 살짝 들추는 손이 생생하게 느껴졌다. 그리고 방금 샤워를 했는지 알몸으로 자신을 내려다보고 있는 이현의 모습이 보였다.

"꿈이 아니었네요."

미끈거리는 여성의 갈라진 틈으로 파고드는 그의 손길을 느끼며 란이 나른한 목소리로 말했다.

"꿈인 줄 알았어?"

귓가에 들리는 허스키한 이현의 목소리에 란은 미소 지었다.

"꿈이 아니라서 더 좋아요. 훗!"

흠뻑 젖은 여성의 갈라진 틈 사이로 기다란 손가락이 바쁘게 움직였다. 손이 선사하는 황홀한 마찰에 란의 아랫배에 힘이 잔뜩 들어갔다. 갈라진 틈과 손가락이 끊임없이 부딪치며 찌걱거리는 색스러운 소리가 귀를 잔뜩 지배했다.

화상을 입은 것처럼 그곳이 뜨거워져 견딜 수가 없었다. 그럼에도 불구하고 그의 손이 멈추는 걸 결코 원하지 않았다. 란은 그의 손을 환영하듯 다리를 더 활짝 벌렸다. 이미 젖어버린 팬티는 이현의 거친 손길에 찢기듯 벗겨져 버렸다. 란이 다리를 벌리자 좁았던 틈이 훨씬 더 넓게 벌어졌다. 한 개였던 손가락은 어느새 두 개가 되었고, 잔뜩 부풀어 오른 클리토리스를 향해 나아갔다.

두 개의 손가락이 꼬집듯 클리토리스를 튕겼다. 그와 동시에 란의 몸도 스프링처럼 튀어 올랐다. 이미 그의 손에서 여러 번의 절정을 맛본 경험이 있는 여성은 더 큰 자극을 원했다. 란은 이현의 넓은 어깨에 매달려 애달픈 신음을 쏟아 냈다.

"더요. 더, 더."

"얼마든지."

섹시한 이현의 목소리가 귓가에 들렸다. 그와 동시에 손바닥 전체가 여성을 뒤덮는 것이 느껴졌다. 빠르게, 빠르게, 더욱 빠르게. 여성 전체를 무자비하게 짓누르며, 이현은 엄청난 쾌락을 선사했다.

어느새 손가락은 좁고 뜨거운 질 안으로 파고들었다. 손바닥은 번들거리는 클리토리스를 끊임없이 자극하고, 손가락은 좁은 질 안을 빠르게 왔다 갔다 하며 가장 예민한 그곳을 쉴 없이 찔러 댔다.

"하, 아아아!"

거센 파도처럼 몰려오는 쾌락에 란은 등을 뒤로 활짝 젖히며 여린 몸을 바르르 떨었다. 질과 클리토리스에 동시에 찾아오는 절정의 느낌에 머릿속이 새하얗게 질렸다. 하지만 거센 자극은 거기서 멈추지 않았다. 단숨에 란 위에 올라온 이현은 흥분으로 단단해진 남성을 여성 안으로 찔러 넣었다.

흠뻑 젖어 애액을 흘리는 여성은 그의 남성을 뜨겁게 환영하며 조였다. 절정의 여운이 남았는지 수축을 반복하는 여성에 이현의 입에서도 신음이 흘러나왔다.

"미칠 것 같아."

평상시보다 더욱 세차게 조이는 여성 안으로 이현은 쉴 새

없이 페니스를 내리꽂았다. 퍽퍽퍽, 찌걱찌걱, 여성과 남성에서 터져 나오는 색스러운 마찰음과 두 사람의 뜨거운 신음성이 조용한 침실 안에 가득 차올랐다. 두 사람을 나란히 절정의 쾌락으로 안내하는 뜨거운 소리가.

나란히 샤워를 마치고 나온 두 사람은 침대 위에서 서로를 꼭 끌어안았다.

"정말 꿈인 줄 알았어요."

란이 넓은 이현의 가슴에 파고들며 나른한 목소리로 말했다.

"너무 푹 자서 그냥 두려고 했는데. 널 보면 자꾸 자제심이 사라져."

이현의 커다란 손이 란의 젖은 머리를 부드럽게 쓸어 넘겼다.

"근데 이렇게 늦게 온 거예요?"

"일이 많았어. 일이고 뭐고 당장 집어치우고 너한테 오고 싶어서 미치는 줄 알았다고."

진심이 느껴지는 이현의 목소리에 란은 조용히 미소 지었다.

"고생했어요. 어서 자요."

"그래. 앞으로 당분간 매일 이렇게 늦을 거야."

"어쩔 수 없죠."

"인후 녀석이 얼른 돌아와야 하는데."

란은 손을 들어 이현의 눈을 가렸다.

"쉬. 이제 아무 생각하지 말고 푹 자요. 내일도 늦게까지 일해야 한다면서요."

"그래."

란은 그를 더욱 꼭 끌어안으며 느릿한 손길로 그의 어깨를 두드렸다. 그런 그녀의 손길에 이현은 어느새 스르르 잠에 빠져들었다. 잠이 든 이현을 따뜻한 눈으로 바라보며 란도 다시 눈을 감았다. 그가 행복한 꿈을 꾸길 바라면서.

11

눈코 뜰 새 없이 바쁘다는 게 무엇인지 이현은 절실하게 실감하고 있었다. 인후의 빈자리가 이렇게 클 거라는 걸 예전엔미처 몰랐다. 당장이라도 인후를 호텔로 불러들이고 싶었지만,수린을 향한 그의 열망을 알기에 차마 그럴 수도 없었다. 부디하루빨리 수린의 마음을 얻어 인후가 돌아오길 이현은 그저 묵묵히 기다릴 수밖에 없었다.

제주 호텔 리모델링 문제로 임원들과 긴 회의를 끝내고 사무실로 돌아온 이현은 소파에 앉아 있는 한 여자의 뒷모습에 조용히 미소 지었다. 또 김 회장과 바둑을 두려고 호텔에 온 걸까?

란의 적갈색 머리에 미소 지으며 다가서던 이현의 얼굴에서서서히 미소가 걷혔다. 얼핏 적갈색 머리만 보고 란이라고 생각했는데, 가까이 다가갈수록 그녀가 아니라는 걸 확신할 수가 있었다.

"어? 왔어요?"

뒤를 돌며 자신을 향해 인사를 건네는 여자는 란이 아닌 은우였다. 평소 단아한 옷을 즐겨 입는 란과 비슷한 분위기로 옷을 입고, 머리마저 적갈색으로 염색한 그녀를 이현은 경계의 눈빛으로 바라봤다.

"무슨 일입니까?"

"일 때문에 들렀죠. 저희 레스토랑 들어갈 장소도 미리 보고, 인테리어 컨셉도 상의해야 하니까요."

그녀의 취향까지 간섭할 건 아니었지만, 란을 따라 한 것처럼 보이는 은우의 패션이 이현은 마음에 들지 않았다.

"왜 그렇게 봐요? 이상해요?"

자신을 보는 이현의 시선을 의식하며 은우가 커다란 눈을 동그랗게 뜨며 물었다.

"분위기가 많이 바뀌었군요."

"아, 머리색 때문에 그런가? 란이 씨 머리색이 너무 예쁘더라고요. 그래서 염색 좀 해 봤는데 어울려요?"

"별로요."

무뚝뚝한 이현의 대꾸에 은우가 살짝 눈을 흘겼다.

"너무해요. 예의상이라도 예쁘다고 말해 주면 안 돼요?"

"그런 예의 차릴 줄 모르는 놈이라서 말입니다."

무뚝뚝하게 답을 하던 이현은 인터폰을 눌러 비서를 호출했다. 잠시 후 윤 비서가 문을 열고 들어왔다.

"네, 사장님."

"외식업체 담당자 좀 불러 줘요. 최은우 씨한테 소개 좀 시킬수 있게."

"네. 알겠습니다."

윤 비서는 조용히 다시 문을 닫고 사무실 밖으로 나갔다.

"담당자가 따로 있나 봐요?"

"보시다시피 제가 별로 한가하지가 않아서요."

이현은 책상 위에 산더미처럼 쌓여 있는 서류를 가리키며 답했다.

"많이 바쁘겠어요. 참, 제가 도시락 좀 준비해 왔는데 드세요."

은우가 자신의 옆에 놓여 있던 도시락 가방을 들어 이현을향해 내밀었다.

"됐습니다."

"왜요? 싸 온 사람 정성을 생각해서라도 좀 드시죠?"

차가운 이현의 태도에도 은우는 애교 섞인 눈웃음을 지으며말했다. 그런 은우를 보는 이현의 눈빛은 더욱 차갑게 변해 갔다.

"다른 여자가 싸 온 도시락, 제 와이프가 별로 좋아할 것 같지가 않아서요. 그리고 제 여자가 한 음식 이외에 다른 음식엔관심 없습니다."

정중하지만 차가운 이현의 답에 은우는 나지막하게 한숨을내쉬었다.

"좀 친해지고 싶은데 쉽지가 않네요."

"전에도 말했지만, 전 은우 씨랑 그냥 일만 하고 싶은 거지 사적으로 친해지고 싶은 생각 없습니다. 계속 이런 식이면 일도 같이 못하겠군요."

은우의 눈이 순간 날카롭게 빛났다. 하지만 이내 웃는 얼굴로 돌아온 은우는 포기했다는 듯 그에게 내밀었던 도시락을 챙겨 들었다.

"너무 그렇게 차갑게 굴지 말아요. 란이 씨랑 친해지면서 그냥 사장님하고도 친해지고 싶었던 거니까요."

은우가 변명의 말을 내뱉는 순간, 사무실 문을 두드리는 노크 소리가 났다.

"저 왔습니다, 사장님."

외식업체 팀장이 문을 열고 들어와 이현에게 고개를 숙이며 말했다.

"최은우 씨 모시고 나가 앞으로 작업 진행 사항 자세히 설명해 드려요."

"네. 알겠습니다. 가시죠."

팀장의 말에 은우가 사뿐히 소파에서 몸을 일으켰다.

"그럼 다음에 뵈어요."

자신을 향해 인사를 건네는 은우를 향해 이현은 가볍게 고개를 숙였다. 이유는 알 수 없었지만, 왠지 모르게 저 여자가 마음에 들지 않았다. 이현은 날카로운 눈빛으로 사무실 밖으로 나가는 은우의 뒷모습을 바라봤다.

†

요리 수업을 받기 위해 은우의 레스토랑을 찾은 란은 그녀의 머리색을 보고 깜짝 놀랐다.

"머리 염색했어요?"

란의 물음에 은우는 웃으면서 고개를 끄덕였다.

"란이 씨 머리색이 너무 예뻐서 따라 해 봤어요. 어울리나요?"

란은 느릿하게 고개를 끄덕였다. 자신과 같은 색이라 조금 어색하긴 했지만, 그래도 화사한 은우의 얼굴에 꽤나 잘 어울렸다.

"란이 씨는 원래 머리색이에요?"

"네. 좀 특이하죠? 저희 어머니 머리색이 이랬대요."

"아, 유전이구나?"

"네."

"좋겠어요. 따로 염색할 필요도 없고."

은우의 말에 란은 어색한 손길로 자신의 머리를 만졌다. 사실은 자신의 머리색이 란은 별로 마음에 들지 않았었다. 사춘기 때는 이 머리색 때문에 얼마나 고민을 많이 했는지 모른다. 혼혈아냐는 오해도 많이 받고 해서, 오히려 머리 새까만 사람이 부러웠던 란이었다.

하지만 이 머리색이 예쁘다는 이현의 한마디에 란의 마음은 바뀌었다. 콤플렉스로 생각되던 자신의 머리색이 그때부턴 쏙 마음에 들었다. 그만큼 이현의 말의 힘은 강했다. 어린 시절 란은 그의 말 한마디에 웃고 울었었다.

"무슨 생각을 그렇게 해요?"

옛 생각에 빠져 있던 란은 은우의 말에 황급하게 고개를 들었다.

"아니에요."

"행복한 생각한 것 같은데요? 표정이 아주 따뜻해 보여요."

란은 슬며시 얼굴을 붉히며 고개를 끄덕였다.

"남편 생각했어요."

"정말 많이 사랑하나 봐요."

"네."

란은 더욱 붉어진 얼굴로 순순히 자신의 감정을 인정했다.

"부럽네요. 그런데 요즘 남편분 많이 바쁘신가 봐요?"

은우의 물음에 란은 걱정스러운 얼굴로 고개를 끄덕였다.

"호텔 일이 많이 바쁜 모양이에요. 요즘엔 새벽에 들어왔다 아침 일찍 나가는 일이 다반사예요."

"그럴 때일수록 더 맛있는 거 해 줘야겠네요. 기운 내라고."

"맞아요."

"그런 의미에서 오늘은 빵 수업입니다. 간단하게 식사 대용으로 먹기 좋고, 영양까지 풍부한 '푸가스 오 졸리브 에 라흐돈'을 알려 드릴게요."

"이름이 상당히 어렵네요."

"간단하게 말해서 올리브와 삼겹살이 들어가는 빵이에요."

덧붙이는 은우의 설명에 란이 눈을 반짝였다.

"와, 그런 빵도 있어요?"

"네. 삼겹살이 들어가서 한국 사람들 입맛에도 잘 맞아요. 그럼 시작해 볼까요? 아 참, 그 반지는 빼야 할 것 같은데."

은우는 란의 손가락에 끼어져 있는 반지를 가리키며 말했다.

"반죽을 해야 해서 반지 같은 건 빼고 하는 게 좋아요."

"네."

란은 서둘러 반지에 손을 뻗어 뺀 다음에 테이블 위에 올려 두었다.

"결혼반지예요?"

은우가 란의 다이아반지를 가리키며 물었다.

"네."

"예쁘네요."

란은 쓸쓸했던 결혼식을 떠올리며 값비싼 다이아반지를 바라봤다. 그 날을 떠올리면 왠지 모르게 마음이 서글퍼졌다. 그와 결혼하게 된 건 물론 기뻤지만, 마음이 통하고 난 후에 했다면 더 좋았을 텐데, 하는 아쉬움은 있었다.

"자, 그럼 본격적으로 반죽을 시작해 볼까요?"

물과 강력분, 올리브유, 소금, 드라이이스트를 은우의 지시 아래 차례로 넣었다. 재료를 잘 섞은 다음 손으로 열심히 주물럭거리자 서서히 반죽 모양이 완성되어 갔다. 삼겹살은 소금 간을 해서 볶은 다음 식히고, 그 사이 검은 올리브를 잘게 다지는 작업이 이어졌다.

반죽 위에 작게 자른 삼겹살과 올리브를 올려놓고, 은우가 시키는 대로 반죽 위에만 살짝 모양을 만들었다.

"이제 40분 정도 발효를 해야 해요. 그래도 이건 비교적 발효 시간이 짧아요. 사실 빵 발효는 상당한 인내를 요하는 작업이지요."

은우의 설명에 란은 웃으면서 고개를 끄덕였다.

"정말 그런 것 같아요. 새삼 존경스럽네요."

"그래도 이 시간이 정말 기대가 돼요. 내가 만드는 빵 맛이 어떨지, 어떤 빵이 나올지 상상하며 기다리는 거 상당히 즐거운 일이거든요."

진심으로 요리를 좋아하는 사람 같았다. 반짝이는 은우의 눈빛을 보며, 란은 조용히 미소 지었다. 좋아하는 일을 직업으로 가진다는 건 상당히 멋진 일 같았다.

"기다리는 동안 먹을 수 있도록 저번 시간 배운 크레페라도 만들어 줄까요?"

"좋아요."

"상큼한 애플 크레페 괜찮죠?"

"네."

"나가서 기다려요. 금방 만들어 나갈게요."

란은 저번에 이현과 함께 식사를 했던 테이블로 가서 앉았다. 한적한 삼청동 골목 풍경이 밤에 왔을 때와 사뭇 달랐다. 바로 앞 꽃집에 꽃들이 화사하고, 아름답게 피어 있었다. 풍경에 사로잡힌 란은 턱에 손을 괸 채 한참을 바라보았다. 따사로운 봄처럼, 따사로운 눈빛으로.

"아주 성공적이네요."

은우가 완성된 란의 빵을 포장해 주며 말했다.

"고마워요. 이게 다 선생님 덕분이에요."

포장된 빵을 받아든 란은 자신의 짐을 챙기기 시작했다. 그러다 문득 아까 빼놓은 반지가 떠올랐다.

"어? 어디 갔지?"

분명 테이블 위에 반지를 빼 둔 것 같은데 어디에도 반지는 보이지 않았다.

"왜요? 뭐 없어졌어요?"

"반지가 안 보여서요."

"그래요? 혹시 아래로 떨어졌나?"

은우도 황급히 란의 곁으로 다가와 함께 반지를 찾았다. 하지만 아무리 찾아도 반지는 보이지 않았다.

"어쩌죠? 괜히 제가 반지 빼라고 해서."

미안한 표정을 지으며 하는 은우의 말에 란은 고개를 내저었다.

"아니에요. 요리하려면 당연히 뺐어야죠. 제가 잘 간수했어야 하는 건데."

늘 끼고 있던 반지가 사라지자 손가락이 휑하게 느껴졌다. 그나마 위안이 되는 것은 이 안에서 사라졌으니, 주방 어딘가에 반지가 있을 거란 사실이었다.

"더 찾아보면 좋을 텐데. 제가 이제 식재료 준비하러 가야 해서요."

"아, 그래요?"

"제가 돌아와서 다시 찾아볼게요. 어디 안으로 굴러 들어갔나 봐요."

"그래 주시겠어요? 저한텐 그래도 소중한 반지라서요."

제대로 된 프러포즈는 받지 못했지만, 그래도 이현이 처음으로 선물한 반지였다. 란에겐 세상 그 무엇과도 바꿀 수 없는 소중한 반지였다.

"네. 꼭 찾아 놓을게요."

"괜히 은우 씨만 번거롭게 하는 것 같네요."

"아니에요."

"그럼 부탁할게요."

당부하는 란의 말에 은우는 고개를 끄덕였다. 란은 레스토랑 밖으로 나가기 전 아쉬운 얼굴로 주방을 둘러보았다. 늘 끼고 있던 반지가 없어지고 나니 허전함은 생각보다 더 컸다. 몸의 중요한 일부분이 떨어져 나간 것 같아 자꾸만 신경이 쓰였다.

"어쩌지……."

란은 차에 올라타 아쉬운 얼굴로 손을 들여다보며 중얼거렸다. 그 때 그녀의 전화가 올기 시작했다. 액정에 뜨는 진아라는 글자에 란은 서둘러 전화를 받았다. 요즘 정신이 없다 보니 통 연락을 하지 못했던 것이다. 오랜만에 걸려온 반가운 친구 전화에 란의 어두웠던 얼굴은 환해졌다.

"진아야."

— 잘 살고 있어? 우리 한번 봐야지.

"미안. 내가 요즘 너무 정신이 없었어."

— 나도 마찬가지였는걸, 뭐. 줄 거 있는데. 지금 시간 괜찮으면 볼래?

"응, 좋아. 나 지금 삼청동에 있는데, 넌?"

— 어? 나도 근처야. 그럼 거기 근처 카페에서 볼까?

"그러자."

전화를 끊은 란은 차에서 내려, 진아를 만나기로 한 카페로 걸음을 옮겼다. 먼저 도착한 란이 창가에 자리를 잡고 앉자, 잠시 후 진아가 카페 안으로 들어왔다.

"여기야."

손을 들어 반기는 란을 향해 단정하게 옷을 차려 입은 진아가 웃으며 다가왔다.

"와, 너 분위기가 좀 달라졌다?"

"곧 결혼을 앞둔 새색시라서 조금 조신해지려고."

"날짜 잡혔어?"

놀란 눈으로 묻는 란의 말에 진아는 핸드백에서 청첩장을 꺼내 내밀었다.

"청첩장이나 받으셔. 난 네가 초대 못해서 못 간 거다? 내 결혼식엔 꼭 와. 알지? 나 성격 더러워서 친구 별로 없는 거."

웃으면서 농담을 건네는 진아의 말에 란은 따뜻한 얼굴로 고개를 끄덕였다.

"당연하지."

"결혼 안 했으면 부케도 너 주는 건데."

결혼을 이야기하는 진아의 얼굴이 설레어 보였다. 그 모습이 너무 예뻐 보여 란의 얼굴에 더욱 따사로운 미소가 번졌다.

"좋아?"

란의 물음에 진아가 나지막하게 한숨을 내쉬었다.

"모르겠어. 싫다는 사람 억지로 붙잡아 하는 결혼이라. 과연 내가 잘하는 짓인지."

그럼에도 불구하고 진아의 표정은 밝았다. 강윤과 함께 하는 미래를 진아가 얼마나 바랐는지 그 누구보다 란이 잘 알고 있었다.

"오빠도 꼭 알게 될 거야. 네가 얼마나 좋은 사람인지."

"내 더러운 성질 머리에 질리지나 않았으면 좋겠네."

"그건 오빠도 이미 알걸?"

"뭐야? 너라도 나 성격 좋다고 위로해 줘야 하는 거 아니니?"

톡 쏘는 진아의 말에 란은 깔깔거리며 웃음을 터트렸다.

"좋긴 하지. 좀 거칠어서 그렇지."

"그건 인정. 그래서 이제 좀 조신해져 보려고."

"그럴 필요 없어. 오빠도 있는 그대로의 너를 사랑하게 될 거야. 내가 널 사랑하는 것처럼."

란이 진아의 손을 붙잡으며 말했다.

"그렇게 될까? 오빠한테 큰소리 떵떵 치긴 했는데 사실 자신이 없어."

"진심은 분명 통하니까."

자신과 이현처럼 진아와 강윤도 행복해지길 란은 기도했다. 서로 마음이 통하는 게 얼마나 행복한 일인지 요즘 란은 절실히 느끼고 있었다. 오랜 시간 마음 고생한 진아도 꼭 그렇게 되었으면 좋겠다. 그 누구보다 행복하게.

†

비서도 돌려보내고, 홀로 사무실에 남아 밤까지 일하던 이현은 란의 전화에 생긋 웃었다.

— 오늘도 늦어요?

"응. 이번 주까지는 이래야 할 것 같아. 추진하고 있는 일이 많아서."

— 그러다 몸 상하겠어요. 한약은 당신이 먹어야 하는 거 아니에요?

란의 목소리를 들으니 피로가 조금은 가시는 기분이 들었다.

"괜찮아."

— 조금 쉬면서 해요. 너무 무리하지 말고.

"그래. 기다리지 말고 먼저 자."

— 네. 집에서 봐요.

전화를 끊은 이현은 기지개를 펴며 의자에서 몸을 일으켰다. 란의 오빠인 훈이 경영을 너무 엉망으로 해 손볼 곳이 한두 군데가 아니었다. 하나 처리하고 나면, 또 다른 곳에서 또 일이 터지곤 했다.

"여태까지 안 망한 게 신기할 정도야."

고개를 가볍게 돌리며 이현은 다시 책상 앞에 가서 앉았다. 그 때 똑똑, 하는 낮은 노크 소리가 들렸다. 밤 11시가 넘어가는 이 시간에 도대체 누굴까? 혹시 란이 깜짝 등장이라도 하려는 걸까, 하는 기대에 이현은 문을 바라봤다. 잠시 후, 문이 열리며 등장한 것은 란이 아닌 은우였다.

"무슨 일입니까?"

도대체 이 시간에 왜 그녀가 이곳에 있는지 이해가 되지 않았다. 딱딱하게 굳은 얼굴로 묻는 이현을 향해 은우는 생긋 미소를 지어 보였다.

"혹시나 해서 와 봤는데 계셨네요."

"무슨 일 있는 겁니까?"

날카로운 눈빛으로 견제를 하며 묻는 이현을 향해 은우가 반지 하나를 내밀었다. 자신의 손에 끼워져 있는 똑같은 반지를 보며 이현은 이해가 안 된다는 눈빛으로 은우를 바라봤다.

"뭡니까? 이 반지?"

"란이 씨가 오늘 레스토랑에서 이 반지를 잃어버렸어요. 뒷정리하던 중에 찾았고요. 오늘 요리 수업 있던 날이잖아요."

"그래서 이거 주러 온 겁니까? 이 시간에?"

아무리 그래도 이 시간에 은우가 이곳으로 온 게 이해가 되지 않아, 이현이 한쪽 눈썹을 올리며 물었다.

"란이 씨가 너무 걱정하더라고요. 빨리 전해 주는 게 낫겠다 싶어서요. 그래서 혹시 호텔에 사장님 있을까 해서 와 봤는데. 다행히 계시네요."

이현의 날카로운 질문에도 은우는 생글생글 웃는 얼굴로 편안하게 대답했다. 란을 위해서 그랬다니 뭐라고 할 수도 없었다. 어쨌든 고마운 일이었으니까.

"고맙습니다."

"뭘요. 참, 란이 씨가 만든 빵 가져 왔는데 드셔 볼래요?"

평상시 은우가 만든 음식에는 관심도 보이지 않았던 이현이었다. 하지만 란이 만들었다니 자연스레 관심이 갔다. 가뜩이나 좀 출출하기도 한 시간이어서 빵 이야기에 배고픈 위가 먼저 반응을 했다.

"잘 만들었습니까?"

"직접 평가해 보세요."

은우가 들고 온 바구니를 열어 먹음직스러운 빵과 주스를 내밀었다.

"빵만 먹으면 목 막힐 것 같아서 주스도 준비했어요."

이현은 빵을 향해 손을 뻗었다. 고기와 올리브가 들어 있는 빵은 식감 또한 아주 훌륭했다. 만족스러운 얼굴로 빵을 맛보던 이현은 은우가 내민 주스를 들어 삼켰다.

"맛있군요."

"란이 씨가 좋아하겠네요."

은우의 입가엔 사악한 미소가 번졌다. 하지만 빵과 주스를 맛보는데 정신이 팔린 이현은 미처 눈치를 채지 못했다.

"괜찮아요?"

빵과 주스를 다 먹어 가는 이현을 보며 은우가 나지막한 목소리로 물었다.

"무슨 말입니까?"

"이제 곧 어지러울 텐데요."

은우의 말에 이현이 매서운 눈빛으로 그녀를 바라봤다.

"여기에 무언가를 탔······."

이현의 몸이 휘청거렸다. 그런 이현의 곁으로 은우가 천천히 다가갔다.

"괜찮아요. 그냥 잠시 의식을 잃는 거뿐이니까요."

은우의 목소리가 점차 멀리서 들려왔다. 그렇게 이현은 점차 의식을 잃어 갔다.

†

이상하게 잠이 잘 오지 않아, 란은 이현의 서재에서 책을 하나 꺼내서 읽었다. 그때 란이 휴대폰이 지잉, 하며 울어 댔다. 혹시 이현한테서 온 메시지인가, 하여 서둘러 확인하던 란이 얼굴이 하얗게 질렸다.

알몸으로 침대에 누워 있는 두 남녀의 상체가 찍힌 사진, 그 사진 속 두 남녀는 다름 아닌 이현과 은우였다. 바르르 손이 떨려 와 란은 휴대폰을 그대로 놓치고 말았다. 믿기지가 않았다.

혹시 지금 자신이 악몽을 꾸고 있는 것일까?

"마, 말도 안 돼."

란은 떨리는 목소리로 나지막하게 중얼거렸다. 꿈이 아니라면 누군가의 조작일 것이리라. 이현이 절대 이런 사람이 아니라는 걸 누구보다 란이 잘 알고 있었다. 증오든, 미움이든, 평생 자신만을 가슴에 품고 산 사람이었다. 아직 사랑한다는 말은 듣지 못했지만, 자신을 향한 넘치는 이현의 애정을 의심하지 않았다. 란은 차분한 얼굴로 떨어뜨린 휴대폰을 주워 들어 이현에게 전화를 걸었다.

— 여보세요.

하지만 수화기를 통해 흘러나오는 목소리는 이현의 목소리가 아니었다. 나른한 은우의 목소리에 란은 자신도 모르게 주먹을 꽉 쥐었다.

"어떻게 된 거예요? 왜 그 사람 전화를 당신이 받아요?"

— 지금 함께 누워 있으니까요. 내가 보낸 사진 못 받았어요?

당당한 목소리로 되묻는 은우의 말에 란은 순간 할 말을 잃었다. 이 여자는 뭐가 이렇게 당당할까. 도대체 왜 자신에게 이런 짓을 하는 걸까. 이해가 되지 않았다.

"그 사람 바꿔 줘요. 그 사람이랑 이야기할래요."

— 잠들었어요.

"어디예요? 내가 당장 갈게요."

— 남편한테 나중에 직접 들어요. 뭐, 진실을 말할지는 의문이지만.

그렇게 전화는 끊어졌다. 란은 초조한 얼굴로 손톱을 깨물었다. 아직도 이게 현실이라는 게 잘 믿기지가 않았다. 무언가 분명 잘못된 것이다. 그렇게 생각하면서도 알몸으로 누워 있는 두 사람의 모습이 잊혀지지가 않았다. 차마 사진을 다시 못 본 채 란은 힘없이 침대에 주저앉았다. 지옥 같은 1분 1초가 흘러가고 있었다.

†

깨질 듯한 머리를 부여잡고 이현을 눈을 떴다. 그러자 자신의 앞에서 옷을 입고 있는 은우의 모습이 보였다.

"뭐야? 여기 어디야?"

꽉 잠긴 목소리로 날카롭게 묻는 이현을 은우는 덤덤한 눈으로 내려다보았다.

"생각보다 빨리 깼네요? 가고 난 다음에나 일어날 줄 알았는데."

이현은 옷이 다 벗겨진 자신의 몸을 내려다보며 신경질적으로 몸을 일으켜 옷을 입었다. 그리고 잔뜩 사나운 기세로 은우를 향해 걸어갔다.

"무슨 짓을 한 거야."

거친 손길로 은우의 옷깃을 붙잡아 그녀를 한쪽 벽으로 몰아세우며 말했다. 여자가 아니라면 당장 저 목을 졸라 버리고 싶을 정도로 이현의 분노는 컸다.

"그러게 그냥 적당히 나한테 틈을 보였으면 좋았잖아. 이런 일 할 필요도 없게."

제정신이 아닌 여자 같았다. 피식 웃으며 내뱉는 은우의 말에 이현은 바르르 떨리는 손길로 옷깃을 더욱 거세게 붙잡았다.

"목적이 뭐야?"

"주란. 그 여자가 불행해지는 거요."

순순히 자신의 목적을 내뱉는 은우를 향한 이현의 눈빛엔 더욱 살기가 넘쳤다.

"란이한테 무슨 짓 했어?"

"별거 없어요. 사진 한 장 보냈을 뿐."

그 말에 대충 예상이 되었다. 이 여자가 어떤 사진을 찍어 보냈는지 눈앞에 훤히 그려졌다.

"믿었던 사람에게 배신당하는 기분, 느끼게 해 주고 싶었어요. 아니, 사실은 당신 진짜 뺏고 싶었어. 그 여자가 제일 소중하게 여기는 당신을 내가 갖고 싶었어. 그게 그 여자를 가장 불행하게 하는 일이니까."

"절대 그냥 넘어가지 않아."

"상관없어요. 그 여자가 아프기만 하면 내가 어떻게 되든."

이 여자와 실랑이 벌일 틈이 없었다. 란이 그 사진을 봤다면 그 충격이 얼마나 클지 상상조차 안 되었다. 이현은 신경질적인 손길로 은우를 침대를 향해 내던졌다.

"조만간 내 변호사와 이야기하게 될 거야. 호텔 계약 건도 없던 일로 할 테니까 다시는 우리 곁에 얼씬도 하지 마."

이현은 신경질적인 걸음으로 호텔 룸 밖으로 빠져나왔다. 주차장으로 달려가면서 전화를 들어, 자신의 일을 봐주는 한 변호사에게 전화를 걸었다.

"최은우, 그 여자에 대해 당장 조사 좀 해."

도대체 란에게 무슨 원한을 가졌기에 이런 일을 벌이는지부터 알아내야만 했다. 저렇게 위험한 여자일 거라고는 상상도 하지 못했다. 그건 란 역시 마찬가지였을 것이다.

란이 받았을 충격을 생각하니 이현은 마음이 무거워졌다. 만약 자신이 반대의 경우였다면……. 상상을 하기도 싫었다. 이현은 차에 올라타 주먹을 꽉 쥐며 눈을 감았다.

어서 란에게 돌아가야만 했다. 그래서 해명이든, 뭐든 할 수 있는 일을 해야만 했다. 제발 그녀가 자신을 믿어 주길, 이현은 간절히 기도했다.

방에 있기 답답해 정원을 서성거리고 있던 란은 차고지에서 나오는 이현의 모습에 걸음을 멈추었다.

"란아."

떨리는 목소리로 자신을 부르는 이현 곁으로 란은 다시 천천히 걸음을 옮겼다.

"왔어요?"

"란아."

"말해 줄래요? 무슨 일이 있었는지?"

란은 차분한 목소리로 이현의 팔을 붙잡으며 물었다.

"믿어 줄 거야?"

어두운 얼굴로 묻는 이현의 말에 란은 느릿하게 고개를 끄덕였다.

"믿어요. 당신이 어떤 말을 한다 해도."

"반지를 돌려준다며 그 여자가 찾아왔어."

란의 손을 꽉 붙잡으며 이현이 떨리는 목소리로 입을 열었다. 란은 곧은 시선으로 그를 바라보며 그가 하는 말 한 마디, 한 마디에 귀를 기울였다. 그 어떤 의심도 담겨 있지 않은 맑은 갈색 눈에 이현은 여러 가지 감정이 울컥했다.

과거 란을 믿어 주지 못했던 자신의 모습과 지금 란의 모습이 겹쳐 보이며, 자신이 했던 못된 행동들에 죄책감을 느꼈다. 그렇게 아프게 했음에도 불구하고 한결같은 모습으로 자신의 곁에 머물러 준 란에게는 고마움을 느꼈다.

"그 여자는 널 상처 입히고 싶다 그랬어. 도대체 너한테 왜 그런 마음을 품고 있는 건지 모르겠어."

격앙된 목소리로 하는 이현의 말에 란은 어두운 눈빛으로 고개를 숙였다.

"그 여자가 누군지 알 것 같아요."

"무슨 말이야?"

"내가 따로 만나 봐야겠어요."

란의 이야기에 이현이 냉정한 얼굴로 고개를 내저었다.

"그러지 마. 그 여자 또 무슨 짓을 할지 몰라. 그냥 상종 안하는 게 나아. 내 변호사가 알아서 처리할 거야."

"직접 만나서 이야기 들어 볼래요."

"날 못 믿어서 그러는 거야?"

상처 입은 이현의 목소리에 란은 재빨리 손을 내저었다.

"그런 거 아니에요. 당신 믿어요."

"정말 믿어?"

재차 확인하는 이현을 란이 자신의 품을 끌어당겼다. 어린아이처럼 불안해하는 이현을 란은 따뜻하게 끌어안았다.

"내 자신보다 당신을 더 믿어요. 당신이 어떤 사람인지, 내가 당신보다 잘 아니까."

믿어 준다는 란의 말에 이현은 이상하게 눈물이 날 것 같았다. 혹시 이 일로 란이 자신을 떠나면 어쩌나, 두려웠다. 이젠 정말 란 없이 살 수가 없는데, 그녀가 또 자신을 놓아 버리면 어떻게 하나, 불안해 미칠 것만 같았다. 11년 전. 끔찍했던 그날의 기억이 떠올라서 너무 힘들었다.

"다시는 당신 놓치는 바보 같은 일, 안 해요."

위로받아야 할 사람은 란인데 오히려 자신이 위로받고 있었다. 그녀의 따뜻한 마음 아래에서.

✝

아침 일찍 란은 은우의 레스토랑으로 찾아갔다. 아무리 전화를 걸어도 받지 않아, 직접 만나러 올 수밖에 없었다. 하지만 레스토랑 문은 굳게 잠겨 있었다. 란은 밖에 서서 하염없이 은우가 오길 기다렸다.

오후가 되도록 나타나지 않는 은우를 기다리며 지쳐 가고 있는데, 차 한 대가 레스토랑 앞에 멈춰 섰다. 그리고 그토록 기다리던 은우가 란 앞에 모습을 드러냈다.

"은우 씨."

란을 보고도 은우는 별로 놀란 눈치가 아니었다. 그녀가 여기 있을 거란 걸 예상이라도 한 듯 은우는 덤덤히 레스토랑 문을 열었다.

"들어와요."

그 말을 건네는 은우를 따라 란은 레스토랑 안으로 들어섰다.

"그래. 남편분은 뭐라던가요? 저랑 하룻밤 좋았대요?"

차가운 비웃음을 지으며 묻는 은우의 말에 란은 천천히 고개를 내저었다.

"아무 일도 없었던 거 알아요."

"하! 남편이 그렇게 말해요? 그래서 지금 그 말을 믿어요?"

"믿어요. 내가 의심하고 상처받길 은우 씨가 바라는 거 아니까."

차분한 란의 말에 은우의 눈빛이 매섭게 반짝였다.

"성모마리아가 따로 없네요. 자신이 천사라도 된다고 착각하는 거 아니죠?"

"왜 이런 일을 꾸민 거예요?"

란은 흔들림 없는 목소리로 은우를 향해 물었다.

"당신한테서 그 남자 뺏고 싶었으니까."

"나한테 상처 주고 싶어서요?"

란의 물음에 은우는 아무런 부정도 하지 않았다.

"당신 아버지한테 상처 입힌 사람이 혹시 우리 아버지예요?"

은우의 검은 눈이 세차게 흔들렸다. 제발 그것만은 아니길 바랐건만, 흔들리는 은우의 눈빛에 란의 표정은 침울해졌다.

"당신 아버지가 누군지 알 수 있을까요?"

"최종훈."

은우의 입에서 흘러나오는 이름에 이번엔 란의 눈빛이 흔들렸다. 이미 예상했던 이름이긴 했지만, 막상 저 이름이 나오자 란의 심장은 쿵하고 내려앉았다. 아직도 저 이름은 란의 기억 속에 생생히 남아 있었다. 자신을 납치하려던 정원사 최 씨 아저씨의 이름이었기에. 아버지한테 끔찍한 괴롭힘을 당하고, 한 팔과 한 다리를 잃었던 최 씨 아저씨에 대한 기억은 란에게도 큰 고통이었다.

"최 씨 아저씨 딸이었군요."

이제야 은우가 자신에게 가지고 있는 적대감을 이해할 수 있게 된 란이었다. 은우가 왜 그런 마음을 품었는지 이해가 되었다.

"이해해요. 당신이 나한테 왜 그랬는지."

"이해?"

날카롭게 외치던 은우가 란의 곁으로 다가와 그녀의 팔을 움켜잡았다.

"우리 아버지한테 그런 짓을 해 놓고 이해?"

"은우 씨."

"매일매일 악몽에 시달리셨어. 무슨 해코지를 당할까 무서워
경찰도 찾아가지 못하고, 혹시나 또 네 아버지가 자신을 찾아오
지 않을까 두려워하며 사셨다고! 아버지가 느낀 공포가 얼마나
컸는지 네가 알아? 그 공포를 이기지 못하고 끝내 자살을 선택
한 우리 아버지에 대해서 네가 아냐고!"

은우는 란의 어깨를 붙잡고 앞뒤로 거세게 흔들어 대며 외쳤
다.

"호텔이 망했다고 해서 좋아했어. 그래, 복수 같은 거 잊고
살자 생각했지. 그런데 결혼한 남자가 빚을 다 갚아 주고, 멀쩡
하게 살아가는 널 보니 또다시 분노가 치솟았어. 우리 아버지
그렇게 만든 원흉이 넌데, 어찌해서 네 인생은 그렇게 잘 풀리
는 건지 분이 터져 견딜 수가 없었어. 너도 나랑 똑같은 고통을
맛보게 해 주고 싶었다고!"

은우는 란을 세차게 바닥을 향해 밀쳤다. 순간 균형을 잃은
란은 그만 싱크대에 부딪치며 바닥으로 쓰러지고 말았다. 그리
고 비극은 그 순간 일어났다. 아슬아슬하게 싱크대에 걸쳐 있던
도마가 그대로 란의 머리를 향해 떨어졌다. 그걸 본 은우의 얼
굴도 공포로 일그러졌다.

그게 란의 의식이 마지막이었다. 쿵 소리와 함께 도마와 이마
가 충돌을 하며 란은 그대로 의식을 잃고 말았다.

"악!"

날카로운 은우의 외침에 밖에 있던 경호원이 레스토랑 안으

로 달려 들어왔고, 피를 흘리고 있는 란의 모습에 경호원의 얼굴이 하얗게 질려 갔다.

✝

변호사로부터 은우에 대한 서류를 받아 읽어 내려가던 이현은 점차 표정이 굳어 갔다.

"최 씨 아저씨 딸이었어."

은우가 최 씨 아저씨와 연관이 있을 거란 생각을 아예 하지 못했다. 그러고 보니 예전에 최 씨 아저씨가 자신의 딸이 프랑스에서 요리 공부를 한다며 자랑을 한 적이 있었다.

"젠장. 진짜 위험한 여자잖아."

란이 아버지에게 어떤 억하심정을 가지고 있을지 모른다. 변호사가 조사한 자료에 의하면 최 씨 아저씨가 자살을 했다고 되어 있었다. 그 원인과 배후에 란의 아버지가 있음을 이현은 직감할 수가 있었다.

불길한 느낌에 시달리고 있던 그 순간, 이현의 전화벨이 울렸다. 액정에 뜨는 경호원의 이름에 이현은 서둘러 전화를 받았다.

— 큰일 났습니다. 사모님이 지금 의식을 잃고 쓰러지셔서 한국병원 응급실에 와 계십니다.

거기까지 듣고 전화를 끊은 이현은 단숨에 사무실 밖으로 달려 나갔다. 란이 다쳤다는 이야기에 다리가 후들거렸다. 은우를 만나러 가지 못하게 더 말렸어야만 했는데. 이런 일이 벌어질지 몰랐다.

　도저히 멀쩡한 정신으로 운전을 할 자신이 없어, 이현은 호텔 앞에 대기하고 있던 택시를 잡아탔다. 병원으로 가는 그 시간이 이현에겐 무척이나 길게 느껴졌다.

　택시에서 내려 응급실로 뛰어 들어간 이현은 란을 경호하는 경호원을 발견하고 그쪽으로 달려갔다. 그러자 머리에 붕대를 감고, 자는 듯이 누워 있는 란의 모습이 이현의 눈에 들어왔습니다.

　"보호자 되십니까?"

　"네. 어떻게 된 겁니까?"

　"아무래도 뇌에 출혈이 의심되어 지금 바로 긴급 수술 들어가야 할 것 같습니다."

　이현은 떨리는 눈으로 란을 바라봤다.

　"바로 서류 작성해 주시죠."

　의사의 말도 귀에 잘 들어오지 않았다. 이 모든 게 지독한 악몽 같았다. 가혹한 현실 앞에서 이현은 억장이 무너지는 기분이 들었다.

12

　망연자실한 얼굴로 수술실 앞에 앉아 있는 이현을 향해 진아가 다가왔다.

　"뭐예요? 왜 란이가 저기 들어가 있어요? 도대체 무슨 일이에요?"

　란의 휴대폰으로 전화를 걸었다가 이현으로부터 수술 중이란 이야기를 들은 진아는 그 길로 바로 달려온 듯했다.

　"그 여자가 최 씨 아저씨 딸이었어요. 같이 일하기 전에 진작 알아봤어야 했는데, 알아봤으면 절대 그 여자랑 같이 일하지 않았을 텐데. 란이 곁에 접근도 못하게 했을 텐데."

　알아듣지 못할 말만 중얼거리는 이현의 팔을 진아가 다급하게 붙잡았다.

　"무슨 소리하는 거예요? 알아듣게 설명 좀 해 봐요!"

"예전에 란이 납치한 최 씨 아저씨 딸이었다고요. 그 여자가 란이를 이렇게 만들었어요."

"뭐라고요? 그 여자는 도대체 왜 란이한테? 이유가 뭐래요?"

"최 씨 아저씨가 자살한 이유가 란이 아버지 때문이라고, 그래서 복수하고 싶었대요."

이현은 초점이 흐트러진 눈을 하고서는 기계적인 말투로 설명을 하고 있었다. 그런 이현의 말에 진아는 기가 막힌다는 얼굴로 그를 바라봤다.

"란이 아버지가 그런 걸 도대체 왜 란이한테? 도대체 다들 왜 그러는 거예요? 그 납치 사건으로 제일 고통받은 사람이 란이인데! 당신도 아버지한테 당할까 봐 억지로 쫓아내 버리고, 최 씨 아저씨 그렇게 된 거에 대해서 란이가 얼마나 마음 아파했는지 알아요?"

날카로운 목소리로 외치는 진아의 말에 이현의 검은 눈이 충격으로 일렁였다.

"지금 무슨 말을 하는 겁니까? 란이가 날 억지로 쫓아냈다고요?"

"여태까지 몰랐어요? 란이랑 사이 좀 좋아진 줄 알았더니."

"자세히 말해 봐요!"

방금 전 진아가 이현의 팔을 움켜잡았던 것처럼 그가 거칠게 그녀의 팔을 움켜잡으며 외쳤다.

"란이는 당신 살리려고 그런 거예요. 당신이 공범으로 낙인

찍힌 이상 란이 아버지가 가만 안 둘 게 뻔했으니까요. 좋게 말하면 당신이 안 떠날까 봐 일부러 매몰차게 군 거예요. 아버지 돌아오기 전에 당신 집에서 내보내려고요. 당신 그렇게 보내고 란이가 얼마나 괴로워했는지 알아요? 그래도 당신 안 잡힌 거에 감사하며 살아가던 애였어요. 당신 죽도록 그리워하면서, 자신이 마음 준 사람은 오직 당신뿐이라면서, 평생 못 만나도 당신만 사랑할 거라면서. 그런데 정작 다시 나타난 당신은 란이 괴롭히기나 하고."

진아의 팔을 붙잡고 있던 이현의 손이 스르르 풀렸다. 그러고는 그대로 바닥에 주저앉아 버리는 그였다. 그의 검은 눈에선 뜨거운 눈물이 흘러내리고 있었다.

눈물은 점차 흐느낌으로 변해 가고, 흐느낌은 오열이 되어 갔다. 심장 부근을 바들바들 떨리는 손으로 꼭 붙잡으며 이현은 통한의 눈물을 흘렸다. 때마침 병원에 도착한 인후는 그런 이현의 곁으로 서둘러 다가왔다.

"정이현! 무슨 일이야? 제수씨 수술 잘못됐어?"

인후의 물음에 이현은 아무런 답을 하지 못했다.

"인마! 정신 좀 차려 봐! 도대체 왜 이래?"

자신을 부축하는 인후의 어깨에 얼굴을 박으며 이현은 계속해서 울음을 토해 냈다. 조용히 해 달라는 간호사의 부탁에도 눈물을 멈추지 않는 이현을 끌고 인후는 병원 밖으로 데리고 나왔다.

잠시 시간이 흐르고 이현의 눈물이 서서히 잦아들었다. 그런 이현을 향해 인후는 재빨리 손수건을 내밀었다.

"좀 진정이 됐냐?"

"란이 곁에 내가 머물 자격이 있을까?"

축 처진 목소리로 묻는 이현의 말에 인후가 이해가 안 된다는 얼굴로 그를 바라봤다.

"무슨 소리야? 도대체 뭐 때문에 이래? 제수씨 다칠 때 네가 못 지켜 준 거 때문에 그래? 그걸 네가 뭔 수로 지켜? 그 정신 나간 여자가 그런 것을. 수술 잘 될 거야. 너무 걱정하지 마."

인후가 이현의 어깨를 토닥이며 그를 위로했다. 짐을 챙기러 잠시 서울에 올라왔다가 란이 병원에 있다는 윤 비서의 말에 얼마나 놀랐는지 모른다. 아니라 다를까 죄책감에 시달리고 있는 이현을 보니 인후는 마음이 무거웠다.

"정말 몰랐어. 란이가 일부러 날 떠나보내려고 그랬다는걸."

"그건 또 무슨 말인데? 제수씨가 널 왜 떠나보내?"

"같이 살면서 무언가 사정이 있었을 거란 건 알았지만, 그 모든 게 날 위해서였다니. 란이 말을 들어나 볼걸. 믿어 주지도 않았던 내가 한심해서 견딜 수가 없다."

인후는 이현이 무슨 말을 하는지 도통 알아들을 수가 없었다. 자신이 묻는 말엔 하나도 답을 안 해 주고, 알 수 없는 소리만 내뱉는 이현을 인후는 멍한 눈으로 바라봤다.

"정이현. 도대체 무슨 소리야?"

"이젠 정말 란이 없으면 내가 살 수가 없는데. 나 스스로가 용서가 되지 않는다."

넋이 반쯤 나간 사람 같은 이현을 인후는 걱정스러운 눈으로 바라봤다. 그때 두 사람을 향해 진아가 달려왔다.

"란이 수술 잘 끝났대요!"

큰 소리로 외치는 진아의 말에 두 사람은 동시에 몸을 일으켰다. 이현은 다급하게 병원 안으로 달려 들어갔다. 병원 밖에 진아랑 남게 된 인후는 손을 들어 이마를 긁적였다.

"저 녀석 도대체 왜 저러는 겁니까? 그쪽이 무슨 말을 했기에?"

"당신 바보 같은 친구가 꼭 알아야 할 것을 말해 줬어요. 궁금하면 나중에 친구한테 들어요."

진아는 퉁명스레 인후를 향해 말하고는 병원 안으로 사라졌다.

"아, 도대체 뭐야? 무슨 일인 거야?"

인후는 답답한 마음에 허공을 향해 외쳤다. 가뜩이나 냉정한 수린의 태도에 마음 아파 죽겠는데, 왜 다른 사람들마저 자신에게 이러는지 모르겠다.

"세상이 날 따 시키는 건가? 젠장."

인후는 고개를 푹 숙이며 나지막하게 중얼거렸다.

✝

이현은 머리에 붕대를 감고 잠이 든 것처럼 누워 있는 란을 애틋한 눈길로 바라봤다. 출혈은 있었지만, 다행히 뇌 손상은 없어 보인다고 했다. 정말 불행 중 다행이었다.

란이 깨어나면 연락 주라며 진아와 인후는 돌아갔고, 이현만 홀로 그녀 곁에 남았다. 온기가 느껴지는 따뜻한 란의 볼을 향해 이현은 떨리는 손을 뻗었다. 하지만 미처 매만지지 못한 채 힘없이 손을 떨어뜨리는 그였다.

"그 날 모진 말로 당신을 내쫓은 거, 사실은 당신을 위해서였어요."

란이 했던 말이 하나씩 떠올랐다. 그때 저 말을 들어줄걸, 외면했던 자신에게 너무 화가 났다.

"내가 원하는 건 당신 마음이에요."

그녀의 진심을 외면해도 란은 항상 한결같았다.

"사랑한다 말하면 믿어 줄래요?"

귀를 닫고 그 말을 듣지 않은 사람이 그 누구도 아닌 바로 자신이었다.

"사랑해요."

힘겹게 고백을 내뱉었던 란에게 멸시와 상처만을 안겨 주었다.

"이런 내가 뭐가 좋다고."

란이 했던 말을 떠올리던 이현의 눈에선 다시 눈물이 흐르고 있었다. 자신 스스로가 용서가 되지 않았다. 누구보다 마음이 따뜻한 란이라는 걸 알면서도, 그녀의 진심을 들으려고 하지 않았다. 또다시 상처받는 게 무서워 마음을 꼭꼭 닫고만 있었다. 그럼에도 불구하고 그녀는 한결같이 자신을 사랑을 해 주었다. 그런 사랑을 받을 자격이 자신에게 없음에도 불구하고.

"하."

마음이 너무 무거웠다. 이현은 눈물을 닦으며 의자에서 일어섰다. 란을 이렇게 만든 은우나 자신이나 다를 게 없었다. 아니, 어쩌면 은우보다 자신이 란에게 더 큰 상처를 주었는지도 모른다. 그녀의 곁에 있을 자격이 없었다. 란의 사랑을 받을 자격 또한 없었다.

이현은 힘없이 축 처진 어깨로 문을 향해 걸음을 옮겼다.

"오……빠."

막 문손잡이를 붙잡는 순간, 자신을 부르는 란의 목소리가 들렸다. 이현은 떨리는 눈으로 천천히 뒤를 돌아보았다. 그러자 란이 눈을 꼭 감은 채 울먹이는 목소리로 입을 열었다.

"아무 데도 가지 마. 내 곁에 있어 줘. 오빠 싫다는 말, 더럽다는 말 다 거짓말이야."

꿈을 꾸는지 눈을 꼭 감은 채 중얼거리는 란의 말에 이현은 재빨리 그녀의 곁으로 다가왔다. 그러고는 떨리는 손으로 란의 손을 꽉 붙잡았다.

"아무 데도 안 갈게. 네가 싫다고 해도 이제 안 갈게. 영원히 네 곁에 있을게. 사랑한다. 사랑해, 란아."

간절한 이현의 목소리에 란의 입가에 따뜻한 미소가 번졌다. 이현은 란의 손을 붙잡은 채 자신의 심장을 향해 손을 뻗었다. 세차게 뛰는 이 심장 소리를 듣고, 란이 빨리 눈을 뜨길 간절하게 바라는 마음으로.

✝

란은 스르르 눈을 떴다. 머리가 깨질 듯이 아파 왔지만, 자신의 손을 꼭 붙잡은 채 엎드려 잠든 이현의 모습이 눈에 들어오자, 거짓말처럼 서서히 두통이 가시었다. 란은 이현에게 붙잡혀 있지 않은 다른 손을 들어 천천히 이현의 뺨을 향해 손을 뻗었다. 그 손길에 그의 눈이 번쩍 뜨여졌다.

"란아!"

"깨우려고 한 건 아닌데."

소리 높여 자신의 이름을 부르는 이현을 향해 란이 자그마한 목소리로 답했다.

"괜찮아?"

"네. 괜찮아요."

그런 란을 이현이 조심스레 끌어안았다.

"다행이다. 정말 다행이다."

그의 진심이 느껴지는 목소리에 란은 생긋 미소를 지었다. 그러다 자신을 이렇게 만든 은우를 떠올렸다. 악에 받쳐 자신을 향해 소리 지르던 그 모습이 떠오르며 란은 마음이 아팠다. 은우가 최 씨 아저씨 딸인 줄은 정말 몰랐다. 그녀가 왜 자신에게 그런 악한 감정을 품었는지, 란은 이해가 되었다.

아버지가 최 씨 아저씨한테 했던 잔인한 짓을 옆에서 보았던 그녀였기에. 그 후 아저씨가 자살을 택했다는 은우의 이야기가 떠오르며 란의 마음은 무거워졌다.

"은우 씨는요?"

"지금 그 여자가 궁금해? 누구 때문에 이렇게 되었는데?"

이현에게 일부러 접근한 건 맞지만, 자신을 이렇게 다치게 할 생각은 애초에 없었던 것 같다. 자신이 바닥으로 쓰러지던 순간, 놀라던 은우의 눈빛이 아직도 란의 기억에 생생했다.

"일부러 그런 건 아닐 거예요."

"무슨 말이야? 그 여자가 나한테 한 짓 잊었어? 일부러 약도 먹인 여자라고."

"나 때문에 소중한 사람을 잃었다고 생각해서 그런 거잖아요. 그게 사실이기도 하고."

최 씨 아저씨를 떠올리자 란은 마음이 무거워졌다. 돈 때문에 자신을 납치하려고 했지만 그렇게 나쁜 사람은 아니었다. 란에게 나무를 심고, 관리하는 법을 알려 준 사람도 다름 아닌 최 씨 아저씨였다.

"널 납치하려고 한 사람이야. 네 아버지가 그럴 만했어. 나 역시 마찬가지였을 거야. 그러니까 그 여자 절대 용서 못 해."

"복수는 또 다른 복수를 낳는 거예요. 누군가 한 사람은 멈춰 줘야죠. 그래야 더는 이런 일이 안 생기죠."

이현은 도저히 란이 이해가 되지 않았다. 어찌해야 사람이 이렇게 착할 수 있는 걸까?

"착한 것도 정도껏 해. 남들이 보면 멍청하다 욕해."

"착한 거 아니에요. 내 마음 편하고 싶어서 하는 선택이에요."

"착한 거 맞아! 그러니까 내가 그렇게 나쁘게 굴어도 바보같이 날 사랑하지. 널 믿어 주지도 않는 나를. 어떻게 그래? 나 안 미웠어? 날 위해 그런 건데, 들어 주지도 않았던 내가 안 미웠어?"

어떻게 알게 된 걸까? 이현의 말에 란은 놀란 눈으로 그를 바라봤다.

"당신, 어떻게 알았어요?"

"진아 씨한테 들었어. 미안해, 정말. 네 진심 들을 생각도 안 하고 미워해서. 정말 미안해."

어두운 얼굴로 하는 이현의 사과에 란은 손을 뻗어 그의 뺨을 쓰다듬었다.

"진심으로 나 미워한 적은 한 번도 없었잖아요."

어찌하여 란은 남들이 쉽사리 입 밖으로 내뱉지 못하는 진심

을 아는 걸까? 이 여자는 도대체 어떻게 만들어진 여자이기에
이런 걸까?

"나도 그래요. 당신 미운 적 없었어요. 미워하는 것보다 사
랑하는 게 더 쉬운걸. 사랑하기도 아까운 사람인데 왜 미워해
요?"

정말 할 말 없게 만드는 여자였다. 이현은 손을 뻗어 란을 품
안에 끌어안았다. 하늘이 자신에게 그런 부모를 준 것은 이런
여자를 자신에게 주기 위해서였나 보다. 이토록 귀한 여자를 가
지게 하기 위해 그토록 아프고 쓸쓸하게 만들었나 보다. 세상
유일한 내 편, 그 누구와도 바꿀 수 없는 소중한 내 편을 주기
위해 그렇게 힘들게 했나 보다.

"사랑해."

이현은 처음으로 란이 들을 수 있게 자신의 마음을 고백했다.
그런 그의 고백에 란은 행복한 웃음을 터트렸다.

"나도 사랑해요."

웃음기 묻어 나오는 목소리로 사랑한다 말하는 란을 이현은
더욱 힘주어 끌어안았다. 절대 다시는 이 여자를 놓지 않겠다
다짐하고, 또 다짐하면서.

✝

병문안을 온 김 회장을 란은 환하게 웃는 얼굴로 맞이했다.

"지금 웃음이 나오는 게냐?"

이런 엄청난 일이 있었음에도 불구하고 연락을 먼저 하지 않았다는 것에 김 회장은 많이 화가 나 있었다.

"이제 괜찮아요. 어르신 알면 괜히 걱정할까 봐 연락 안 드린 거예요."

"뗙! 그래도 그렇지. 어떻게 나한테 연락을 안 해? 너 아픈 것도 모르고, 안 찾아온다고 얼마나 서운해했는지 알아?"

자신을 걱정하는 김 회장의 눈빛에 란은 따뜻한 미소를 지었다.

"감사합니다. 저 걱정해 주셔서."

"에잇. 고얀 것들. 너나 이현이나 똑같아."

"죄송해요, 어르신."

사과의 말을 건네는 란의 손을 김 회장이 다정한 손길로 붙잡았다.

"아프지 말거라. 내가 얼마나 걱정했는지 아느냐?"

부모가 자식을 바라보는 것처럼 김 회장의 주름진 눈은 따뜻했다. 왜지 모르게 가슴이 뭉클해진 란은 눈물이 글썽거리는 눈으로 고개를 끄덕였다. 그때 병실로 들어오던 이현은 울고 있는 란의 모습에 얼굴을 찡그렸다.

"아, 회장님. 이 사람한테 또 뭐라 그러신 거예요?"

"뭐라긴 이 녀석아! 아무 말도 안 했다."

"정말이야?"

이현이 란을 보며 확인하듯 되물었다.

"네. 아프지 말라고, 위로해 주셨어요."

"거봐라! 녀석 잘 알지도 못하면서."

김 회장의 호통에 머쓱해진 이현은 머리를 긁적였다.

"난 또 회장님이 혼낸 줄 알고."

"혼날 짓 한 건 알고? 쯧쯧. 지 마누라 우는 모습에 파르르해 가지고는. 아주 팔불출이 따로 없구나."

혀를 차며 하는 김 회장의 말에 란은 웃음을 터트렸다.

"하긴 이렇게 예쁜 마누라를 뒀는데 팔불출 안 되면 쓰나."

"제 여자가 예쁘긴 하죠?"

"그래, 녀석아. 너한테 아깝다."

"아, 회장님도 참."

친부자처럼 투덕거리는 두 남자의 모습을 란은 따뜻한 시선으로 바라봤다. 저런 모습까지 보기 좋은 두 사람이었다. 그래서 더욱 김 회장이 미국 가는 걸 포기하고 자신들 곁에 남아 주었으면 하고 란은 바라고 있었다.

"어서 몸 추슬러야지. 그래야 같이 또 바둑 둘 게 아니냐?"

"네, 어르신."

"이만 가 보마. 몸 조리 잘 하고."

"네. 또 놀러 오세요."

김 회장은 란은 향해 알았다는 듯이 손을 휘젓고는 의자에서 몸을 일으켰다.

"배웅해 드리고 올게."

김 회장을 따라나서며 이현이 란을 향해 말했다.

"네. 다녀와요."

두 사람이 떠나고 나자 넓은 병실 안이 순식간에 고요해졌다. 벌써 병원에 입원한 지도 2주가 넘어갔다. 다행히 수술 후 경과가 좋긴 했지만, 아무래도 뇌수술이다 보니 병원에서 퇴원에 신중을 기하고 있었다.

지루함을 달랠 겸 란은 옆에 놓인 책을 들어 올렸다. 그때 똑똑, 하는 낮은 노크 소리가 들려왔다.

"들어와요."

란의 말에 천천히 병실 문이 열리며 처음 보는 남자가 그녀를 향해 걸어왔다.

"누구시······!"

란의 물음이 채 끝나기 전에 남자가 그녀 앞에 무릎을 꿇었다.

"왜 이러세요?"

다급한 란의 물음에 남자는 눈물을 흘리며 입을 열었다.

"제발 우리 셰프님 좀 풀어주세요."

간절한 남자의 목소리에 란은 당황한 눈으로 그를 바라봤다.

"무슨 소리예요?"

"최은우 셰프님이요. 정말 큰 잘못 한 거 알지만, 제발 용서해 주세요."

"그쪽은 누구세요?"

"셰프님 밑에서 요리 배우는 사람입니다. 그릇된 복수심 때문에 그런 거지 애초에 나쁜 사람은 아니에요. 지금 남편분이 고소하셔서 구속되었어요. 합의를 안 해 주셔서 빼낼 방법이 없어요."

은우가 구속된 사실은 몰랐던 란이었다. 남자의 말에 란은 많이 당황스러웠다. 그때 병실 문을 열리며 이현이 김 회장을 배웅하고 돌아왔다.

"당신 누구야?"

남자의 모습에 화들짝 놀란 이현은 그의 멱살을 움켜잡으며 외쳤다.

"제발 부탁드려요. 제발요."

이현에게 끌려 나가면서도 남자는 끝까지 란을 향해 외쳤다. 병실에 홀로 남겨진 란은 은우를 떠올리며 한숨을 내쉬었다.

"저 자식 뭐야?"

남자를 병실 밖으로 쫓아낸 이현이 란을 향해 물었다.

"은우 씨 아는 사람인가 봐요. 은우 씨 구속됐어요?"

란의 물음에 이현은 무뚝뚝한 얼굴로 고개를 끄덕였다.

"그래. 사실 그 정도로는 성이 안 차. 너 위험했던 거 생각하면 아직도 분이 안 풀린다고."

"그렇게까지 할 필요는 없었잖아요. 그냥 호텔 계약만 파기하고 말지."

"몰라. 네가 뭐라고 하든 난 그 여자가 용서 안 돼."

단호한 이현의 태도에 란은 한숨을 내쉬었다.

복수는 매번 또 다른 복수를 부른다. 서로에게 더욱 치명적인 상처를 입히고, 그 복수는 점점 더 독해져만 갔다. 아버지의 잘못이 자식에게 내려오고, 거기에 또 다른 피해자가 생기는 이지긋지긋한 관계가 란은 정말이지 싫었다. 누군가는 이 지독한 악연을 끊어 내야만 했다. 용서라는 따뜻한 이름으로.

✝

한 달 만에 퇴원을 한 란은 은우가 수감된 구치소에 찾아갔다. 면회실로 나온 은우는 란의 모습에 흠칫 놀라며 걸음을 멈추었다.

"은우 씨."

"수술했다고 들었는데."

꽉 잠긴 목소리로 은우가 란을 향해 말했다.

"이젠 괜찮아요. 걱정했어요?"

"걱정은 누가 했다 그래요? 당신 그렇게 되길 바랐는데!"

은우가 날카로운 목소리로 란을 향해 외쳤다. 란은 그런 은우를 따뜻한 시선으로 바라봤다.

"일부러 그런 거 아니라는 거 알아요."

"착한 척 그만해요. 당신도 나 원망하면서!"

"안 해요. 그저 은우 씨가 참 안타까워요. 최 씨 아저씨의 꿈이 은우 씨가 레스토랑 차리는 거라고 했죠? 아저씨도 많이 슬플 거예요. 지금 은우 씨 보면서."

란의 말에 은우의 속눈썹이 파르르 떨렸다. 그녀 스스로도 자신의 행동을 많이 후회하고 있는 눈치였다.

"그릇된 부성애에서 시작된 끔찍한 일이에요. 당신을 위해서 날 납치하려던 최 씨 아저씨도 그렇고……."

"무슨 말이에요?"

은우가 떨리는 목소리로 란의 말을 끊었다. 세차게 흔들리는 그녀의 눈빛을 보아하니 정말 몰랐던 모양이다. 그래서 더 자신에 대한 적대감이 컸던 걸까?

"몰랐던 모양이군요."

"마, 말도 안 돼! 우리 아버지가 그럴 리가 없어!"

"은우 씨."

"몰랐어요, 난. 우리 아버지가 당신을 납치하려고 했다는 걸. 몰랐다고요, 난."

"그랬다 하더라도 우리 아버지도 잘못하셨어요. 최 씨 아저씨한테 그렇게까지 해서는 안 되는 일이었는데."

란은 은우를 진정시키며 차분한 목소리로 말을 이어 나갔다.

"곧 고소 취하할 거예요. 나와서 다시 예전처럼 살아요, 은우 씨. 서로 각자의 위치에서 아예 몰랐던 사람처럼. 더는 나 미워한다고 시간 낭비하지 말고요."

"왜 날 용서하는 거예요? 우리 아버지도 그렇고, 나도 그렇고. 당신한테 상처만 줬는데."

이런 란이 도저히 이해가 되지 않는다는 듯이 은우가 떨리는 목소리로 물었다.

"용서하는 게 아니에요. 나 은우 씨 여전히 밉긴 해요. 그런데 또 다른 복수의 희생자를 만들고 싶지 않은 거예요. 이대로 은우 씨 인생 망가지면, 슬퍼할 누군가가 있겠죠. 그 사람이 또 괜히 못된 마음 품으면 안 되잖아요."

자신을 찾아와 사정하던 그 남자를 떠올리며 란은 천천히 말을 이었다.

"당신을 소중히 여기는 사람이 주변에 있어요. 그 사람 생각해서라도 이제 더는 이렇게 살지 말아요."

그토록 사랑해 주는 남자가 곁에 있다면 은우도 달라지지 않을까. 그녀를 믿지 않았지만, 란은 사랑의 힘을 믿었다.

"잘 살아요."

고개를 푹 숙인 채 눈물을 쏟아 내는 은우에게 한 마디를 하고 란은 자리에서 일어섰다. 마음이 조금 홀가분해졌다. 최 씨 아저씨를 생각하면 늘 마음이 무거웠는데, 그 마음의 짐을 조금 덜어내게 된 것 같았다.

구치소 밖에서 란을 기다리고 있던 이현은 여전히 불만 섞인 얼굴로 그녀를 바라봤다. 란의 끈질긴 설득에 끝내 넘어가긴 했지만, 이런 그녀의 행동이 이현은 잘 이해가 되지 않았다.

"꼭 이렇게 해야 해? 당신 다치게 한 여자한테?"

"나 이제 괜찮잖아요."

"안 괜찮았으면 그 여자 절대 가만히 안 뒀어."

투박한 말투였지만 자신을 걱정하는 이현의 마음이 느껴졌다. 란은 웃는 얼굴로 그의 팔짱을 끼며 자연스레 화제를 다른 쪽으로 돌렸다.

"어르신이랑 인후 씨 내일 온대요?"

"인후는 다시 거제에 내려갔어. 그동안 너 입원하는 바람에 호텔 일 떠맡아 한다고 고생 많았지."

이현의 말에 란은 천천히 고개를 끄덕였다.

"꼭 수린 씨랑 잘되었으면 좋겠네요."

이현에게 전해 들은 이야기론 무슨 이유에서인지는 모르겠지만, 수린이 쉽사리 마음을 열고 있지 않다고 들었다. 평생을 수린만 기다린 인후으로부터 얼른 좋은 소식이 들렸으면 좋겠다.

"얼른 돌아가서 어르신 방 인테리어 마무리해야겠어요."

"보면 좋아하실 거야."

"내일 말 잘해요. 알았죠?"

"알겠어."

란이 사고가 난 이후 이현은 무척이나 많이 고분고분해졌다. 란은 그런 이현을 따뜻한 눈빛으로 보며, 그의 팔에 볼을 기댔다. 사랑하는 사람과 함께 걷는 것, 그것만으로도 참 커다란 기쁨이었다. 그 사고로 서로를 소중히 여기는 마음이 더욱 커진 두 사람이었다.

✝

2층에 위치한 전망 좋은 방 하나를 김 회장을 위한 방으로 꾸몄다. 한옥을 좋아한다던 김 회장 취향에 맞추어, 내부를 전통 한옥 사랑채 분위기로 꾸몄다. 침대 대신 보료를 놓고, 고가

구로 멋스러운 분위기를 냈다. 김 회장이 좋아하는 바둑을 실컷
둘 수 있는 비자나무 바둑판도 한쪽에 놓여 있었다.

식사를 마치고 란과 이현과 함께 2층으로 올라온 김 회장은
자신을 위한 방을 보고, 놀라 입을 다물 생각을 하지 않았다.

"마음에 드실지는 모르겠어요."

란이 조심스레 김 회장을 향해 말했다.

"이게 다 무어냐?"

"계속 한국에 머물러 주셨으면 좋겠어요. 이왕이면 호텔 말
고 저희 집에요."

란의 말에 김 회장이 떨리는 시선으로 그녀를 바라봤다.

"모르겠구나. 너무 갑작스러워서."

당황한 목소리로 중얼거리는 김 회장 곁으로 란은 이현을 잡
아끌었다.

"이 사람하고 대화 좀 나누고 계세요. 전 차 좀 준비해서 올
게요."

란은 이현만 보이게 입 모양으로 '잘해요'라는 말을 전하고
는 아래층으로 내려갔다.

"방이 마음에 안 드세요? 란이가 회장님 모신다고 병원에서
내내 인테리어 구상했어요."

"뭐하러 그런 짓을. 내가 뭐라고 여기 들어와서 살아."

여전히 방에서 눈을 못 떼며 김 회장이 나지막한 목소리로
말했다.

"아버지……."

잠시 망설이는 표정을 짓던 이현은 천천히 입을 열었다.

"같은 분이잖아요, 저한테. 제가 아드님을 대신할 자격이 있는지 모르겠지만. 처음 제 손을 잡아 주신 그 날부터 회장님은 저한테 아버지 대신이었어요."

흔들림 없는 눈빛으로 하는 이현의 말에 김 회장의 눈시울이 붉어졌다. 둘 다 속을 표현할 줄 모르는 성격이 똑 닮아 있었다. 그러기에 누구보다 서로를 소중히 여기면서도 그 속마음을 표현한 적이 단 한 번도 없었다.

"정말 날 아버지로 생각하느냐?"

떨리는 목소리로 묻는 김 회장의 말에 이현도 촉촉해진 눈으로 고개를 끄덕였다.

"네. 그러니 제 곁에 남아 주세요. 계속 그랬듯이 제 가족이 되어 주세요. 저랑 란이가 낳는 아이들의 할아버지가 되어 주세요."

김 회장이 주름진 손으로 이현의 어깨를 붙잡았다.

"네가 처음 우리 집에 온 그 순간부터 나에게도 넌 내 아들이었다. 마치 죽은 내 아들이 보내 준 선물 같았어, 네가. 그런 네가 있었기에 내가 살 수가 있었다."

아들을 그렇게 보내고 나서 하루하루가 지옥이었던 김 회장이었다. 스스로 목숨을 끊지 못해 연명해 나갔던 것뿐 삶에 아무런 의미가 없었다. 하지만 상처투성이인 이현이 나타나고부터는 그의 삶도 달라졌다. 살아갈 이유가 생겼던 것이다.

"늦었지만 이제부터 아버지라도 불러도 될까요?"

"……네가 그렇게 불러 주길 계속 기다렸단다."

서로를 보는 두 사람의 눈빛이 따뜻했다. 차를 가지고 2층으로 올라오던 란은 해사한 미소를 지으며 그런 두 사람을 바라봤다. 두 사람을 보고 있는 것만으로도 마음이 뭉클해졌다. 피는 통하지 않았지만, 이미 오래전부터 두 사람은 가족이었다.

"저도 이제부터 아버님이라고 불러도 되죠?"

란의 목소리에 두 남자는 여전히 따뜻한 빛이 담긴 눈으로 그녀를 바라봤다.

"그래, 란아. 정말 고맙구나."

김 회장이 란의 곁으로 다가와 그녀의 등을 두드렸다.

"하지만 이 집엔 아직 들어올 생각이 없다."

예상치 못한 김 회장의 말에 란과 이현은 긴장된 얼굴로 그를 바라봤다.

"혹시 방이 마음에 안 드세요?"

"그럴 리가! 당장이라도 여기에서 살고 싶을 만큼 마음에 든단다."

"그런데 왜?"

조심스레 묻는 란을 향해 김 회장이 부드러운 미소를 지었다.

"누굴 눈치 없는 노친네 만들 생각인 거냐? 전에도 말했다시피 신혼부부 집에 내가 어찌 들어와 살아? 그렇게 내가 이 집 들어오게 만들고 싶으면 얼른 아이부터 낳아. 아이 태어나면 그때 들어올 테니."

이현의 옆구리를 푹 찌르며 김 회장이 유쾌한 얼굴로 말했다.

그런 김 회장의 말에 란은 얼굴을 붉혔고, 이현은 그의 뜻에 동의한다는 듯이 세차게 고개를 끄덕였다.

"아버지 말씀 들었지? 더 분발하자고."

이현의 말에 김 회장과 란은 동시에 웃음을 터트렸다.

13

란은 하얀 웨딩드레스를 입고 신부 대기실에 앉아 있는 진아를 향해 천천히 다가갔다.

"너무 예쁘다."

"란아?"

긴장된 얼굴로 앉아 있던 진아는 환한 얼굴로 란을 반겼다.

"봄꽃보다 네가 더 화사한 것 같아."

란은 따뜻한 손길로 진아의 어깨를 붙잡았다.

"고마워. 아, 나 긴장돼서 미칠 것만 같아. 마음 같아선 여길 당장 뛰쳐나가고 싶어. 너도 결혼할 때 그랬니?"

진아의 물음에 란은 쓸쓸했던 자신의 결혼식을 떠올렸다. 그누구 하나 찾아주는 이 없던 쓸쓸한 신부 대기실, 그 한켠에 앉아 불안에 떨던 자신의 모습이 스쳐 지나갔다.

"응. 나도 많이 떨렸어."

그땐 많이 외롭고 쓸쓸했었다. 하지만 이현을 사랑하는 마음은 그때나 지금이나 변함없었다. 그를 사랑하는 자신의 마음, 그거 하나만 믿고 한 결혼이었다.

"그때 같이 있어 줬으면 좋았을 텐데."

란의 결혼식에 오지 못한 걸 미안해하며 진아가 그녀의 손을 붙잡았다.

"그 마음만으로도 고마워. 잘 살아, 진아야. 분명 강윤 오빠네가 변화시킬 수 있을 거야. 세상에 사랑의 힘만큼 강한 건 없거든."

"네 말에 용기가 치솟는다. 고마워, 친구. 그런데 너 이렇게 돌아다녀도 괜찮은 거니? 이제 안 아파?"

걱정하며 묻는 진아의 말에 란은 웃으면서 고개를 끄덕였다.

"괜찮아. 나 이제 멀쩡해."

"정말 다행이다."

그때 사진사가 두 사람을 향해 다가왔다.

"자, 사진 좀 찍으시죠."

사진사의 말에 두 사람은 다정하게 포즈를 취했다. 찰칵, 하는 경쾌한 소리와 함께 아름다운 두 사람의 모습이 카메라에 담겼다.

"친구는 잘 보고 왔어?"

신부 대기실 앞에서 란을 기다리고 있던 이현이 그녀에게 다가오며 물었다.

"네, 너무 예뻐요."

"네가 더 예뻐."

"진아 보지도 못했으면서."

맹목적인 이현의 칭찬에 란이 살짝 눈을 흘기며 말했다.

"안 봐도 알아. 세상에서 제일 예쁜 신부였어."

"다행이네요. 그 모습 당신이라도 기억해 줘서."

쓸쓸한 란의 말에 이현이 그녀의 어깨를 부드럽게 끌어안았다.

"생각해 보니 너 많이 쓸쓸했겠다. 결혼식 아무도 초대 못 했잖아."

란과 이현의 결혼식에 하객이라고는 인후가 거의 유일했다. 이현은 미안한 얼굴로 란을 보며 그녀의 어깨를 토닥였다.

"괜찮아요. 그래도 내 곁에 당신이 있었잖아요."

"이렇게 착한 여자한테 도대체 내가 뭔 짓을 한 건지."

지난날을 후회하는 이현의 말에 란은 따뜻한 미소를 지어 보였다.

"그래도 고마워요. 다시 날 찾아내줘서."

그것만으로 충분했다. 이렇게 다시 그와 만나 함께 살고 있는 것만으로도 란은 감사하게 생각했다.

"어? 결혼식 시작하나 봐요."

귓가에 들리는 사회자의 목소리에 란이 이현의 손을 잡아끌었다.

"어서 가서 봐요."

"그러지."

많은 사람들의 축복 속에서 결혼식은 성대하게 치러졌다. 한 가지 흠이 있다면 신랑 얼굴이 그리 밝지 않다는 점이었다.

"역시 마음에 안 들어."

굳은 얼굴의 강윤을 보며 이현이 란의 귓가에 속삭였다.

"그러게요. 분명 오빠도 오늘을 후회할 날이 있을 거예요."

"너무 늦게 후회하지 않았으면 좋겠군."

늦게 깨달은 자신을 반성하듯 이현이 쓴웃음을 지었다.

"잘 살았으면 좋겠어요. 진아도, 강윤 오빠도."

"그래. 저 자식은 마음에 안 들지만. 진아 씨는 나한테 은인이니까."

란에 관한 이현의 오해를 풀어 준 인물이 바로 진아였다. 그 뒤로 이현은 진아에게 늘 고마운 마음을 가지고 살았다.

"두 사람 정말 행복했으면 좋겠어요. 우리처럼."

란이 이현의 손을 붙잡으며 말했다. 이현의 입가엔 부드러운 미소가 번졌다.

"그래, 우리처럼."

나란히 퇴장을 하는 진아와 강윤을 보며 두 사람은 오래도록 손을 마주 잡고 있었다.

†

진아와 강윤의 결혼식이 끝난 며칠 뒤, 이현이 호텔로 나오라며 란에게 전화를 걸었다. 단순히 점심을 먹자는 이야기로 생각한 란은 별다른 의심 없이 밝은 얼굴로 이현을 만나러 나갔다.

"오셨습니까, 사모님?"

로비에 들어서자마자 한 여자가 란을 향해 고개를 숙이며 말했다.

"네. 누구세요?"

"사장님께서 모셔 오라고 했습니다."

란은 고개를 갸웃거리며 여자를 뒤따라 걸음을 옮겼다. 란을 호텔 방으로 데리고 간 여자는 천천히 문을 열었다. 그러자 행거에 걸려 있는 하얀 웨딩드레스가 란의 눈에 보였다.

"이게 뭐예요?"

"갈아입으시면 됩니다. 제가 도와 드리겠습니다."

이 상황이 좀처럼 이해가 되지 않아 란은 느릿하게 눈을 깜박였다.

"왜 이걸 제가?"

"사장님이 부탁하신 일입니다."

이현이 왜 이런 부탁을 했을까? 도통 감이 오지가 않았다. 여자의 도움을 받아 옷을 갈아입고 화장을 고치고, 머리를 하면서도 여전히 란의 머릿속엔 의문이 가득했다.

"다 됐습니다."

거울 속 자신은 하얀 웨딩드레스를 입은 예쁜 신부로 변해 있었다.

"이제 이쪽으로 가시면 됩니다."

여자가 안쪽 침실 문을 열며 말했다. 란은 천천히 몸을 일으켜 그쪽으로 걸음을 옮겼다. 그러자 턱시도를 입고 꽃다발을 들고 서 있는 이현의 모습이 란의 눈에 들어왔다.

"당신?"

놀란 란의 목소리에 이현은 쑥스럽게 웃으며 그녀를 향해 다가와 꽃다발을 내밀었다.

"그 깊은 떨림, 그 벅찬 깨달음."

란이 꽃다발을 받아 들자 이현은 언젠가 병원에서 그녀가 읊어주었던 시를 읊기 시작했다.

"그토록 익숙하고, 그토록 가까운 느낌. 그대를 처음 본 순간 시작되었습니다. 지금껏, 그 날의 떨림은 생생합니다. 단지, 천 배나 더 깊고, 천 배나 더 애틋해졌을 뿐. 나는 그대를 영원까지 사랑하겠습니다. 이 육신을 타고나 그대를 만나기 훨씬 전부터 나는 그대를 사랑하고 있었나 봅니다. 그대를 처음 본 순간 그것을 알아 버렸습니다. 운명, 우리 둘은 이처럼 하나이며, 그 무엇도 우리를 갈라놓을 수는 없습니다."

시를 다 읊은 이현은 감동한 눈으로 자신을 보는 란의 앞에 한쪽 무릎을 꿇었다. 그러고는 주머니에서 반지를 꺼내 란을 향해 내밀었다.

"이미 지난 시간은 되돌릴 수 없지만, 엉망이었던 우리 처음은 다시 시작하고 싶어. 제대로 된 청혼도 못했잖아, 나. 미안했어, 정말. 괜찮다면 나랑 다시 결혼해 줄래?"

이현의 말에 란은 눈물이 글썽거리는 얼굴로 그를 바라봤다.

"울기만 하고 대답은 안 해 줄 거야?"

란은 서둘러 손을 들어 눈물을 닦고, 이현을 향해 손을 내밀었다.

"좋아요. 당신과 결혼이라면 언제든지. 다시 태어나도 꼭 당신과 함께 살고 싶어요."

란의 대답에 이현은 만족스러운 미소를 지으며 그녀의 손에 반지를 끼워 주었다.

"이제 가자. 진짜 결혼식을 하러."

그가 내미는 팔을 란은 슬며시 붙잡고, 함께 걸음을 옮겼다. 다시 하는 결혼식이라고 해도 둘만 올리는 조용한 결혼식이 될 거라 예상을 했었다. 그런데 양복을 차려 입고 연회장 앞에 서 있는 김 회장의 모습에 란은 깜짝 놀랐다.

"아버님?"

"오늘만큼은 내가 네 아버지다. 자, 내 손을 잡고 입장하겠니?"

란은 떨리는 눈으로 김 회장의 손을 붙잡았다. 그와 동시에 연회장 문이 활짝 열리며 반가운 얼굴들이 란의 눈에 보였다. 사회자석에 서 있는 인후와 하객석에 앉아 있는 진아, 그리고 호텔 식구들과 메이드 아주머니들, 그밖에 어떻게 연락을 했는지 란과 친한 친구들이 하객석을 메우고 있었다.

"자, 신랑 얼굴이 무척이나 초조해 보입니다. 어서 입장을 시켜야겠지요? 그 누구보다 행복한 우리의 신랑 입장!"

우렁찬 인후의 목소리에 경쾌한 피아노 반주가 울려 퍼졌다. 김 회장 손에 란을 넘겨준 이현은 힘찬 걸음으로 연회장 안으로 들어섰다. 처음 란과 했던 쓸쓸한 결혼식과 달리 많은 사람들의 박수 소리가 우렁차게 들렸다.

"이어서 꽃처럼 아름다운 신부 입장이 있겠습니다. 아름다운 신부 입장!"

인후의 말이 끝나자마자 잔잔한 웨딩 반주가 이어졌다. 란은 김 회장의 팔짱을 꼭 끼고 천천히 연회장 안으로 걸음을 옮겼다. 란을 마중 나온 이현에게 김 회장이 그녀의 손을 넘겨주었다.

"두 사람 너무 잘 어울리는군요. 결혼식도 두 번이나 하고, 아주 부러운 부부입니다. 그렇죠?"

인후의 농담에 하객들은 웃음을 터트렸다.

"자, 이 두 사람을 축복해 줄 주례사 선생님을 모시겠습니다."

인후의 말에 김 회장이 단상 위로 올라갔다. 신부 아버지에 주례사까지 두 사람의 결혼식에 제일 큰일을 김 회장이 도맡아 하고 있었다.

"이제야 두 사람이 제대로 된 결혼식을 올리는 것 같아 아주 기쁩니다. 이미 너무 행복하게 잘 살고 있는 두 사람이어서 내가 특별히 해 줄 말이 없네요. 그저 앞으로도 지금처럼 아끼며 잘 살라는 말을 전하고 싶습니다. 살다 보면 앞으로도 힘든 일이 많겠지요. 혼자 힘으로 이겨 내기 힘든 일이 숱하게 기다리고 있을 겁니다. 하지만 두 사람이 힘을 합치고, 서로를 믿는다면 그 어떤 폭풍이 몰아쳐도 분명 잘 이겨 낼 수 있을 겁니다. 결혼생활에서 제일 중요한 것이 바로 믿음입니다. 서로를 믿으며, 아끼며, 행복하게 잘 살았으면 좋겠습니다. 그래 줄 수 있겠지?"

김 회장의 물음에 란과 이현은 행복한 미소를 지으며 느릿하게 고개를 끄덕였다.

"그래. 지금처럼만 살거라. 이상 주례사를 마치겠습니다."

커다란 박수 소리와 함께 김 회장의 주례사가 끝이 났다. 예상외의 노래실력을 가진 인후의 축가가 이어졌고, 사람들의 축복 속에서 두 사람은 행복한 퇴장을 했다.

편안한 옷으로 갈아입기 위해 다시 호텔 방으로 돌아온 두 사람은 서로를 보며 웃었다.

"어때? 다시 결혼식 한 소감이?"

"너무 행복했어요. 사람들의 축복 속에서 다시 결혼식을 올릴 수 있어서."

"서프라이즈 이벤트 대성공이군."

어마어마한 서프라이즈 이벤트였다. 이렇게 많은 사람들이 동원된 이벤트라니. 결혼식에 참가해 준 모든 사람들에게 란은 진심으로 감사한 기분을 느꼈다.

"자, 와 주신 분들에게 인사하러 가야지."

"네."

옷을 다 갈아입은 란은 이현의 손을 붙잡고 다시 연회장으로 들어섰다. 이현이 준비한 음식을 먹으며 즐겁게 수다를 떠는 사람들을 향해 두 사람은 천천히 다가갔다.

"주례사 정말 감동이었어요, 아버님."

란은 오늘 자신의 아버지가 되어 주고 주례사까지 해 준 김 회장의 손을 붙잡으며 말했다.

"주례사가 너무 엉망이었지. 저 녀석이 갑자기 부탁하는 바람에 준비도 제대로 못 했구나."

란의 뒤에 서 있는 이현을 슬쩍 쳐다보며 김 회장이 투덜거리는 목소리로 답했다.

"아니에요. 제가 들어 본 주례사 중에 제일 멋졌어요."

"그렇게 말해 주니 고맙구나."

"식사 맛있게 하세요, 아버님."

자신의 어깨를 두드리는 김 회장을 지나 란은 이번에 진아를 향해 다가갔다.

"신혼여행은 잘 다녀온 거야?"

"그래. 어제 오자마자 네 신랑이 나한테 연락했지 뭐니. 네 결혼식 꼭 참가해 달라고."

"고마워. 피곤하겠다."

"당연히 와야지! 이렇게 네 결혼식 볼 수 있어서 정말 좋다."

사람들과 이야기를 나누면 나눌수록 이런 자리를 마련해 준 이현에게 고마운 마음이 들었다. 자신 몰래 준비한다고 애썼을 그를 생각하니 가슴이 절로 뭉클거렸다.

"제수씨. 두 번째 결혼 축하드려요. 이왕이면 신랑도 다른 남자였으면 좋았을……! 아!"

짓궂은 농담을 건네던 인후는 이현에게 그대로 뒤통수를 얻어맞았다.

"배 아파서 그런다! 난 아직 한 번도 못 해 본 결혼식을 두 번씩이나! 에이, 부러운 자식."

얻어맞은 머리를 부여잡으며 인후는 이현을 향해 투덜거렸다.

"억울하면 너도 얼른 수린 씨 마음 잡아."

"기다려. 나도 노력하고 있어."

"다음엔 꼭 수린 씨랑 함께 만나요."

란의 말에 인후는 쓸쓸한 얼굴로 고개를 끄덕였다.

"그랬으면 좋겠네요. 제수씨 진짜 축하해요."

인후를 지나 이번엔 메이드 아주머니들을 향해 란은 걸음을 옮겼다.

"아이고, 사모님. 너무 고우셔요."

"그러게 말이야. 사모님 한 떨기 꽃 같으시네."

"진심으로 축하드려요!"

자신들 일처럼 기뻐하는 메이드 아주머니들을 향해 란은 환한 웃음을 지었다.

"정말 감사해요. 식사 맛있게들 하세요."

"네."

메이드 아주머니들도 이제 란에게 가족과 마찬가지인 사람들이 되었다. 그녀들이 있었기에 이현이 차갑게 굴던 삭막한 그 집에서 버틸 수도 있었다.

"계집애. 저번 결혼식엔 초대해 주지도 않더니. 이제라도 초대해 줘서 고맙다!"

"그래. 잘 살아! 네 남편 멋지다."

오랜만에 만난 친구들의 축하와,

"아가씨. 정말 행복해 보이네요."

"돌아가신 사장님이 보셨다면 더 좋았을 텐데."

호텔 식구들의 축하가 이어졌다. 많은 사람들의 축복과 축하가 란의 마음에 따뜻하게 하나하나 쌓여 갔다.

살다 보면 분명 힘든 날도 있을 것이다. 하지만 이 순간을 기억하며 버틸 수 있을 것만 같았다. 이렇게 많은 사람들의 축복을 받았던 행복한 이 날의 기억이 삶을 든든하게 지탱해줄 것만 같았다.

꿈같은 결혼식을 마치고 집으로 돌아온 란과 이현은 손을 붙잡고 나란히 정원을 거닐었다.

"신혼여행 못 가는 건 아쉽지? 저번 결혼식 때도 그렇고 이번 결혼식도 그렇고. 바빠서 신혼여행을 못 가네."

미안한 얼굴로 꺼내는 이현의 말에 란은 웃으며 고개를 저었다.

"안 가도 괜찮아요. 당신과 함께 있는 이 모든 곳이 나에겐 특별한 여행지인걸요."

"그래도 언젠가는 꼭 가야지. 가고 싶은 곳 없어?"

이현의 물음에 란은 곰곰이 생각에 잠겼다. 그러다 좋은 생각이 떠올랐는지 란은 갈색 눈을 반짝이며 그를 바라봤다.

"가고 싶은 곳 있어요."

"어디?"

"미국이요."

"미국?"

예상하지 못한 란의 답에 이현이 당황한 얼굴로 되물었다.

"네. 당신이 살던 곳에 가 보고 싶어요."

"별로 재미있는 곳도 아닌데."

"그래도요. 당신이 어떤 곳에서 지냈는지, 어떤 식당을 자주 갔는지, 어떤 거리를 거닐었는지, 거기서 또 어떤 생각을 했는지. 다 궁금해요. 나와 떨어져 지내던 당신의 시간들이."

란의 말에 이현은 느릿하게 고개를 끄덕였다.

"그래. 가 보자. 그곳에서의 난 그리 썩 괜찮은 사람은 아니었지만, 그래도 네가 궁금하다니까."

"당신과 떨어져 지낸 11년의 시간이 너무 아까워요. 이렇게 보고 있는 순간에도 그리운 사람인데."

"나도 마찬가지야."

도란도란 이야기를 나누며 두 사람은 정원 곳곳을 누볐다. 추억이 많은 벚나무를 지나, 두 사람이 함께 심은 느티나무 아래에서 두 사람의 걸음을 멈추었다.

"이 나무 정말 많이 자랐죠? 우리가 심을 땐 묘목이었는데."

아련한 눈빛으로 하는 란의 말에 이현은 손을 들어 바람에

흩날리는 그녀의 머리를 쓰다듬었다.

"그러게. 이 나무 자라는 걸 못 봐서 너무 안타깝네."

"나도 그래요. 그런 의미에서 우리 나무 하나 더 심을래요?"

란의 물음에 이현은 느릿하게 고개를 끄덕였다.

"좋아. 이번엔 그 나무가 자라는 거 함께 지켜보자고."

"네. 절대 헤어지는 일 없이."

"그런 일 절대 없을 거야."

란의 볼을 이현이 커다란 두 손으로 감싸 안았다. 커다란 느티나무 아래로 은은한 달빛이 스며들었다. 이현은 천천히 고개를 숙여 란의 붉은 입술에 자신의 입술을 맞추었다. 나란히 선두 사람의 그림자가 느티나무 아래로 길게 드리워졌다.

"생각해 보니 나무 심는 것보다 더 중요한 일이 있어."

이현이 욕망으로 잔뜩 허스키해진 목소리로 란의 귓가에 중얼거렸다.

"뭔데요?"

그가 할 말이 무언지 이미 알고 있으면서 란은 나른한 목소리로 되물었다.

"그게 뭔지는 침실에 가서 알려 주지."

이현이 강인한 두 팔로 란을 번쩍 안아 들었다. 란의 붉은 입술에선 행복한 웃음이 터져 나왔다.

—fin

이현이 다녔다던 캘리포니아 주에 위치한 스탠퍼드 대학에 도착한 란은 감탄한 시선으로 아름다운 캠퍼스를 둘러보았다. 스탠퍼드 대학 캠퍼스가 아름답다는 이야기는 많이 들었지만, 직접 보니 상상 그 이상이었다.

곳곳에 보이는 야자수들과 중세 유럽풍으로 지어진 건물들이 마치 거대한 유적지에 와 있는 그런 기분이 들었다. 학교 안에 커다란 잔디밭, 묘한 분위기에 숲, 금장으로 장식된 성당, 설립자 부인이 남편 스탠퍼드 씨를 기념하기 위해 만들었다는 붉은 지붕의 교회, 그리고 로댕 조각상이 전시되어 있다는 메모리얼 코트까지 란의 시선을 사로잡기 충분했다.

"학교가 아닌 것 같아요. 너무 아름답네요. 이런 곳에서 공부하면 어떤 기분이 들어요?"

감탄 어린 눈빛으로 이현을 보며 란이 제법 진지한 얼굴로 물었다. 그런 란이 귀엽다는 듯 이현은 피식 웃으며 손은 뻗어 그녀의 어깨를 감싸 안았다.

"글쎄. 뭐 다를 게 있나."

"이런 멋진 학교를 다녔으면서 아무런 감흥이 없다고요."

"질리도록 본 곳이니까. 이제 볼 만큼 본 것 같은데 다른 곳으로 가지. 잊지 마. 우리가 지금 신혼여행 중이란 걸."

"당신의 흔적을 찾기 위한 여행이란 것도 잊지 말아 줘요. 나 지금 열심히 상상 중이라고요. 이 캠퍼스를 누볐을 당신 모습을."

란은 지그시 눈을 감고 그 당시 이현의 모습을 상상해 보았다. 자신이 방금 지나쳐 온 곳을 똑같이 지나치며 다녔을 이현의 모습을 상상하며 란은 부드러운 미소를 지었다.

"당신은 어느 장소를 제일 좋아했어요? 우울하거나, 힘들거나 할 때 당신한테 위로가 됐을 장소가 궁금해요."

"특별한 장소를 상상하는 것 같은데 안타깝게도 없어. 오히려 인후 녀석을 데리고 왔으면 더 도움이 되었을 텐데. 난 강의실과 도서관 이외 다른 곳은 별로 간 적이 없어서."

이렇게 멋진 캠퍼스에서 공부를 했으면서 도서관과 강의실만 다녔다니. 정말 이현다운 답이었다.

"인후 씨 말이 정말 사실이었네요."

"무슨 말?"

"집, 강의실, 도서관. 집, 강의실 도서관. 이게 당신 생활의 반복이었대요.”

“맞아.”

“그럼 샌프란시스코 관광해 본 적도 없어요? 이렇게 가까이
살면서?”

이해가 안 된다는 듯 묻는 란의 말에 이현의 입가에 부드러
운 미소가 번졌다.

“그래서 이제부터 너랑 해 보려고. 그러니 지겨운 캠퍼스는
이만 좀 벗어나지?”

“그래요. 음, 그럼 일단 제일 유명한 금문교부터 보러 갈까
요?”

“그래. 그러지.”

이현은 캠퍼스를 벗어나게 된 게 기쁜지 란의 제안에 순순히
동의를 하며 나섰다. 란은 이현이 운전하는 차에 타기 전 아쉬
운 얼굴로 대학 캠퍼스를 한 번 더 둘러보았다. 봐도, 봐도 질
리지 않을 만큼 아름다운 곳인데 이 남자에겐 그리 좋은 추억이
있는 곳이 아닌가 보다.

“대학 생활 많이 힘들었어요?”

“그런 생각도 못 할 만큼. 날 거둬 준 회장님께 해가 되지 않
게 하려고 죽도록 공부만 했거든. 그땐 말이야. 기필코 성공해
서 네 곁으로 돌아가고 말겠다. 그 일념으로 버텼어.”

“미안해지네요. 나 때문에 당신이 삶이 너무 어둡고, 지루했
던 것 같아서.”

“맞아.”

피식 웃으며 동의의 말을 내뱉는 이현을 보며 란은 고개를
푹 숙였다.

"네가 없는 내 삶은 그랬어. 네가 없는 아름다운 풍경도 나한
텐 아무런 의미가 없었고."

잠시 말을 멈춘 이현은 운전대를 붙잡지 않고 있는 다른 손
으로 란의 손을 붙잡았다.

"나한테 가장 아름다운 풍경은 네가 있는 풍경이니까."

이현의 말에 란은 가슴이 울컥거렸다.

"고마워요. 그렇게 말해 줘서."

"그게 진실이니까."

매력적인 미소가 이현의 얼굴에 번져 갔다. 란에게도 마찬가
지였다. 이현이 있는 풍경이 가장 아름다운 것은.

†

금문교 근처에 차를 세우고 자전거를 빌려 탄 두 사람은 바
다 위에 길게 이어진 붉은 다리 위를 자전거로 내달렸다. 바람
의 도시답게 세차게 바람이 불어오긴 했지만, 날씨가 더워서 그
런지 오히려 그 바람이 시원하게 느껴졌다. 중간쯤 가서 자전거
를 멈춰 세운 두 사람은 잠시 자전거에서 내려 샌프란시스코 시
가지의 모습을 바라보았다.

"와, 생각보다 더 아름답네요."

"응. 정말 멋지군."

"그런데 참 아이러니하죠. 이런 아름다운 다리 위에서 자살하는 사람이 그렇게 많다니."

란의 말에 이현은 느릿하게 고개를 끄덕였다.

"여기서 공사하다 죽은 중국인 노동자들이 영혼을 끌어당긴다는 이야기가 돌기도 하지. 사실 보기엔 굉장히 아름다운 다리지만 이 다리를 완성하는 데엔 수많은 사람들의 희생이 있기도 했으니까."

란의 어깨를 감싸 안으며 이현은 차분한 목소리로 설명해 주었다.

"그 사람들을 생각하니 마음이 아프네요."

자동차들이 내달릴 때마다 다리의 진동이 그대로 느껴졌다. 그게 이곳에서 세상을 떠난 사람들의 울부짖음처럼 느껴져 란은 마음이 저렸다.

"괜히 너까지 우울하게 만든 것 같군. 그만 다른 데로 갈까?"

이현의 물음에 란은 천천히 고개를 끄덕였다. 다시 자전거에 올라탄 두 사람은 동화 같은 마을로 유명한 소살리토로 건너가기 시작했다. 자전거를 타고 한참을 내달리다 보니, 바다 위 언덕 위에 아름다운 집들의 모습이 두 사람의 눈에 들어왔다.

긴 시간 자전거를 탔더니 힘들기도 해서 두 사람은 소살리토 마을 풍경을 잘 감상할 수 있는 카페에 자리를 잡았다.

"이 마을 정말 너무 예뻐요."

"그래. 정말 몰랐군. 내가 살던 곳 근처에 이렇게 멋진 곳들이 많았는지."

"이곳으로 신혼여행 오길 정말 잘한 것 같아요."

"네가 좋으면 나도 좋아."

이현의 말에 란은 예쁘게 웃었다. 그런 란의 미소에 이현 역시 따라 미소 지었다.

"하지만 역시 네가 제일 예쁘군. 그 어떤 풍경보다도."

눈 하나 깜짝 안 하고 저런 낯간지러운 말을 던지는 이현을 보며 란은 얼굴을 붉혔다.

"그런 의미에서 이제 그만 호텔로 돌아갈까? 제일 중요한 일이 남았잖아."

"뭐요?"

눈을 동그랗게 뜨며 묻는 란의 귀 가까이 이현이 입술을 가져다 댔다.

"허니문."

뜨거운 숨결과 함께 전달되는 이현의 말에 란의 얼굴은 더욱 붉어졌다. 이미 숱하게 많은 밤을 함께 보낸 두 사람이었지만, 신혼여행지에서 보내는 첫날밤이라 그런지 이상하게 기대가 되었다.

페리를 타고 차를 주차해 놓은 Pier 39로 돌아온 두 사람은 간단하게 저녁을 먹고 호텔로 돌아왔다. 커다란 창을 통해 아름다운 샌프란시스코 야경이 한눈에 들어왔다. 하지만 이현이 내뿜는 섹시한 카리스마에 그런 예쁜 광경도 란의 눈엔 잘 들어오지 않고 있었다.

"난 준비 좀 할 테니 먼저 씻고 나와."

무얼 준비한다는 건지 알 수 없었지만 란은 수줍게 고개를 끄덕이며 욕실로 들어갔다. 따뜻한 물에 샤워를 하고 난 후 란은 거울 앞에 멈춰 서서 자신의 모습을 살펴보았다. 오늘을 위해 그녀답지 않게 특별히 섹시한 속옷을 준비했다. 강렬한 레드 컬러 레이스 속옷을 입은 자신의 모습이 제법 섹시해 보이긴 했다.

"이 정도면 합격."

란은 민망한 듯 이마를 긁적이며 나지막하게 중얼거리고는 속옷 위에 나이트가운을 걸쳐 입었다. 욕실 문을 열고 나가자 분위기 있게 켜져 있는 향초들이 란의 눈에 들어왔다.

"긴장 풀게 한 잔 마시고 있어. 금방 씻고 나올게."

이현은 붉은 와인 한 잔을 란에게 건네주고 그녀의 귓가에 나지막하게 속삭였다. 이상하게 자꾸만 긴장이 되었다. 평상시 같으면 느긋하게 즐겼을 와인을 단숨에 삼키고는 란은 긴장을 풀기 위해 창 앞으로 걸음을 옮겼다.

눈에 잘 들어오지 않는 야경을 감상하며 서 있는데 샤워를 마친 이현이 어느새 다가와 부드럽게 란의 어깨를 붙잡았다.

"우리 특별한 밤은 이제부터 시작이야."

란의 귓가에 속삭인 이현은 기다란 얇은 천으로 그녀의 눈을 가렸다.

"뭐예요?"

"쉿. 오늘은 내가 하는 대로 가만히 있어."

아무것도 보이지 않자, 감각은 더욱 예민해졌다. 이현의 뜨거운 손이 자신의 손을 붙잡는 것이 느껴졌다. 천천히 걸음을 옮기는 그를 따라 란 역시 걸음을 옮겼다. 침실 문이 열리는 소리가 들렸고, 그와 동시에 그가 란의 몸을 번쩍 안아 들었다.

"이제부터 개척 정신을 발휘해 볼 거야."

이현이 란의 몸을 사뿐히 침대 위에 내려놓으며 허스키한 목소리로 말했다. 기분이 정말 이상했다. 사르륵 소리가 나며 자신의 나이트가운이 벗겨지는 게 느껴졌다.

"속옷이 지나치게 섹시하군."

자신의 목덜미에 이현의 손길이 스쳐 지나갔다. 아무것도 안 보이니 그의 손길에 란의 몸은 더욱 예민하게 반응했다. 가슴골 사이를 지나 배꼽으로 그리고 더 아래로 스쳐 지나가는 손의 움직임에 란은 몸을 움찔거리며 여린 신음을 토해 냈다.

레이스 팬티 위에 닿은 손은 단숨에 그녀의 팬티를 벗겨 냈다. 그러고는 그녀의 뜨거운 여성 위에 가만히 손을 올려놓는 그였다.

"이제부터 실험을 할 거야. 어딜 애무할 때 이곳이 제일 뜨겁게 반응하는지."

느릿한 목소리로 속삭이던 이현은 여성 전체를 손바닥으로 덮은 채 상대적으로 자유로운 다른 손으로 그녀의 허벅지부터 종아리 그리고 복사뼈까지 훑고 내려갔다. 아무것도 보이지 않아서 더욱 예민해질 수밖에 없었다. 모든 감각이 그의 손이 집중이 되었다. 그래서 그 손이 자신의 몸에서 떨어져 나갈 때 아쉬운 기분마저 들었다. 하지만 곧 손의 빈자리를 대신해 그의 뜨거운 입술이 그 공간을 채웠다.

"훗!"

발바닥에 이현의 말캉거리는 혀가 와 닿는 게 느껴졌다. 그곳이 그토록 예민한 곳임을 란은 예전에 미처 몰랐다. 발바닥을 스쳐 지나가는 혀에 란은 두 손으로 침대 시트를 움켜잡았다.

"하아!"

그럼에도 불구하고 절로 신음이 터져 나왔다. 그와 동시에 여성은 뜨거운 애액을 토해 내기 시작했다.

"일단 하나는 찾아냈군."

자신의 손바닥을 흠뻑 적시는 애액을 느끼며, 이현은 만족스러운 목소리로 중얼거렸다. 그의 뜨거운 손바닥 아래서 여성은 예민하게 팔딱거렸다. 차라리 그가 애무라도 해 주면 좋을 텐데, 아무것도 하지 않은 채 손만 대고 있으니 더 미칠 지경이었다.

"아흥."

란은 몸을 비비 꼬며 직접 여성을 그의 손바닥에 비벼 댔다. 손바닥과 여성이 와 닿을 때마다 찌걱거리는 마찰음이 침실 안에 퍼져 나갔다.

"쉬이. 얌전히 있으라고. 아직 개발할 개척지가 많으니까."

손바닥을 살짝 떼며 이현은 란을 향해 나지막하게 속삭였다. 천을 눈으로 가리고 있으니 그의 목소리까지 섹시하게 들렸다. 그의 말 한 마디 한 마디에 몸이 달아오르는 이상한 느낌을 란은 감당하기가 너무 힘들었다.

하지만 이현의 애무는 거기서 멈추지 않았다. 발가락 하나하나 세심하게 혀로 애무하며 란의 뜨거운 반응을 살피던 그는 천천히 혀를 굴리며 위로 올라오기 시작했다. 그의 혀가 선사하는 야릇한 애무에 몸은 점점 더 뜨겁게 달아오르고 있었다. 그러다가 무릎 뒤에 혀가 와 닿는 순간 란의 입에선 또다시 요란한 신음이 터져 나왔다.

"여긴 아까보다 반응이 더 좋은데."

신대륙을 발견한 콜럼버스마냥 이현의 목소리엔 희열이 가득차 있었다. 그의 손이 닿아 있는 여성에선 왈칵하고 또다시 애액이 흘러내렸다. 그의 혀는 더욱 열심히 무릎 안쪽을 자극해나갔다. 발끝까지 짜릿한 느낌이 전달되어 란은 몸을 가만히 둘수가 없었다.

"손바닥이 너무 뜨거워."

질은 저 홀로 수축을 빠르게 반복하며 더욱 뜨거운 애액을 쏟아 내고 있었다. 그것만으로도 이현은 흥분이 되는지 아까보다 더욱 허스키해진 목소리로 말했다. 무릎 뒤에서 노닐던 혀는 여린 허벅지 살로 서서히 이동하기 시작했다.

"아아, 제발!"

그의 뜨거운 혀가 여성에 와 닿기를 원했다. 손으로, 혀로 헤집던 욕망으로 꿈틀거리는 그곳을 제발 만져 주기를 란은 원하고 있었다. 이현의 어깨에 손톱을 박아 넣으며 란은 간절한 목소리로 외쳤다.

"그래도 역시 제일 예민한 곳은……."

그런 란의 반응을 보는 게 즐거운지 이현의 목소리엔 웃음기가 묻어 나왔다.

"여기군."

이 말을 내뱉으며 애액이 흠뻑 흘러내리는 갈라진 틈 사이로 손가락을 가져다 대는 그였다.

"아흣!"

너무나 원하던 손길이 와 닿는 순간 란의 입에선 기쁨의 교성이 흘러나왔다. 조급한 그녀의 마음과 다르게 손가락의 움직임은 너무 느릿했다. 제일 만져 주길 원하는 클리토리스 근처엔 가지도 않고, 갈라진 틈 사이만 느릿하게 오가는 손이었다.

"제발, 제발요."

끝내 더는 못 참고 란은 애원하는 목소리로 이현을 향해 외쳤다.

"좀 더 참아. 그래야만 희열도 더 커지니까."

평상시 같으면 그녀가 원하는 대로 따라 주었을 그였지만, 오늘은 작정을 했는지 쉽사리 그녀의 부탁을 들어주지 않았다. 갈라진 틈 사이를 연주하듯 매만지던 손은 천천히 멀어지고 그의 말캉한 혀가 느릿하게 갈라진 틈 사이에 와 닿았다.

"훗!"

손가락과 다른 부드러운 그 감촉에 란은 또다시 날카로운 신음을 흘렸다. 추르릅, 흘러내리는 애액을 빨아 마시는 색스러운 소리가 눈을 가리고 있는 란에겐 또 다른 자극을 선사하고 있었다.

"아아아앙."

자신의 입에서 흘러나오는 소리라고 느껴지지 않을 만큼, 야릇한 신음 소리가 절로 터져 나왔다. 그리고 그 애달픈 신음 소리에 이현은 드디어 응답을 해 주었다. 예민해지다 못해 따끔거리는 클리토리스 위로 뜨거운 혀가 살짝 와 닿았다.

"하앗!"

기다림이 컸던 만큼 쾌락 또한 강했다. 란은 튕기듯 몸을 일으키며 더욱 세차게 이현의 어깨를 움켜잡았다. 그게 신호가 되어 그의 혀는 더욱 세차게 움직이기 시작했다. 혀로 단단해진 클리토리스를 굴리며 끊임없이 자극을 퍼부었다. 그의 뜨거운 호흡이 꼿꼿한 혀가 퍼붓는 자극에 란의 머릿속은 새하얗게 변해 갔다.

"아앗! 어떡해!"

참기 힘든 커다란 쾌락의 파도에 란은 요란한 신음을 내지르며 여린 몸을 바르르 떨었다. 클리토리스 오르가슴은 대부분 짧은 쾌락으로 끝이 났는데 이번엔 확실히 달랐다. 질로 오르가슴을 느꼈을 때만큼이나 긴 쾌락의 파도가 그녀의 몸을 전율하게 했다.

"엄청나."

왈칵, 왈칵, 왈칵. 많은 애액이 쏟아지는 여성을 손가락으로 부드럽게 쓰다듬으며, 이현은 욕망이 가득 담긴 목소리로 중얼거렸다. 그러면서 단숨에 질 안으로 손가락을 찔러 넣었다. 아직도 절정의 여운이 남아 있는 질은 세차게 수축을 반복하며 그의 손가락을 환영했다.

"미치겠군. 너무 뜨거워."

그녀가 가장 예민하게 반응하는 돌기를 찾아 이현은 손가락을 빠르게 찔러 댔다. 깊숙이 와 닿는 손가락에 란은 높은 교성을 내질렀다. 찌걱찌걱 요란한 소리가 그의 손가락이 지나갈 때마다 퍼져 나갔다. 돌기를 자극하는 그 손길에 란의 정신은 또다시 아득해졌다.

"흐어엉!"

울음 섞인 신음을 내지르며 란은 이현의 어깨를 꽉 붙잡았다. 그의 손가락 아래에서 란은 다시 절정에 도달하고 말았다.

"괜찮아?"

란이 진정되길 기다리며 이현은 따뜻한 손길로 그녀의 머리를 쓰다듬었다.

"너무 자극적이에요. 그리고……."

말을 멈춘 란은 자신의 눈을 가리고 있던 천을 벗겨 냈다.

"이제 내 차례예요."

매혹적인 미소를 짓던 란은 천으로 이현의 눈을 가렸다.

"나도 해 주고 싶어요."

자신의 귓가에 속삭이는 란의 목소리에 이현은 나른한 미소를 지었다.

"이미 그 말만으로도 흥분이 되는군."

"기대해요."

여태까지 늘 애무를 받기만 하는 입장이었다. 하지만 신혼여행에서만큼은 자신도 이현에게 진한 쾌락을 선사해 주고 싶어 나름 열심히 공부를 했던 그녀였다. 단숨에 이현의 몸 위에 올라탄 그녀는 그의 귓불부터 혀로 핥아나갔다.

"아아."

이런 식으로 그를 애무하는 게 어색했지만, 그의 신음 소리에 란은 더욱 용기를 냈다. 평상시 그가 해 주는 것처럼 귓불을 지나 목덜미로 천천히 혀를 옮겼다. 매력적인 이현의 아담스애플 위를 빙그르르 돌며 자극을 퍼붓던 그녀는 그의 넓은 가슴까지 단숨에 혀와 입술로 훑고 내려왔다.

그의 검은 젖꼭지가 순간 단단해지는 게 느껴졌다. 그게 신기해 란은 그곳에서 쉽사리 입술을 뗄 수가 없었다. 달콤한 사탕을 빨 듯 혀로 부드럽게 젖꼭지 주변을 맴돌았다.

"아무것도 안 보이니 더 미치겠어."

란이 느꼈던 만큼의 쾌락을 이현 역시 느끼는 것 같았다. 팬티 아래 그의 페니스는 한눈에도 변화를 알 수 있을 만큼 크게 부풀어 있었다. 혀로 젖꼭지를 괴롭히면서 란은 팬티 위로 그의 단단한 페니스를 움켜잡았다.

"하!"

연신 이현의 입에선 뜨거운 신음이 터져 나왔다. 한참을 머물던 젖꼭지에서 떨어진 그녀의 혀는 단단한 그의 복근 쪽으로 자리를 옮겨 갔다. 점점 더 페니스 주변으로 와 닿는 혀의 움직임에 이현의 몸은 더욱 예민하게 움찔거렸다. 그리고 팬티를 벗기지 않은 채 페니스를 입 안 가득 무는 그녀의 애무에 이현의 몸은 번쩍 튀어 올랐다.

"안 돼, 안 돼. 더는 못 참아."

낮게 으르렁거리는 그의 외침에 란은 입가에 미소를 지었다.

"참아요. 참는 만큼 더 큰 쾌락이 몰려올 테니까."

이현이 자신에게 했던 말을 그대로 돌려주며 손가락 끝을 팬티에 걸었다. 그리고 아주, 아주 느리게 그의 몸에서 팬티를 벗겨 냈다.

"이런 건 도대체 누가 가르쳐 준 거야."

욕망에 잔뜩 휩싸인 목소리로 투덜거리는 그가 사랑스러웠다. 팬티를 온전히 그의 몸에서 벗겨 낸 그녀는 손으로 다시 그의 페니스를 휘어 감았다. 그러고는 그의 발목에 슬며시 입을 맞추었다.

"미치겠다고!"

느릿하게 움직이는 손은 아까보다 더욱 단단해진 페니스를 자극했고, 그녀의 입술은 천천히 발목에서 무릎으로 그리고 페니스와 가까운 허벅지로 이동을 시작했다.

"제발! 내가 원하는 게 뭔지 알잖아!"

자신의 간절한 외침에도 그가 쉽사리 만져 주지 않았던 이유를 알 것 같았다. 이런 그의 반응이 너무 재미있어 란이 일부러 더 천천히 혀를 움직였다.

"못 참아!"

이현은 날카롭게 외치며 눈을 가리고 있던 천을 벗어 던졌다.

그러고는 단숨에 란의 팔을 붙잡아 침대 위로 그녀를 눕혔다.

"반칙이에요."

"내가 원래 신사가 아니라서."

이현의 잘생긴 얼굴엔 사악한 미소가 번졌다. 문제는 그 사악한 미소조차 너무 매력적으로 보인다는 것에 있었다. 여전히 흠뻑 젖은 여성 위에 단단한 그의 페니스가 와 닿았다.

"날 그렇게 애태웠다 이거지?"

페니스는 질 안으로 들어올 생각을 하지 않은 채 흠뻑 젖은 여성 위를 빙글빙글 돌았다.

"아아!"

란의 입에선 다시 달콤한 신음성이 흘러나왔다. 이미 그의 혀 아래에서, 손끝에서 절정을 맛보았던 여성은 더 큰 쾌락을 원하였다.

"넣어 줘요, 제발."

란의 간절한 외침에 이현은 승자의 미소를 지어 보였다.

"더 괴롭히고 싶지만 내가 못 참겠어서 안 되겠어."

이 말과 함께 단단한 페니스가 뜨거운 질 안으로 파고들었다. 퍽퍽퍽, 페니스가 더욱 깊숙하게 와 박힐 때마다 요란한 소리가 나며 침대가 출렁거렸다. 란은 엉덩이를 더욱 높이 쳐들며 그의 페니스가 더 깊은 곳으로 들어올 수 있게 자세를 잡았다.

"흐앗!"

"아아!"

흥분이 고조될수록 질은 더욱 세차게 페니스를 조였고, 페니스는 점점 더 깊숙한 곳으로 와 닿았다. 예민한 돌기를 향해 사정없이 내리꽂아지는 페니스에 여성에선 또다시 뜨거운 애액이 왈칵 치솟았다.

"갈 것 같아."

"나도요."

두 사람은 동시에 이렇게 외치며 절정을 향해 나아갔다. 페니스는 움찔거리며 절정의 결정체를 내뿜었고, 절정에 오른 여성은 더욱 빠르게 수축을 반복하며 그의 페니스를 조였다. 그렇게 절정을 맞이한 두 사람은 서로를 꼭 부둥켜안은 채 그렇게 한참을 있었다.

"최고였어."

이현의 목소리가 귓가에 들렸지만 란은 대답할 힘도 없었다. 그녀는 눈을 꼭 감은 채 고개를 끄덕이는 걸로 대답을 대신했다. 그렇게 뜨거운 두 사람의 신혼 첫날밤은 깊어 가고 있었다.

†

두 사람이 뜨거운 밤을 보내고 있던 그 시각, 낮잠을 즐기고 있던 김 회장은 화들짝 놀라며 잠에서 깨어났다.

"허허. 이 꿈은."

김 회장은 아직도 생생한 꿈을 되새기고 있었다.

란과 함께 김 회장이 정원을 산책하고 있는데 갑자기 커다란 호랑이 두 마리가 나타났다. 호랑이의 등장에 깜짝 놀란 김 회장이 그 자리에 돌처럼 굳어 멈춰 섰다.

"란아. 피하거라."

란이라도 피하게 해야겠다는 생각에 김 회장은 서둘러 그녀를 막아서며 말했다. 하지만 란은 그녀 특유의 해사한 미소를 지으며 호랑이 두 마리를 향해 다가갔다.

"란아!"

놀라서 김 회장이 외쳤지만, 란은 걸음을 멈출 생각을 하지 않았다. 하지만 희한한 건 바로 호랑이 두 마리의 반응이었다. 마치 커다란 강아지 두 마리처럼 호랑이 두 마리는 란에게 다가가서 애교를 부렸다.

혀로 란의 손바닥을 핥고, 한 마리는 발라당 뒤집어 배를 까며 애교를 선보였다. 란은 웃으면서 두 마리의 호랑이를 다정한 손길로 쓰다듬었다.

"아버님. 너무 귀엽지 않아요?"

"그러냐?"

"네. 정말 사랑스러워요."

다정한 손길로 호랑이 두 마리를 쓰다듬는 란의 모습을 지켜보면서 김 회장은 잠에서 깨어났다.

"이건 분명 태몽이야."

그것도 한 마리가 아닌 두 마리였다. 신혼여행에서 돌아오면 필시 좋은 소식이 들릴 것만 같았다.

"그래. 이제 소식 들릴 때도 되었지."

김 회장은 흐뭇한 미소를 지으며 란과 이현을 떠올렸다. 어서 그들이 돌아와 좋은 소식을 안겨 주길 기대하면서.

✝

샌프란시스코에 신혼여행을 온 김에 LA도 들러 보자는 이현의 제안에 두 사람은 비행기를 타고 LA에 도착하였다.

"가 보고 싶던 곳 있어요?"

그곳에서 렌트한 차에 올라타며 란은 이현을 향해 물었다.

"있어."

그가 가 보고 싶다는 곳이 있다니 그게 란은 마냥 신기했다. 란이 원해서 함께 관광을 다녀 주었던 거지 관광엔 특별히 관심이 없던 그였기에, 그런 이현의 대답이 반가웠다.

"어딘데요?"

"가 보면 알아."

내비에 자연스럽게 주소를 찍은 이현은 천천히 차를 몰았다. 그렇게 삼십여 분을 달린 차는 한인 타운에 도착을 했다.

"가 보고 싶던 곳이 한인 타운이었어요?"

"네가 꼭 가야 할 곳이 있어."

차는 조금 더 달려 작은 분식집 앞에 멈춰 섰다.

"들어가 봐."

"당신은요?"

"오늘은 너만 가는 게 좋겠어. 오랜만의 해후일 테니."

이현이 하는 말이 잘 이해가 되지 않았다.

"들어가 보면 알아."

무슨 이유가 있겠지, 라고 생각을 하며 란은 차에서 내렸다. 점심시간이 지난 뒤라 그런지 분식집은 꽤나 한적했다. 란은 조심스레 분식집 문을 열고 안으로 들어갔다.

"어서 오세……!"

익숙한 남자 목소리에 란은 놀라서 고개를 돌렸다. 그런 란을 발견한 남자도 말을 멈추고, 떨리는 시선으로 그녀를 바라봤다.

"라, 란아?"

"오빠?"

분식집 사장은 다름 아닌 그녀의 오빠, 훈이었다. 한국에 있을 때와 비교도 되지 않게 소박한 옷차림을 한 훈의 모습에 란은 믿기지가 않는다는 듯 느릿하게 눈을 깜박였다.

"네, 네가 어떻게?"

"오빠? 정말 오빠 맞아?"

빚쟁이들 사이에 란만 남겨 두고 떠난 오빠였지만, 유일한 혈육이었기에 란은 그가 그리웠다. 그래도 무소식이 희소식이겠거니 생각하며 그리움을 달래곤 했다.

"란아."

훈은 눈물을 쏟으며 란에게 다가와 그녀의 손을 붙잡았다.

"미안하다, 정말. 너한텐 면목이 없다, 이 오빠가."

훈을 원망하지 않았다면 거짓말이었다. 하지만 자신과 다르게 자식도 있는 몸이었기에 그저 잘 살기만을 기도했다.

"여기 오빠 가게야?"

"응."

"새언니랑 애들은?"

"애들 데리러 학교 갔어. 너는? 너는 잘 지내? 매제한테 종종 네 소식은 전해 들었어."

이현과 훈이 서로 연락을 하고 있었던 걸까? 한 번도 훈에 대해 이야기를 한 적이 없었던 이현이었기에 란은 그 사실을 미처 몰랐다.

"그이랑 연락하고 지냈어?"

"응. 이 정도로 살 수 있게 도와준 것도 네 남편이야. 사실 비자금으로 빼돌린 돈 내가 여기서 사업한다고 설치다가 사기당해서 다 날려먹었거든."

그 일로 많은 반성을 했는지 훈의 모습은 예전과 많이 달라 보였다. 독선적이고, 이기적이던 예전 모습은 보이지가 않았다. 이현을 향한 적대감 또한 느껴지지가 않았다.

"그랬구나. 나한테 연락하지."

"안 그래도 매제가 그러라는 거 내가 면목이 없어서 못했어. 무슨 면목으로 너한테 연락을 해? 우리 가족 살겠다고 너 버리고 와 놓고서."

란은 말없이 훈의 손을 붙잡았다. 이제야 이현이 왜 말없이 이곳에 데리고 왔는지 알 것 같았다. 한 번도 란이 입 밖으로 말을 내뱉지 않았지만, 오빠를 그리워한다는 걸 이현은 알고 있었나 보다.

"나는 괜찮아. 그 사람이랑 결혼도 했고."

"잘해 주지?"

훈의 물음에 란은 웃으면서 고개를 끄덕였다.

"정말 잘해 줘."

"그래. 그런 것 같더라."

그때 분식집 문이 열리며 새언니 현지와 조카들이 걸어 들어
왔다.

"아가씨!"

"고모!"

갑작스럽게 등장한 반가운 란의 모습에 모두 소리 높여 그녀
를 불렀다.

"언니. 주원아, 예원아."

란은 그들 곁으로 다가가 뜨겁게 부둥켜안았다.

"정말 아가씨 맞죠? 여기에 어떻게?"

"남편이 데려다 줬어요."

"아, 그럼 밖에 서 있는 차가."

란은 현자를 향해 느릿하게 고개를 끄덕였다. 그러고는 무릎
을 숙여 반년 사이에 부쩍 자란 조카들과 눈을 맞추었다.

"우리 주원이 예원이 잘 지냈어?"

"네!"

힘차게 대답하는 조카들의 머리를 란은 다정한 손길로 쓰다
듬었다.

"고모. 정말 보고 싶었어요."

"나도. 나도 진짜 고모 보고 싶었어."

란은 조카들을 다시 한 번 품 안에 끌어안았다. 오빠도 그립긴 했지만, 더 그리운 애들이 바로 자신의 조카들이었다. 훈이 대학 다닐 때 사고를 쳐 결혼을 한 거라서 벌써 주원이 나이가 10살이었고, 예원이가 8살이었다.

"아가씨 식사했어요?"

"아직요."

"얼른 준비할게요. 아 참! 서방님도 들어오라고 하세요."

"네."

란은 고개를 끄덕이며 몸을 일으켰다. 분식집 문을 열고 나간 란은 차 안에서 자신을 기다리고 있는 이현을 향해 다가갔다.

"만났어?"

차 문을 여는 란을 향해 이현이 부드러운 눈빛으로 물었다.

"왜 말 안 했어요?"

"사실 많이 고민했어. 여기 데리고 올까, 말까. 고생하고 사는 거 보면 너 마음 안 좋을까 봐."

"이 분식집도 당신이 차려 준 거라면서요?"

"그래. 아무리 미워도 네 오빠인데 그냥 굶어 죽게 둘 수는 없잖아."

민망한 듯 이마를 긁적이며 이현이 란을 향해 말했다.

"고마워요."

"별거 아닌데, 뭐. 사실 더 좋은 식당 차려 줄 수도 있었지만. 네 오빠가 현실을 조금 더 직시했으면 해서. 뭐든지 밑바닥부터 시작해 봐야 소중함을 알잖아."

이현의 뜻에 동의한다는 듯 란은 고개를 끄덕였다. 그의 선택이 현명했던 것 같다. 예전과 달라 보이는 오빠 모습에 란은 안도의 한숨을 내뱉었다.

"많이 달라진 것 같더라고요."

"사기당하고 한동안 엄청 고생했었나 봐."

"조카들 생각하면 마음 아프지만, 오빠한텐 좋은 경험이었던 것 같아요."

이제야 책임감이란 게 좀 생긴 것 같았다. 늘 풍요롭게만 살던 오빠는 책임감하고 거리가 멀던 사람이었다.

"언니가 들어와서 같이 식사하재요."

"그럴까? 안 그래도 배고팠는데."

란과 이현은 나란히 팔짱을 끼고 분식집 안으로 들어갔다.

"어서 오게, 매제."

훈은 이현을 향해 달려와 그의 손을 붙잡으며 말했다.

"잘 지내셨죠, 형님?"

"그럼. 자네 덕분에 이제 좀 살 만하다네. 분식집도 점차 안정을 찾아가고."

"다행입니다."

이현을 익숙하게 대하는 훈과 다르게 조카들은 그를 처음 보는지 어색한 얼굴로 서 있었다.

"고모 진짜 결혼했어?"

커다란 눈을 동그랗게 뜨며 묻는 예원을 향해 란은 웃으며 고개를 끄덕였다.

"응."

"고모부 잘생겼다."

예원이 진심으로 감탄하며 이현의 외모에 대한 칭찬을 내뱉었다.

"고맙다, 조카."

이현이 커다란 손을 뻗어 예원의 머리를 쓰다듬자 어린 조카는 얼굴을 붉혔다.

"치이. 그래도 우리 고모가 더 아깝다, 뭐. 세상에서 제일 예쁘잖아, 우리 고모."

똑 부러지는 주원의 말에 이현은 피식 웃으며 이번엔 주원의 머리로 손을 뻗어 쓰다듬었다.

"네 말이 맞아. 세상에서 제일 예쁘지?"

"네!"

조카와 고모부가 똑같이 팔불출 모드로 란으로 바라봤다. 그런 두 사람의 모습에 란은 행복한 웃음을 터트렸다.

"자, 식사하세요."

주방에 가서 음식을 준비한 현지가 돌솥 비빔밥을 들고 두 사람을 향해 걸어왔다. 요 며칠 양식만 먹었더니 매콤한 한식이 무척이나 그리웠던 두 사람이었다.

"정말 맛있겠네요."

"잘 먹겠습니다."

자그마한 테이블에 마주 보고 앉은 두 사람은 돌솥 비빔밥을 맛있게 비벼 먹었다. 오랜만에 만난 가족들과 함께여서 그런지 더욱 맛있게 느껴졌다.

✝

　오후엔 조카들을 데리고 근처 마켓에 가서 선물도 사 주고,
쇼핑도 하며 즐거운 시간을 보냈다. 훈의 가족들이 살고 있는
분식집 근처 아파트에 가서도 란은 조카들과 도란도란 이야기를
나누며 밀린 회포를 풀었다. 밤늦게까지 수다를 떨던 조카들이
지쳐 잠이 들고 난 후에야 란은 거실로 나왔다.
　"애들은 자요?"
　주방에서 안주를 만들고 있는 현지가 란을 향해 물었다.
　"네. 언니 저도 좀 도울게요."
　"아이고, 아니에요. 그나저나 서방님 우리 그이한테 붙잡혀서
어쩐대요?"
　현지의 말에 란은 훈과 나란히 마주 보고 술을 마시고 있는
이현을 바라보았다.
　"흐흐흑! 내 자네한테 정말 고맙네. 예전에 내가 잘못했던 거
다 잊어 줘."
　술에 취한 훈은 울면서 이현을 향해 계속 같은 말을 되풀이
하고 있었다.
　"괜찮습니다, 형님."
　"흐흑. 우리 란이한테 잘해 주게. 이렇게 부탁하네."
　"네. 그러겠습니다."

330

둘을 보며 생긋 미소 짓던 란은 다시 현지를 바라보았다.

"오빠 때문에 언니가 고생 많았죠?"

"아니에요. 아가씨만 그렇게 한국에 두고 와서 정말 미안했어요."

푹 고개를 숙이며 하는 현지의 말에 란은 고개를 저었다.

"괜찮아요. 덕분에 전 저 사람 만났잖아요."

"다행이에요. 정말 좋은 분 만난 것 같아서."

란은 말없이 고개를 끄덕였다. 자신은 가족이라 훈을 이해하고 받아 주었지만, 이현은 그에게 맺힌 게 많을 텐데 저리 대해 주는 것이 고마웠다. 예전에 이현이 자신의 집에서 일할 때 유난히 잘난 그를 견제하며 괴롭히던 훈이었다. 그런데도 자신의 가족이란 이유 하나만으로 모든 걸 용서해 준 이현이 란은 너무나 고마웠다.

"이제 그만 가 봐야겠어요. 내일 오전 비행기로 한국 돌아가야 하기도 하고요."

오빠의 술주정에서 이제 그만 이현을 구해 줘야만 할 것 같았다.

"아쉽네요. 이제야 이렇게 만났는데."

"앞으로 자주 얼굴 보고 지내면 되죠. 조카들 방학하면 한번 한국 놀러 오세요. 제가 초대할게요."

사정이 넉넉지 않은 훈의 가계 사정을 알기에 란은 얼른 말을 덧붙였다.

"고마워요, 아가씨."

"제 도움 필요하면 언제든지 연락 주시고요."

"아니에요. 이번엔 기필코 저희 손으로 일어나 보려고요. 이 제야 저 사람 정신 차렸는데, 쉽게 도움받으면 또 예전처럼 될 것 같아요."

"네. 그래도 진짜 힘들면 연락해요."

란은 현지의 손을 다독이고 난 다음, 오빠와 이현을 향해 다 가갔다.

"우리 그만 가요. 오빠랑 언니도 쉬어야죠."

"란아. 가게?"

훈이 아쉬운 얼굴로 란을 보며 물었다.

"자주 연락할게. 이번엔 갑작스럽게 와서 금방 가지만, 다음 에 날 잡아서 또 올게. 주원이랑 예원이한테 잘 말해 줘."

"그래. 잘 살아, 두 사람, 결혼 정말 축하해."

란은 따뜻한 얼굴로 고개를 끄덕이고, 잠든 조카들의 방 문을 슬그머니 열었다.

"잘 있어, 조카들. 또 올게."

아쉬운 얼굴로 조카들에게 인사를 건넨 란은 훈의 아파트 밖 으로 빠져나갔다. 먼저 나가서 기다리고 있던 이현은 그런 란의 곁으로 다가와 부드럽게 어깨를 감싸 안았다.

"이제 마음이 좀 놓여?"

"네?"

"말은 안 했지만 늘 신경 쓰고 있었잖아."

이 남자는 자신의 마음을 어찌 이리 잘 아는 걸까? 이현의 따뜻한 배려가 너무 고마웠다. 란은 그의 허리의 손을 휘어 감으며 고개를 끄덕였다.

"네. 마음이 놓여요."

"다행이다."

"고마워요, 정말."

"이미 인사는 충분히 한 거 같은데? 형님한테도 질리도록 많이 받았고."

술에 취해 계속해서 고맙다는 말을 내뱉던 훈을 떠올리며 이현이 이마를 긁적였다.

"당신을 다시 만날 수 있어서 정말 다행이었어요."

"새삼스럽게."

"내 곁으로 다시 돌아와 줘서 정말 고마워요."

"널 그렇게 괴롭히기만 했는데도?"

민망한 얼굴로 되묻는 이현의 말에 란은 입술은 따뜻하게 휘어 감겼다.

"한 번도 진심으로 괴롭힌 적은 없었잖아요."

"고마워, 나도."

"뭐가요?"

"나도 몰랐던 내 진심 알아봐 줘서."

란이 부드러운 눈빛으로 이현을 보며 그의 볼을 쓰다듬었다.

"사랑은 이런 건가 봐요."

"응?"

"내 마음보다 그 사람 마음이 더 잘 보이는 거. 우리 평생 사

랑하며 살아요. 서로의 아픔도, 슬픔도, 기쁨도, 행복도 공유하
면서. 서로의 마음을 살펴 주면서."

"그래. 그러자."

두 사람 뒤로 서로의 어깨와 허리를 끌어안고 걷는 그림자가
길게 이어졌다. 서로를 쏙 빼닮은 그림자가.

†

미국에서 돌아오자마자 란은 김 회장을 만나기 위해 호텔로
찾아갔다. 김 회장을 위해 구입한 옷과 커피 등 선물을 내미는
란의 손을 그는 꼭 붙잡았다.

"그래. 잘 다녀왔고?"

"네, 아버님."

이제는 아버님이란 말이 너무나 자연스럽게 나오는 란이었다.
그런 란을 김 회장은 더욱 애틋한 시선으로 바라보았다.

"좋은 소식은 아직 없는가?"

"네?"

김 회장의 말이 잘 이해가 되지 않아 란은 눈을 동그랗게 뜨
며 되물었다.

"그래. 아직은 좀 빠르지. 크흠."

여전히 김 회장은 이해가 안 되는 말을 하면 낮게 헛기침을
내뱉었다.

"아버님은 일주일 동안 많이 심심하셨죠? 오랜만에 바둑이나

둘까요?"

평상시 같았으면 바둑이란 말에 무척이나 기뻐했을 김 회장인데 어쩐 일인지 손을 내저으며 펄쩍 뛰었다.

"이 중요한 시국에 바둑은 무슨! 어서 돌아가서 쉬어라, 아가."

"아니에요, 아버님. 저 어제 돌아와서 푹 쉬었는걸요."

"여독이 그리 쉬이 풀리는 게 아냐. 가서 그 뭐냐. 책도 좀 읽고. 아, 그래. 혹시 뭐 먹고 싶은 건 없느냐?"

김 회장의 물음에 란은 웃으면서 고개를 내저었다.

"없어? 그래. 그것도 너무 이르지."

"네?"

"아니야, 아니야. 어쨌든 어서 가서 쉬어라. 조만간 내가 왜 이랬는지 알게 될 터이니."

"바둑 두고 싶은데."

"괜찮대도. 볼일 있어 나가야 하니 너도 그만 돌아가거라."

평상시와 다른 김 회장의 태도에 란은 고개를 갸웃거렸다. 혹여 자신이 뭔가 서운하게 한 게 있는 걸까, 영 마음이 걸렸다. 김 회장 호텔 방에서 쫓겨나듯이 나온 란은 집으로 돌아가기 전 이현의 사무실에 들렀다.

"벌써 온 거야? 아버지랑 바둑 둔다고 하지 않았어?"

보통 김 회장과 란이 바둑을 두기 시작하면 밤 10시가 넘어야 끝나는 걸 알기에 이현은 의아한 얼굴로 물었다.

"그러게요. 일이 있으시다 그러시네요. 아무 말 없었어요? 제가 뭐 서운하게 한 거 아닐까요? 너무 걱정돼요."

걱정스러운 란의 물음에 이현이 고개를 저었다. 한 번도 김 회장의 심기를 건드린 적이 없는 란이었다. 항상 세심하게 상대를 배려하는 란이라는 걸 알기에 절대 그런 일은 아닐 거라 이현은 자신했다.

"그런 건 아닐 거야. 괜한 걱정하지 마."

"그러겠죠. 어쨌든 오늘은 그냥 가야겠어요."

"그래. 난 좀 늦을 거야."

"알아요. 일 많이 바쁘죠?"

일이 여전히 바빴지만 더는 신혼여행을 미룰 수 없다며 억지로 강행했던 이현이었다. 그러니 일이 많고, 바쁜 건 당연했다.

"응. 기다리지 말고 자."

"네. 너무 무리하지 말고요."

"그래."

란은 씩씩하게 이현에게 손을 흔들고 사무실 밖으로 나갔다. 그리고 얼마 지나지 않아 김 회장이 이현을 찾아왔다.

"아무리 바쁘더라도 집에는 일찍일찍 들어가거라."

"네?"

"란이한테 신경 많이 써 주라고. 곧 좋은 소식 있을 테니."

"그게 무슨 말씀이세요?"

이현의 물음에 김 회장은 잠시 망설이는 얼굴을 하다가 느릿하게 입을 열었다.

"너도 알지? 내 꿈 잘 맞는 거."

꿈꾸는 일이 거의 없는 김 회장이었지만, 한 번 꿈을 꾸면 이상하게 잘 맞았다. 같이 살면서 몇 번 그런 경험이 있었기에 이현은 천천히 고개를 끄덕였다.

"알죠. 그런데요? 란이에 대해서 뭐 안 좋은 꿈 꾸셨어요?"

"내 말을 어찌 들었어? 곧 좋은 일 생길 거라고 하는 말 못 들었어?"

이현이 답답하다는 듯 김 회장은 나직하게 호통을 쳤다.

"그러면요?"

"태몽을 꾸었어. 아주 커다란 호랑이 두 마리가 란이에게 가서 안기는 꿈을."

김 회장의 말에 이현은 검은 눈을 반짝였다.

"정말요?"

"그래. 아직 란이한테는 말하지 마. 괜히 부담 준다고 생각하면 안 되니까."

란과 이현의 아이를 김 회장은 간절히 기다리고 있었다. 세상을 떠난 아들을 대신해 가슴으로 품은 이현이었기에 그가 낳아 줄 손자에 대한 기대는 당연한 것이었다.

"란이 세심하게 잘 돌봐 줘."

"네. 그럴게요."

김 회장이 태몽을 꿨다는 이야기에 이현의 얼굴엔 싱글벙글 미소가 번졌다. 그 역시 말은 안 했지만, 란과 자신의 사이에서 태어날 아이를 애타게 기다리고 있었다.

"어서 좋은 소식이 들렸으면 좋겠구먼."

"그러게요."

두 사람은 각자 란이 낳을 아이를 상상하며 행복한 미소를 지었다.

†

늦을 줄 알았던 이현이 생각보다 빨리 퇴근을 한 것보고 란은 놀란 눈으로 반겼다.

"늦는다고 하지 않았어요?"

"생각보다 안 바빠서. 저녁은 먹었어?"

"아직요."

"왜? 뭐 먹고 싶은 거 없어?"

왜 이렇게 먹고 싶은 거 없는지 물어보는 사람이 많은 걸까? 김 회장에 이어서 이현까지 이렇게 물어보니 란은 당황할 수밖에 없었다.

"오늘 아버님도 그렇고 당신도 좀 이상하네요."

"이, 이상하긴 뭐가. 그냥 맛있는 거 사 주고 싶어서 그러지."

"아주머니가 맛있는 김치찌개 끓여 주셨어요. 외국 다녀왔더니 왜 이렇게 김치찌개가 그리운지 모르겠어요. 당신도 밥 안 먹었죠?"

"그래. 같이 먹자."

나란히 식탁에 앉아 밥을 먹고 두 사람은 침실로 돌아왔다.

"책 좀 읽어 줄까?"

갑작스러운 이현의 제안에 란은 잠시 당황했다가, 이내 웃으면서 고개를 끄덕였다.

"좋아요."

"기다려. 책 골라 올게."

란은 침대 위에 기대앉아 이현을 기다렸다. 잠시 후 돌아온 이현은 책을 펼치며 란의 곁에 앉았다.

"어? 어린 왕자네요?"

"응. 내가 어렸을 때 좋아하던 책이었어."

"아, 나도 그랬는데. 정말 오랜만에 이 책을 보네요."

이현은 따뜻한 시선으로 란을 보며 자신의 어깨를 툭툭 쳤다. 그게 기대라는 신호인 걸 눈치채고 란은 자연스레 이현의 어깨에 자신의 머리를 기댔다.

"여섯 살 때 나는 '체험한 이야기'라는 원시림에 관한 책에서 놀랄 만한 그림을 하나 본 적이 있다. 맹수를 집어삼키고 있는 보아뱀의 그림이었다. 그림은 그것을 그대로 그린 것이다. 그 책에는 이렇게 씌어 있었다. 보아뱀은 먹이를 씹지도 않고 통째로 꿀꺽 삼킨다. 그러고는 꼼짝도 하지 않고 그것을 소화시키느라 여섯 달 동안 잠을 잔다. 그래서 나는 밀림 속에서 일어나는 여러 가지 모험에 대해 한참 생각해 보고 난 다음, 색연필을 가지고 나름대로 내 생애 첫 번째 그림을 그려 보았다……."

이현의 차분한 목소리를 듣고 있자니, 왠지 모르게 잠이 몰려왔다.

"넌 아직 나에겐 수많은 다른 소년들과 다를 바 없는 한 소년에 지나지 않아. 그래서 난 네가 없어도 조금도 불편하지 않아. 너 역시 마찬가지일 거야. 난 너에게 수많은 다른 여우와 똑같은 한 마리 여우에 지나지 않아. 하지만 네가 나를 길들인다면 나는 너에게 오직 하나밖에 없는 존재가 되는 거야……."

째근거리는 란의 숨소리에 이현은 책을 읽다 멈추었다. 자신에 기대에 스르르 잠든 란을 바라보는 이현의 검은 눈은 무척이나 따뜻했다.

김 회장이 태몽을 꿨다니 기대가 되긴 했지만, 완전히 그 꿈을 믿지는 않았다. 아이를 너무 바라던 김 회장이기에 그런 꿈을 꿀 수도 있다, 냉정하게 생각하며 마음에 치솟는 기대치를 애써 가라앉히고 있었다.

그럼에도 불구하고 자꾸만 기대가 되는 건 어쩔 수가 없었다. 이현은 슬그머니 그녀의 평평한 배 위로 손을 뻗었다.

"정말 이 안에 있니, 아가야?"

스스로가 하고 있는 짓이 우습게 여겨져 이현은 피식 웃음을 터트렸다. 하지만 상상만으로도 가슴이 뜨거워졌다. 자신과 란의 아이라니.

✝

란은 진아에게 미국에서 사 온 선물도 전해 줄 겸 그녀의 신혼집이 있는 아파트에 들렀다. 사실 좀 더 빨리 왔어야 했는데,

진아가 집안일 때문에 양평 본가에 내려갔다 오는 바람에 만남이 조금 늦어졌다.

"고마워. 이 향수 내가 좋아하는 향수야."

란이 선물로 건네준 향수를 흔들며 진아가 그녀를 향해 말했다.

"마음에 든다니 다행이다. 그래. 신혼 생활은 어때?"

"모르겠어. 아직도 벽에 대고 이야기하는 기분이라서."

어쩐지 조금 지쳐 보이는 진아의 얼굴에 란은 마음이 아팠다.

"힘내, 진아야."

"그래야지. 그러는 넌 어때?"

"나도 요즘 그 사람이 좀 이상하긴 해."

"왜?"

의외의 란의 대답에 진아는 놀란 눈으로 되물었다.

"아니. 집에도 일찍 오고, 잘해 주기는 하는데. 좀처럼……."

얼굴을 붉히며 머뭇거리는 란의 말에 진아가 눈을 가늘게 떴다.

"관계를 안 가져?"

솔직한 진아 성격답게 거침없이 정곡을 찔러 왔다.

"응. 왜 그런지 모르겠어."

"피곤한 거 아니야? 남자들 피곤하면 좀 그런다더라."

"그런가."

요즘 여러모로 란은 머리가 복잡했다. 요 몇 주간 이현과 김 회장의 태도가 영 이상했다. 김 회장은 바둑도 같이 잘 안 두려고 했고, 이현도 어딘가 모르게 이상하게 굴고, 자신만 모르는 무슨 일이 있는 건 아닌가, 하는 걱정이 되었다.

"그런데 너도 피곤해?"

"아니. 왜?"

"기미 생겼어. 너한테 안 어울리게 웬 기미?"

진아의 말에 란은 몸을 일으켜 거울 앞으로 다가갔다. 진아의 말처럼 눈 밑에 기미가 올라와 있었다.

"어? 진짜네. 왜 생겼지?"

"요즘 잠 잘 못 자?"

"아니. 여행 다녀왔던 게 피곤했는지 요 몇 주 엄청 많이 잤어. 이상하게 자도 자도 졸리더라고."

"그래? 너 혹시 속이 안 좋거나 그러지 않아? 음식을 잘 못 먹는다거나."

진아의 물음에 란은 느릿하게 고개를 내저었다.

"전혀. 요즘 같아선 쇠도 씹어 먹을 기세야. 나 먹는 양 엄청 늘었어. 살찔까 봐 자제하는데 그게 잘 안 돼."

"이상하네."

란의 이야기를 다 들은 진아가 고개를 갸웃거렸다.

"뭐가?"

"너 이번에 생리했어?"

진아의 물음에 란은 손가락을 들어 날짜를 따져 봤다. 그러고 보니 생리할 때가 지났는데 벌써 일주일 넘게 하지 않고 있었다.

"어? 진짜 이번엔 안 하네."

"너 임신 아니야?"

진아의 물음에 란은 화들짝 놀랐다.

"뭐?"

"그렇잖아. 증상도 딱 임신 증상인데? 기미 생긴 거며, 계속 졸린 것도 그렇고. 입덧 때문에 식욕이 없어지는 사람도 있지만, 너처럼 왕성해지는 케이스도 있다더라."

진아의 말에 란은 이상하게 가슴이 뛰었다.

"약국 좀 다녀올게."

"테스트기 사러?"

진아의 물음에 란은 재빨리 고개를 끄덕였다. 임신일지도 모른다는 생각에 한시라도 빨리 테스트기를 사서 테스트해 보고 싶어졌다. 그동안 이현의 아이를 얼마나 바랐는지 모른다. 벌써 결혼한 지 6개월이 지났건만 별다른 피임을 하지도 않는데 아이가 안 생겨 은근히 초조했었다.

"기다려. 나 있어."

"정말?"

"응. 뭐, 하늘 볼 일은 거의 없지만 그래도 혹시나 하는 기대에 매달 생리 전에 테스트해 보곤 해. 아이라도 생기면 오빠 좀 달라지지 않을까, 해서."

왠지 모르게 미안한 생각이 들었다. 진아가 이토록 아이를 바라는지 미처 몰랐었다.

"그런 표정 지을 거 없어. 만약 너 임신이면 그 바이러스 좀 받자. 테스트기 빌려 주는 대신. 알았지?"

진아가 란의 어깨를 가볍게 두드리고 침실로 들어갔다. 잠시후 진아는 챙겨 나온 테스트 기를 란을 향해 내밀었다.

"해 봐. 느낌엔 거의 확실한 것 같아."

란은 떨리는 얼굴로 테스트기를 받아 들고 화장실로 들어갔다. 사용법에 적힌 대로 소변에 테스트기를 가져다 대자 채 몇십 초가 지나기 전에 선명한 두 줄이 그 모습을 드러냈다. 란은 직접 눈으로 보면서도 믿기지가 않아, 눈을 몇 번이나 다시 비비며 테스트기를 바라봤다.

심장은 정신없이 두근거렸고, 온몸을 지배하는 행복한 기분에 자꾸 웃음이 나왔다. 그렇게 한참 동안 테스트기를 바라보던 란은 애써 흥분을 가라앉히며 화장실 밖으로 나왔다.

"어떻게 됐어?"

란만큼이나 결과가 궁금한지 진아가 초조한 얼굴로 물었다.

"두 줄이야."

테스트기를 보여 주며 하는 란의 말에 진아가 자신의 일처럼 기뻐하며 그녀의 어깨를 두드렸다.

"축하해, 란아! 드디어 네가 엄마가 되는구나."

"고마워."

"나도 한번 만져 보자. 바이러스 제대로 받아야지."

란으로부터 테스트기를 넘겨받으며 진아가 부러운 눈으로 말했다.

"너도 꼭 아이 생겼으면 좋겠다."

"네 바이러스 받았으니까 잘 될 거야."

진아에게도 좋은 소식이 들리길 란은 진심으로 기도했다. 그
래서 아직도 진아 마음을 몰라주는 강윤도 달라지기를 바라고
또 바랐다.

†

"아직 아무 소식 없어?"

이현의 사무실에 찾아온 김 회장이 궁금하다는 듯 넌지시 그
를 향해 물었다.

"그러게요. 아무래도 이번 달은 아닌가 봐요."

쓴웃음을 지으며 하는 이현의 말에 김 회장은 얼굴을 찡그렸
다.

"그럴 리가 없는데."

아쉬운 얼굴을 하며 김 회장이 중얼거리는 그 순간 사무실
문이 열리며 란이 들어왔다.

"어? 마침 아버님도 계셨네요. 좋은 소식이 있어요."

란의 말에 두 남자의 얼굴은 순간 환해졌다. 그리고 긴장된
얼굴로 그녀를 바라보았다.

"저 말이에요."

란의 입술에 두 남자의 시선이 동시에 집중되었다. 침조차 삼
키지 않으며 두 남자는 그녀의 다음 말을 기다렸다.

"드디어 엄마가 돼요."

그 말을 하며 선명한 두 줄이 찍힌 테스트기를 두 남자에게
보여 주는 란이었다.

"란아!"

"여보!"

두 남자는 동시에 기뻐하며 란을 끌어안았다.

"놀랐죠? 저도 깜짝 놀랐어요."

"그래. 그럴 줄 알았어. 내가 태몽을 꿨다니까!"

김 회장이 역시 자신의 꿈은 잘 맞는다며 자신만만한 목소리
로 말했다.

"정말요?"

"그래. 커다란 호랑이 두 마리가 너한테 안기는 꿈을 꾸었단
다."

"와. 정말 멋진 태몽이에요."

란은 화사하게 웃으며 김 회장을 바라보았다.

"병원은 다녀왔어?"

"아직요. 당신이랑 같이 가려고요."

"그래. 어서 이현이랑 다녀오도록 해라. 호텔 걱정은 말고.
어여 다녀와."

김 회장이 이현의 등을 떠밀며 재촉했다. 란은 행복한 웃음을
지으며 고개를 끄덕였다.

"아버님 다녀와서 다시 호텔에 들를게요."

"그래, 그래. 조심히 잘 다녀와."

김 회장의 배웅을 받아 호텔을 나온 두 사람은 근처에 있는

산부인과에 설레는 얼굴로 들어섰다. 순서를 기다리며 제법 배가 나온 임산부들을 보며 두 사람은 손을 꼭 마주 잡았다.

"실감이 잘 안 나요. 내 배 속에 아이가 있다는 게."

"나도 그래. 이렇게 가슴 뛰는 행복이 또 있을까 싶어."

서로를 다정하게 마주 보고 있는데 간호사가 란의 이름을 호명했다. 2번 진료실 안으로 들어가자 여의사가 두 사람을 맞이했다.

"마지막 생리일을 보니 이제 임신 6주 정도 된 것 같네요. 아기집은 보일 것 같은데 초음파로 확인해 볼까요?"

란은 긴장된 얼굴로 진료 의자에 앉았고, 이현은 초조한 얼굴로 바깥쪽에 설치된 모니터 화면을 바라보았다.

"여기 아기집이 보이세요?"

의사가 가리키는 곳에 아주 작긴 했지만, 선명하고 동그란 아기집이 보였다.

"아기집이 자리를 잘 잡은 것 같네요. 축하드려요. 2주 후에 오시면 심장 소리도 들을 수 있겠는데요?"

"감사합니다, 감사합니다."

의사에 말에 이현은 연신 고개를 숙이며 감사 인사를 전했다. 아기수첩과 아기집이 찍힌 초음파 사진을 받은 두 사람은 행복한 얼굴로 병원을 나섰다. 그와 동시에 이현은 커다란 두 팔로 란을 꼭 끌어안았다.

"고마워. 정말 고마워."

이현의 진심이 그대로 마음에 전달되었다. 아이를 가지는 일

만큼 행복하고, 가슴 따뜻해지는 일이 또 있을까?

"너무 기뻐요."

"그래. 나도. 나도 너무 기뻐."

감격에 겨워 말을 잘 잇지 못하는 이현을 란은 따뜻한 시선으로 바라보았다.

"우리 아이 태명부터 정해야겠어요."

"그러자."

"딸이었으면 좋겠어요, 아들이었으면 좋겠어요?"

"상관없어. 딸이든 아들이든. 단, 너를 닮았으면 좋겠어."

"난 당신 닮았으면 좋겠는데."

앞으로 태어날 아이를 상상하며 두 사람의 대화는 끊임없이 이어졌다. 행복한 미래를 꿈꾸는 대화가.

†

아이들이 넓은 정원을 내달리고 있었다.

"이놈들아, 천천히 달려!"

그들을 뒤쫓으며 김 회장이 잔소리를 쏟아 내고 있었다. 이현은 갓난아기가 타고 있는 유모차를 끌며 천천히 그들 뒤를 쫓았다.

분홍 벚꽃잎이 눈처럼 휘날리는 아름다운 풍경 아래, 아이들의 웃음소리가 끊이지 않았다. 이현과 란이 함께 심은 느티나무 옆에는 어느새 여러 그루의 나무가 더 심어져 있었다. 각기 다른 크기의 나무들이 그들의 가족 숫자만큼 줄이어 서 있었다. 평범하면서도 아름다운 일상 풍경을 란은 벚나무 아래 앉아 따뜻한 미소를 지으며 바라봤다.

바로 그 순간 누군가 자신의 입술에 입을 맞추는 느낌이 들었다. 스르르 눈을 뜬 란은 눈앞에 보이는 이현의 얼굴에 나른한 미소를 지었다.

"무슨 꿈을 꾸기에 그렇게 행복해 보여?"

이현의 물음에 란은 아련한 눈빛을 지으며 꿈을 떠올렸다.

"곧 우리의 일상이 될 꿈이요. 우리 꼭 그렇게 살아요."

이해하기 힘든 란의 말에 이현이 피식 웃었다.

"네가 살고 싶으면 삶이면 어떤 삶이든 좋아. 그 삶은 분명 행복할 테니까."

"사랑해요."

란의 사랑 고백에 이미 익숙해진 이현은 따뜻한 손길로 그녀의 얼굴을 쓰다듬었다.

"나도 사랑해."

서로 사랑을 말하는 두 사람의 얼굴은 아름답게 빛났다. 열린 창문 틈으로 보이는 따뜻한 햇살처럼, 서로를 보는 표정이 참으로 따뜻한 두 사람이었다.

에필로그 2

분홍빛 벚꽃들이 눈처럼 휘날리고 있었다. 그 아래에 눈에 확 뜨이는 적갈색 머리를 가진 소녀가 앉아 있었다. 무언가 잔뜩 토라진 얼굴로 소녀는 붉은 입술을 삐죽 내밀었다.

"치이. 그러니까 학교 앞에 오지 말라니까."

붉은 입술을 달싹이며 불만을 토해 내는 소녀의 가슴엔 '주란'이란 이름이 적혀 있는 파란색 이름표가 달려 있었다. 학교 앞에서 자신을 기다리고 서 있던 이현에게 쏠리던 여학생들의 시선을 떠올리던 란은 시무룩한 얼굴로 벚나무 아래 깔아 둔 돗자리 위에 몸을 눕혔다.

눈앞에 어지럽게 분홍 벚꽃들이 날아다녔고, 구름 한 점 없는 파란 하늘은 신경질 날 만큼 아름다웠다. 이제 란의 나이 열여섯, 한참 첫사랑의 열병을 앓고 있는 사춘기 소녀였다.

이런 자신의 애타는 마음을 아는지 모르는지 란은 좀처럼 속을 드러내지 않는 이현 때문에 자꾸만 애가 닳았다. 직접적으로 '좋아해'라고 말을 한 적은 없었지만, 그 말만 내뱉지 않았을 뿐이지 이현을 향한 자신의 감정을 숨김없이 드러내곤 했다.

하지만 이현은 이런 란의 마음을 아는지 모르는지 늘 한결같은 태도로 그녀를 대했다.

"속 시원히 말해 주면 좀 좋아."

이렇게 이현의 속을 알 수가 없는데 그를 좋아하는 여자들은 점점 많아지니, 란은 더욱 애가 탈 수밖에 없었다. 란을 마중 나온 이현의 모습에 호감을 보이는 여학생이 한둘이 아니었다. 그래서 란은 이현이 학교 앞으로 나오는 게 정말 싫었다. 올 때마다 인기가 점점 더 높아지니 불안해서 살 수가 없었다.

"아, 밉다. 이현 오빠."

란은 눈을 질끈 감으며 혼잣말을 중얼거렸다. 자신의 마음을 몰라주는 이현이 야속해 절로 불만이 쏟아져 나왔다. 그렇게 한참 눈을 감고 있는데, 자신 곁으로 다가오는 익숙한 발자국 소리가 들렸다.

"아가씨."

자신을 부르는 다정한 이현의 목소리가 좋았다. 풍선처럼 부풀어 오르던 불만이 한순간에 사라져 버릴 만큼, 란은 이현에게 한없이 약했다.

"아가씨."

또다시 이현이 란을 불렀다. 그 목소리를 듣는 게 좋아 란은 대답 없이 조용히 눈을 감고 있었다.

"자는 건가?"

낮게 중얼거리는 이현의 목소리에 란은 눈을 뜨려고 했다. 하지만 그 순간 자신의 머리를 부드럽게 쓰다듬는 이현의 손길에 란은 눈을 뜰 수가 없었다. 심장이 정신없게 쿵쾅거렸고, 머리 끝까지 피가 몰리는 느낌이 들어 숨조차 제대로 쉴 수가 없었다. 이러다 심장마비로 죽는 거 아닌가, 하는 생각이 들 정도로 심장은 빠르게 두근거리고 있었다.

이현의 손길이 스치는 이마가 순식간에 뜨겁게 달아올랐다. 그쪽으로 온통 피가 몰리는 그런 기분이 들었다. 그렇게 다정하게 란의 이마를 쓰다듬던 손이 서서히 멀어졌다. 왠지 모르게 아쉬운 기분이 들어, 잠든 척하며 한숨을 흘리는데 그 순간 믿기지 않는 일이 벌어졌다.

아주 짧은 찰나의 순간이긴 했지만 이현의 뜨거운 입술이 란의 붉은 입술에 살포시 포개졌다 멀어졌다.

"도대체 무슨 짓을."

스스로 한 입맞춤에 놀랐는지 당혹감이 묻어 있는 목소리로 중얼거리던 이현은 재빨리 몸을 일으키고 란에게서 멀어져 갔다.

그렇게 이현이 떠나간 다음 한참 뒤에 눈을 뜬 란은 떨리는 손을 들어 붉은 입술을 매만졌다.

"꿈인가?"

꿈이라고 하기엔 너무나 생생했다. 하지만 현실이라 하기엔 너무나 믿기지가 않았다. 란은 입술을 매만지던 손을 통통하게 살이 오른 볼로 가져갔다. 그러고는 세차게 자신의 볼을 꼬집었다.

"아야!"

꿈이 아닌 현실이라고 말해 주는 것처럼 세찬 고통이 몰려왔다. 그럼에도 불구하고 란은 자꾸만 웃음이 나왔다. 꿈이 아니라 현실이었다. 너무 행복해서 꿈같은 현실. 벚꽃이 휘날리는 커다란 벚나무 아래 몸을 일으키고 앉는 란의 얼굴엔 벚꽃보다 더 아름다운 미소가 번져가고 있었다.

"엄마!"

흩날리는 벚꽃을 보며 옛 생각에 빠져 있던 란은 자신을 부르는 두 아이의 목소리에 행복한 미소를 지으며 고개를 돌렸다.

"엄마. 오늘 있잖아요. 유치원에서 현이가요……."

"아, 후 형! 얘기하지 말랬잖아!"

"싫어. 할 거다."

"하지 마!"

투덕거리는 두 아이를 란은 애정이 가득 담긴 눈으로 바라보았다. 그러면서 이제 제법 많이 부풀어 오른 자신의 또 다른 아이가 자라고 있는 둥근 배를 부드러운 손길로 쓰다듬었다.

어린 시절 란과 이현의 추억을 머금고 있는 벚나무 아래, 또 다른 아름다운 추억들이 자라고 있었다. 평범하지만, 행복하고, 평온한 그런 일상의 추억들이.

외전
수린, 인후 이야기

일렬로 늘어선 분홍빛 벚꽃나무 아래를 수린은 자전거를 타며 힘차게 달려 나갔다. 한적한 마을 어귀에 있는 작은 초등학교 앞에 자전거를 멈추고, 수린은 흐드러지게 핀 벚꽃을 바라보았다. 각박한 세상살이가 힘겹긴 했지만, 아름다운 풍경은 늘 이렇게 자신을 위로해주곤 했다.

"엄마!"

그 때 귓가에 사랑스러운 딸 채윤이의 목소리가 들려왔다. 웃는 얼굴로 고개를 돌리던 수린은 상처가 난 채윤의 뺨에 표정이 굳었다.

"채윤아. 얼굴이 또 왜 이래?"

걱정스러운 수린의 외침에 까무잡잡한 얼굴을 가진 채윤이 활짝 웃었다.

"별거 아니야."

"별거 아니긴! 왜 이런 거야? 또 누구랑 싸웠어?"

수린이 정곡을 찔렀는지 채윤이 그녀의 눈치를 살피며 고개를 푹 숙였다.

"왜 또 싸웠어? 엄마가 또 싸우면 그땐 호되게 야단맞을 거라고 했어, 안 했어?"

"세혁이가 자꾸 시비 걸잖아."

"뭐라고?"

수린의 물음에 채윤은 입을 꾹 다물었다. 고집이 센 자신의 딸의 성정을 잘 알기에 수린은 몸을 낮춰 앉으며 채윤의 가녀린 팔을 꽉 붙잡았다.

"정채윤. 얘기 안 하지? 엄마가 세혁이한테 가서 물어볼……."

"저주받은 아이라고 그랬단 말이야. 엄마가 저주받았으니까 딸인 나도 그럴 거라고. 그런데 아니잖아. 엄마가 왜? 내가 왜?"

채윤의 말에 수린은 마음이 아팠다. 그런 동네 사람들의 수군거림은 이미 익숙했다. 아버지가 사고로 돌아가시고, 엄마까지 병에 걸리고, 그래서 엄마를 치료해 주던 의사였던 남편의 청혼을 받아들였던 수린이었다. 22살의 어린 나이에 남편과 결혼해 살았건만 채 1년을 채우지 못하고 남편 역시 급작스러운 교통사고로 세상을 떠나고 말았다. 배 속에 채윤만을 남겨 놓은 채 말이다.

그 뒤로 사람들은 수린을 보며 늘 수군거렸다. 저주받은 운명을 타고나서, 주변 사람들을 불행하게 만드는 거라고. 그런데 자신의 딸인 채윤까지 그런 소리를 들어야 한다니 수린은 너무나 마음이 아팠다.

"그런 말 그냥 무시하랬잖아."

울컥 치솟는 눈물을 꽉 참으며, 수린은 채윤을 품에 꼭 끌어안고 토닥이며 말했다.

"무시하려고 했는데 자꾸 놀리잖아."

"미안해. 엄마 때문에 우리 채윤이까지 그런 이야기 듣고."

"엄마 탓 아니야. 세혁이가 나빠."

오히려 딸에게 위로를 받다니 자신 스스로가 한심해서 견딜 수가 없었다.

"우리 딸 마음 많이 아팠겠다."

"괜찮아. 지훈 오빠가 위로해 줬거든."

해맑은 목소리로 지훈의 이름을 꺼내는 채윤의 말에 수린은 미소를 지으며 딸의 머리를 쓰다듬었다. 여덟 살 채윤이보다 세 살이 더 많은 지훈이는 나이답지 않게 꽤나 의젓한 구석이 있는 녀석이었다.

"그래서 마음이 풀렸어?"

"응. 엄마 난 말이야. 지훈 오빠랑 결혼할 거야."

갑작스러운 딸의 폭탄선언에 수린은 눈을 동그랗게 떴다.

"너 결혼이 뭔지 알아?"

"엄만 내가 애야?"

여덟 살 아이답지 않은 채윤의 말에 수린은 웃음이 터졌다.

심각한 분위기도 금세 밝게 만드는 귀여운 딸 채윤이 수린은 너무 사랑스러웠다. 남편이 이렇게 사랑스러운 딸을 남겨주지 않았다면 아마 수린은 살아갈 희망을 모두 잃고 지냈을지도 모른다. 그래서 감사하게 생각했다. 자신의 곁에 이렇게 사랑스러운 아이가 있음을. 삶이 아무리 각박하고 힘들어도 채윤을 보며 버틸 수 있었다.

"사랑하는 사람이랑 함께 사는 거. 그게 결혼이잖아. 지훈 오빠 내 첫사랑이야."

당당하게 가슴을 쭉 펴며 답하는 채윤을 수린은 애정이 가득 담긴 눈빛으로 바라보았다. 이런 채윤의 모습이 과거 자신의 모습과 순간 겹쳐 보였다.

첫사랑, 그 단어만으로도 가슴이 떨리던 그런 사랑이 수린에게도 있었다. 비록 이루어지지 못한 사랑이었지만, 어릴 적 그 추억이 아직도 수린의 기억 속에는 생생했다.

"그래. 우리 딸이 좋으면 엄마도 좋아. 이제 집에 갈까?"

수린이 물음에 채윤은 환하게 웃으며 고개를 끄덕였다. 수린은 자전거 뒷좌석에 채윤을 앉히고, 앞좌석에 앉아 힘차게 페달을 밟았다.

"엄마는 아빠가 첫사랑이야?"

휘날리는 벚꽃 아래를 지나며 묻는 채윤의 말에 수린은 말없이 미소를 지었다.

"글쎄."

"치. 비밀이구나? 아빠 섭섭할까 봐?"

"응. 아빠 섭섭할까 봐."

채윤에게 그렇게 답하며 수린은 더욱 힘차게 페달을 밟았다.

†

거제 호텔로 출장을 떠나기 전 인후는 수린과 만나기로 약속
했던 중학교에 잠시 들렀다. 이곳에 온다고 수린을 만날 수 있
는 건 아니었지만, 그래도 혹시나 하는 미련의 끈은 놓을 수가
없었다.

"최인후!"

자신을 부르는 수린의 목소리가 어디선가 들리는 듯한 느낌
이었다. 예전만 크게만 느껴졌던 작은 운동장을 둘러보며 인후
는 옛 추억에 빠져들었다.

"좋아해!"

잔뜩 붉어진 얼굴로 자신을 향해 이 말을 내뱉던 수린의 모
습이 아직도 생생했다. 미국으로 이민을 가게 되어 마지막으로
학교에 등교를 한 그날, 수린이 달려와 내뱉던 그 고백에 아직
도 심장이 두근거렸다.

자신의 오랜 짝사랑이라고만 생각했다. 그런데 그녀의 마음

이 자신과 같다는 걸 미국으로 떠나기 전 날 알고 말았다.

"십 년 뒤 이 날, 꼭 여기서 다시 만나자. 지금은 내가 할 수 있는 게 아무것도 없어 부모님과 미국에 갈 수밖에 없지만, 십 년 뒤엔 꼭 돌아올게."

자신에게 마음을 고백하던 수린을 꼭 끌어안고 인후는 그답지 않게 진지한 목소리로 말했다. 수린은 눈물을 꾹꾹 삼키며 세차게 고개를 끄덕였다. 두 손으로 자그마한 수린의 볼을 감싸고, 인후는 떨리는 입맞춤을 했다.

"첫사랑도 너고, 첫 키스도 너였는데."

옛 기억을 떠올리며 인후는 씁쓸한 얼굴로 중얼거렸다.

수린이 그 약속을 잊을 거란 생각을 단 한 번도 해 본 적이 없었다. 분명 10년 뒤엔 이곳에서 아름답게 재회할 수 있을 거라 믿었다. 친구들이 말도 안 되는 이야기라고 비웃었지만, 인후는 믿어 의심치 않고 수린을 향한 사랑을 지켰다.

하지만 친구들의 비웃음처럼 수린은 정말 이곳에 나타나지 않았다.

"도대체 어디 있는 거야?"

수린을 만나지 못하고 인후가 다시 미국으로 돌아오자 사람들은 그럴 줄 알았다며 그만 포기하라고 했다. 그래도 인후는 포기할 수가 없었다. 10년간 마음속에서 단 한 순간도 지우지 못했던 수린이었기에 쉽게 포기가 되지 않았다.

"기필코 다시 만날 거야."

치기 어린 고집이라 비웃어도 상관없었다. 그 어떤 여자에게
도 심장이 뛰지 않았다. 자신의 심장을 다시 뛰게 해 줄 여자는
오직 수린뿐이었다.

아쉬운 얼굴로 중학교 운동장을 둘러본 인후는 쓸쓸히 차로
걸음을 옮겼다.

사랑에 빠져 행복한 이현을 보고 있자니, 인후는 더욱 수린이
그리웠다. 차수린, 이름 세 글자 말고 아무런 정보가 없다는 것
이 그를 슬프게 했다. 찾고 싶은 마음은 간절했으나, 찾을 방법
이 도통 없었다. 중학교 친구들에게 수소문해 보아도 자신이 미
국으로 이민 가고 얼마 지나지 않아, 그녀 역시 전학을 갔다는
이야기만 들려올 뿐이었다.

"어서 나타나 줘."

차에 시동을 걸며 인후는 나지막한 목소리로 중얼거렸다. 이
간절한 기도가 수린에게 전해지길 바라면서.

✝

꿈을 꿨다. 이제는 기억에서 인후의 대한 기억을 다 지웠다고
생각했는데 바로 어제 일처럼 꿈은 너무나 생생했다.

항상 화제의 중심에 있는 인물이었다, 최인후는. 내성적이고
존재감도 없는 자신과는 너무 다르게 항상 무리들에게 둘러싸여

군림하는 그런 녀석. 솔직히 그 애와 자신이 어울리게 될 줄은 전혀 상상도 하지 못했던 수린이었다.

"짝은 출석번호대로 남자, 여자 섞어 앉도록. 자, 시작."

2학기가 되어 출산 휴가를 낸 자신의 담임 대신 임시 담임이 된 미술이 저런 말을 내뱉지 않았다면 아마 최인후와 말을 하는 일도 없었을 것이다. 벌써 한 학기를 보내면서도 최인후와 단 한 마디의 말도 섞지 않았던 자신이었으니까.

물론 최인후가 싫다거나 그런 건 아니었다. 정말 웃기는 녀석이었고, 노래도 끝내주게 잘 부르는 그런 녀석이었다. 어디에 있어도 늘 존재감에 반짝이는 그런 유쾌한 아이. 어쩜 조금은 동경하고 있었을지도 모른다. 환한 빛 같은 그런 성격을.

"너구나? 내 새로운 짝이."

누구에게나 지어 주는 밝은 웃음을 지으며 인사를 건네는 인후의 말에 수린은 조심스럽게 고개를 끄덕였다. 자신의 커다란 뿔테 안경 너머 보이는 인후의 멀끔한 얼굴에 내심 감탄을 하면서 말이다.

"그러고 보니 너랑 얘기해 보는 것도 처음인 것 같네?"

곰곰이 무언가를 생각하는 표정으로 내뱉는 인후의 말에 수린은 아무런 대답도 하지 못했다. 빛 같은 존재 인후, 그리고 어둠에 가까운 존재인 자신이 딱히 어울릴 일이 없었던 것에 대해 할 말이 없었으니까.

"어쨌든 잘 부탁해."

그렇게 자신이 퉁명스럽게 구는데도 생글생글 잘도 웃는 최

인후였다. 거기다 손까지 내밀면서 잘 부탁한다고 하니, 차마
그 손까지 외면할 수가 없었다.

"응. 나도."

쥐꼬리만큼이나 작은 목소리로 대답을 하며 수린은 인후가
내민 손을 잡았다.

"우와! 너 손 엄청 작다. 완전 애기 손이네? 재 보자."

엄청 대단한 화제라도 발견한 듯이 인후가 손바닥을 피며 수
린에게 내밀었다. 얼떨결에 수린은 인후의 커다란 손에 자신의
손을 가져다 댔다.

"내 손 반밖에 안 돼. 와, 진짜 작다."

이상하게 얼굴이 붉어졌다. 심장까지 콩닥거렸다. 주변에 앉
은 여자애들의 시샘 어린 시선도 느끼지 못할 만큼 인후의 환한
얼굴에 정신없이 빨려 들어가고 있었다.

"나 손 작은 여자 정말 좋아하는데. 너무 귀여워."

계속해서 수린의 손을 만지작거리면서 신기한 장난감을 발견
한 듯이 중얼거리는 인후였다. 빼야 한다고 생각하면서 수린은
그 생각을 실천으로 옮기지 못하고 있었다.

딱!

담임이 나가자 두 사람 곁으로 몰려온 그의 패거리들이 뒤에
서 인후의 머리를 내리쳤다.

"또 작업이냐, 최인후?"

"그러게. 그놈의 작업 지치지도 않냐?"

"전교생을 다 지 여자로 만들어야지 직성이 풀리지."

한마디씩 내뱉는 친구들의 말에 인후가 그제야 머리를 긁적이며 수린의 손을 놓아주었다.

"작업은 무슨. 아, 다 인사나 해라. 차수린, 오늘부터 내 짝꿍. 그러니까 내 짝꿍 괴롭히지 마라. 알겠냐?"

멋대로 자신의 어깨에 손을 올리며 하는 인후의 말에 수린은 얼굴이 붉어져 그대로 고개를 숙였다. 원래 이렇게 가벼운 인후의 성격을 아는데도 이상하게 설레고 두근거려 견딜 수가 없었다.

"네 짝 된 게 불쌍하다. 야, 차수린. 이 자식 툭하면 교과서 두고 오고 그러거든? 절대 보여 주지 마라."

"맞아. 하하하."

인후와 제일 친한 동철의 말에 주변에 있던 사람들이 모두 웃음을 터트렸다.

"아, 쪽팔리게. 어쨌든 짝꿍! 내일부터 잘 부탁한다."

씩 웃으면서 그렇게 말한 인후는 가방을 챙겨들고 자리에서 일어나 자신의 패거리들과 함께 우르르 교실 밖으로 몰려 나갔다. 그리고 혼자 남겨진 수린 곁으로 얼마 전까지 그녀와 짝이었던 제희가 호들갑스럽게 다가왔다.

"최인후하고 짝이야?"

부러움 가득한 시선으로 묻는 제희의 말에 수린은 어색한 표정을 지으며 고개를 끄덕였다.

"완전 부럽다. 최인후랑 좀 많이 친해져 봐. 덕분에 나도 친하게 지내게."

평소부터 수린에게 인후를 좋아한다고 수도 없이 많이 말하고 했던 제희였다. 물론 그런 생각을 가지고 있는 여학생이 제희뿐만은 아니었다. 뛰어나게 잘생긴 얼굴이 아님에도 불구하고 밝고, 활발하고, 또래보다 훨씬 키도 크고 깔끔하게 생긴 최인후는 전교에서 알아주는 인기인이었다.

그래서 더욱 부담이 되었다. 하필 최인후가 짝이라니. 어쩔 수 없이 같이 주목을 받게 된 이 자리가 못내 불편하게 느껴졌다. 자신은 그냥 조용하게 살고 싶었으니까.

무거운 뿔테 안경을 위로 올리며 수린은 살짝 한숨을 내쉬며 가방을 챙겼다. 끊임없이 옆에서 최인후에 관해 떠드는 제희의 이야기를 묵묵하게 들으면서 그렇게 하교할 준비를 마쳤다. 내일부터 정말 피곤해지겠다는 생각을 하면서.

왜 최인후가 지각을 하게 생겼는데 자신이 초조한 기분을 느껴야 하는지 알 수가 없었다. 상습적인 인후의 지각에 담임은 단단히 화가 나 있었고, 한 번만 더 지각을 하면 가만 안 둔다는 엄포를 내렸었다. 그런데 등교시간까지 채 5분도 남지 않았는데 아직도 비어 있는 자신의 옆자리를 보고 있자니 수린은 이상하게 마음이 조마조마해졌다.

계속해서 뒷문과 시계를 번갈아 바라보며 초조한 표정으로 수린은 앉아 있었다. 1분을 남겨 놓고도 들어서지 않는 인후를 떠올리며 안타까움의 한숨을 내뱉고 있는데 드르륵, 하며 문이 열리는 소리가 들렸다. 그리고 허겁지겁 교실로 뛰어 들어와 자신의 옆자리에 와서 앉는 인후였다.

"하, 세이프!"

거친 숨을 몰아쉬면서도 씩 웃는 얼굴로 자신에게 말을 거는 인후 때문에 수린은 자신도 모르게 픔, 하고 웃음을 터트렸다. 그런 수린의 웃음에 인후는 무언가 대단한 발견이라도 한 듯 갈색빛 두 눈을 반짝였다.

"와, 너 웃는 거 처음 봐."

신기하다는 듯이 중얼거리는 인후의 말에 수린은 왠지 모르게 민망해져서 얼른 얼굴에서 웃음을 지웠다.

"예쁘다, 웃는 모습."

자신에게만 들리게 속삭이면서 하는 인후의 말에 수린의 얼굴은 붉게 달아올랐다. 처음 들어 보는 말이었다. 예쁘다는 말은. 똑똑해 보인다, 인상이 차갑다, 이런 이야기는 많이 들었지만 한 번도 예쁘다는 말은 들어 본 적이 없었다.

전체적으로 통통하게 살이 올라 있는 수린은 눈이 나빠서 쓴 뿔테 안경 때문에 그나마 얼굴에서 제일 예쁜 커다란 눈마저 가려져 극히 평범하게 보이는 외모였다. 더군다나 눈처럼 하얀 피부와 어울리지 않게 얼굴 가득 주근깨마저 나 있었다. 객관적으로 봐도 정말 예쁜 외모는 아니었던 것이다.

그러니 예쁘다는 인후의 말에 수린은 놀랄 수밖에 없었다. 진심이 아니라는 걸 알면서도 가슴이 두근거리는 것마저 막을 수가 없었다.

"다시 웃어 봐, 응? 웃는 모습 진짜 예뻤는데! 응?"

재촉하는 인후의 말에 수린은 더욱 얼굴을 깊게 숙이며 예습하고 있던 수학 교과서에 집중하려고 노력을 했다. 그런데 평소엔 잘만 풀어지던 수학 문제에도 집중이 잘 되지 않았다. 웃는 모습이 예쁘다는 인후의 말이 머릿속을 가득 지배해 아무것도 할 수가 없었다. 정말 아무것도.

제희와 점심을 먹고 창가에 서서 농구를 하는 반 남학생들을 구경했다. 물론 인후가 농구하는 걸 꼭 봐야겠다고 제희가 우겨서 수린은 얼떨결에 같이 서 있게 되었다. 1학년이라 교실도 1층이어서 운동장도 아주 가깝게 보였다. 더군다나 농구대 바로 앞에 위치한 수린의 반은 명당 중에서도 명당이라고 할 수 있었다.

밖에 직접 나가서 응원하는 여학생들도 있었지만, 용기 없는 나머지 여자애들은 이렇게 창가에 붙어서 인후가 농구하는 걸 구경하곤 했다. 키가 커서 그런지 아니면 운동신경이 좋아서 그런지 인후의 농구실력은 아주 출중했다.

"와!"

인후가 골을 하나씩 넣을 때마다 창가에 붙어서 응원하던 여자애들은 동시에 이렇게 환호성을 내질렀다. 그렇게 점심시간을 이용해 잠깐 진행되었던 농구시합은 인후의 눈부신 활약으로 그의 팀의 승리로 끝이 났다.

운동장에서 응원을 하던 여학생들이 건네주는 음료수들을 받아든 인후는 손으로 땀을 닦으면서 보도블록 위로 뛰어 올라왔다. 그러더니 갑자기 창가에 서 있는 수린 쪽으로 웃으면서 다가오는 인후였다.

"봤어?"

생글생글 웃으면서 수린에게 말을 거는 인후 때문에 반 여학생들의 시선은 순식간에 수린에게 집중되었다.

"어? 응."

엉겁결에 대답한 수린의 말에 인후는 내리쬐는 가을 햇살보다 더 환한 웃음을 지었다.

"나 잘했지?"

그러곤 또 인후는 수린을 향해 물었다. 수린이 당황한 얼굴로 고개를 끄덕이자 인후는 손에 들고 있던 음료수 하나를 창문을 통해 내밀었다.

"뭐야?"

눈을 동그랗게 뜨며 수린이 묻자 인후는 장난스럽게 한쪽 눈을 깜박였다.

"응원해 준 것에 대한 감사의 표시. 잘 마셔. 난 화장실 가서 좀 씻고 들어갈게."

그렇게 말하고는 수린을 향해 손을 휘휘 내젓고 창문가에서 인후는 멀어져 갔다.

"완전 좋겠다, 수린아."

부러움 가득한 목소리로 하는 제희의 말에 수린은 어색하게 웃었다.

"하여튼 최인후 여자라면 아무한테나 다 잘해 줘서 탈이라니까."

"그러게 차수린 착각하면 어쩌려고 저러냐?"

"착각하면 진짜 웃긴 거지! 둘이 상대가 되긴 돼?"

이렇게 비꼬면서 깔깔거리는 여자애들의 말에 수린은 고개를 푹 숙였다. 여자애들 말이 맞았다. 괜한 기대를 하면 안 되었다. 자신과 인후는 정말이지 어울리지 않았다. 이런 친절에 기대를 한다면 그게 웃긴 일······!

"나 차수린 좋아하는데?"

분명 화장실에 간다고 했던 인후가 다시 창가 앞에 서 있었다. 갑작스러운 인후의 고백에 놀란 건 비단 수린만은 아니었다. 뒤에서 말도 안 되는 일이라고 비웃던 여자애들 얼굴이 하얗게 질렸다.

"아이씨. 이렇게 고백하려고 했던 건 아닌데. 네들 말에 괜히 화가 나서."

인후는 손을 들어 신경질적으로 땀에 젖은 머리를 긁적였다. 그리고는 성큼성큼 수린을 향해 다가오는 그였다.

"이렇게 된 거 제대로 고백할게. 나 너 좋아해. 오래됐어, 너 좋아한 지. 너무 조용해서 오히려 관심이 가더라. 지켜보다 보니까 점점 더 좋아하게 됐어. 왜 좋아하게 되었는지 나도 잘 모르겠는데. 그냥 네가 좋아. 널 더 잘 알고 싶어졌어. 그래서 같이 짝 됐을 때 얼마나 좋았는지 몰라."

인후의 느닷없는 고백에 수린의 심장이 어지럽게 뛰었다. 가벼운 성격, 잘생긴 얼굴, 인기도 많은 인후였지만 정작 사귀는 여자는 여태껏 한 명도 없었다. 그런 최인후가 자신에게 고백을 했다니, 믿기지가 않았다.

"너는 날 어떻게⋯⋯?"

믿기지가 않는 만큼 부끄러웠다. 수린은 인후의 말을 끝까지 듣지도 않은 채 도망치듯 교실 밖으로 뛰어나갔다. 세차게 달렸더니 미친 듯이 두근거리던 심장은 더 빨리 뛰었다. 정말 그대로 심장이 터져 버릴 것만 같았다.

"왜 또 이 꿈을 꾼 거지?"

인후가 자신에게 고백하던 그 순간이 유난히 꿈에 자주 나왔다. 그 꿈을 꾸고 나면 이상하게 자꾸만 한숨이 새어 나왔다. 사는 동안 그토록 심장이 빨리 뛴 적은 처음이었다. 그래서 꿈에서 깨고 난 후에도 그 후유증은 오래갔다.

아직 잠에서 깨지 않은 딸 채윤을 보며 수린은 두근거리는 심장을 향해 손을 뻗었다. 이런 무의미한 두근거림에선 빨리 깨어나야만 했다. 아무리 그 시절이 그리워도 이제는 다시 돌아갈 수 없으니까.

✝

채윤을 등교시키고 난 수린은 자신이 룸 메이드로 근무하고 있는 거제 S호텔로 출근을 했다. 남편이 세상을 떠나면서 남겨 준 얼마 안 되는 재산으로 채윤을 키우기엔 턱없이 모자랐다.

그래서 시간의 구애를 그나마 덜 받는 룸 메이드 일을 시작하게 되었다. 그리고 남편이 세상을 떠나고 얼마 지나지 않아, 엄마마저 심장 수술을 받던 중 잘못되어 세상을 떠나고 말았다.

세상에 가족이라곤 오직 채윤과 수린 단둘밖에 남지 않게 되었다. 그러기에 수린은 더욱 열심히 일했다. 자신의 힘으로 채윤을 키우려면 일을 계속하는 수밖에 없었다.

"좋은 아침이에요."

활기찬 목소리로 같이 일하는 룸 메이드 아주머니들에게 인사를 건넨 수린은 카트를 밀며 자신의 담당 객실인 VIP실로 걸음을 옮겼다. 오늘 새로 투숙하게 될 고객을 위해 깨끗하게 청소를 하고, 객실 비치품을 채워 나갔다.

『Dear. 최정후 님.

저희 호텔에 오신 걸 환영합니다.
앞으로 투숙을 하는 동안 불편함이 없도록, 잘 모시겠습니다.
혹시 청소를 할 때 건드리면 안 되는 물품이 있다면 쪽지에 남겨 주세요.
그럼 좋은 하루 되세요.』

투숙하게 될 고객을 위한 메모를 적어 테이블 위에 올려 두고, 수린은 다음 객실로 이동했다. 호텔 룸 커다란 창을 통해 보이는 푸른 바다가 눈이 부시도록 아름다웠다. 이런 날 여행을 오는 사람들은 무척이나 행복할 것 같았다. 올해는 꼭 딸 채윤과 좋은 곳으로 여행을 가야겠다, 다짐하며 수린은 자그마한 체구를 바쁘게 움직였다.

"여기 와서 좀 앉아."

수린과 오랜 시간 메이드 일을 같이 하던 영숙이 손이 들어 수린을 반기며 말했다. 대부분 메이드 일을 하는 아주머니들의 나이가 수린보다 훨씬 많았다. 그녀 나이 대의 메이드들이 거의 없다 보니 아주머니들은 모두 수린을 동생처럼 아껴 주었다.

"날씨 참 좋지?"

자신의 옆에 와서 앉는 수린에게 영숙이 캔 커피를 건네며 물었다.

"그러게요."

"이렇게 좋은 날 남들은 데이트도 하고 그러는데. 자기는 도대체 뭐야? 계속 그렇게 딸이랑 둘이 살 거야? 혼자 된 지도 벌써 8년이 넘었잖아."

영숙의 물음에 수린은 씁쓸한 얼굴로 웃었다.

"전 채윤이만 있으면 돼요."

"그러지 말고 선 한 번 봐. 아주 괜찮은 혼처가 들어왔는데."

영숙의 말에 수린은 재빨리 고개를 저었다.

"아니에요. 정말 혼자가 좋아요."

"쯧. 그렇게 혼자 지내니 사람들이 더 수군거리는 거야. 세상에 저주받은 운명이 어디 있어? 사람들의 그런 수군거림, 지겹지 않아?"

"괜찮아요, 전."

그런 수군거림 별로 신경 쓰지 않았다. 그저 자신의 유일한 피붙이인 채윤만을 올바르게 잘 키우고 싶을 뿐이었다.

"하여튼 인생 참 재미없게 살아. 아직 이렇게 고운데. 흘러가는 시간이 아깝지 않아?"

수린은 말없이 웃으며 캔 커피를 땄다. 지독하게 단 캔 커피가 왜 이리도 씁쓸하게 느껴지는지 모르겠다. 영숙의 말처럼 인생이 재미없어서 그런 걸까. 순간 이런 생각을 했다가 떠오르는 채윤 얼굴에 미안한 마음이 들었다. 이렇게 예쁜 딸이 있는데 이런 생각을 하면 안 되지. 스스로를 꾸짖으며 수린은 애써 밝게 웃었다.

†

거제 S호텔엔 일부러 자신의 신분을 노출시키지 않았다. 호텔 이사인 걸 안다면 그들의 대우가 극진할 게 뻔하였기에 인후는 호텔 측엔 비밀로 하고, 최인후가 아닌 최정후라는 가명으로 호텔 예약을 했다. 그렇게 미리 예약한 VIP룸에 들어선 인후는 깔끔하게 정리된 객실을 만족스러운 눈으로 바라봤다.

"청결 상태 오케이."

혼잣말을 중얼거리며 인후는 테이블 앞으로 걸음을 옮겼다.

그러자 정갈한 글씨로 쓰여 있는 쪽지가 인후의 눈에 들어왔다.

"친절도 오케이."

쪽지를 단숨에 읽어 내려간 인후는 펜을 들어 쪽지를 써 내려갔다.

『반거 주서서 감사합니다.

청소를 할 때 책상은 건드리지 말아 주세요.

중요한 서류가 많아, 거기는 제가 직접 치우겠습니다.

참, 여기 꽃구경하기 좋은 곳 있으면 좀 알려 주시겠습니까?

온 김에 예쁜 꽃구경이나 실컷 하고 가려고요.

이왕이면 바다가 보이는 예쁜 곳이면 더욱 좋겠습니다.』

정갈한 글씨체와 간결하지만 예의를 갖춘 쪽지에 마음이 끌려 인후는 충동적으로 룸 메이드를 향해 질문을 던졌다. 팁 만원과 함께 쪽지를 놓아둔 인후는 커다란 창을 향해 다가갔다.

"와, 신경질 나게 날씨 한번 끝내주게 좋네."

푸른빛 바다가 눈부시게 아름다웠다. 거기다 햇살은 어찌나 찬란한지. 31년 모태솔로 최인후를 더욱 비참하게 만드는 날씨였다.

"에이. 비나 확 쏟아져라."

괜스레 못된 맘을 품고 인후는 나지막하게 중얼거렸다.

다음 날, 청소를 하기 위해 객실에 들른 수린은 테이블 위에 놓인 팁과 함께 인후의 쪽지를 발견했다.

"꽃구경하기 좋은 곳이라."

머릿속에 자신이 살고 있는 서항마을이 떠올랐다. 사람들에게 그리 유명한 곳은 아니었지만, 벚꽃이 울창하게 심어져 있는 언덕은 그 어떤 곳보다 아름다웠다.

『Dear. 최정후 님.

꽃구경하기 좋은 곳이 하나 있어요.

사람들에게 그리 유명한 곳은 아닌데, 벚꽃이 흐드러지게 아름답게 피는 곳이랍니다.

서항마을 찾아서 오시면 볼 수 있을 거예요.

말씀하신 책상은 건들지 않겠습니다.

오늘도 즐거운 하루 되길 바랍니다.』

쪽지를 적어 놓고, 객실 청소를 한 수린은 VIP룸을 나와서 다음 객실로 이동을 했다. 상대적으로 넓은 객실 청소를 담당하는 수린이었기에 청소를 해야 할 객실 수는 그리 많지 않았다.

오후 2시에 일을 마친 수린은 차를 몰고 채윤이 기다리고 있을 초등학교로 달려갔다. 평일에 쉴 때는 자전거를 타고 채윤을 데리러 갔지만, 일을 하는 날엔 어쩔 수 없이 차를 끌고 올 수밖에 없었다.

학교가 끝난 후에 홀로 남아 자신을 기다리고 있을 채윤을 생각하면 늘 마음이 조급해졌다. 하지만 채윤은 싫은 내색 한 번 없이 늘 씩씩한 얼굴로 수린을 반기곤 했다.

"엄마!"

수린의 차를 발견한 채윤은 환하게 웃는 얼굴로 뛰어나왔다.

"우리 채윤이 오늘은 세혁이랑 안 싸웠어?"

"그럼. 내가 뭐 맨날 싸움질만 하는 줄 알아?"

입을 삐죽 내밀며 하는 채윤의 말에 수린은 웃음을 터트리며 딸 아이의 머리를 다정하게 쓰다듬었다.

"오늘은 뭐 먹고 싶어? 읍내에 있는 시장 들렀다 갈까? 엄마가 맛있는 거 해 줄게."

"정말? 그럼 엄마 우리 외식하자! 나 돈가스 먹고 싶어."

소박한 채윤의 외침에 수린은 웃으며 고개를 끄덕였다.

"그래. 그러자."

"와, 신난다!"

채윤을 태운 수린의 차가 막 마을을 빠져나가던 그 시간, 인후의 차가 마을 어귀로 들어오고 있었다.

"진짜 한적한 마을이구나."

바로 앞에 바다가 보이는 작은 어촌 마을을 좀 더 제대로 둘러보기 위해 인후는 차에서 내렸다. 유명한 관광지가 아닌 건 맞는 것 같았다. 그 흔한 카페조차 안 보이는 마을을 찬찬히 둘러보던 인후의 눈에 벚꽃이 활짝 핀 언덕이 들어왔다.

"저긴가 보네."

인후는 느릿하게 걸음을 옮겨 벚꽃이 피어 있는 언덕 위로 올라갔다. 흐드러지게 벚꽃이 피어 있는 언덕은 말로 형용하기 힘들 만큼 아름다웠다. 바람을 따라 여기저기 휘날리는 분홍빛 벚꽃이 너무 아름다워 인후는 넋을 잃고 그 광경에 빠져들었다.

"이게 진정한 꽃구경이네."

새삼 이곳을 추천한 룸 메이드에게 고마운 마음이 들었다. 어찌 이리 자신의 취향에 쏙 맞는 곳을 추천한 건지. 팁을 좀 더 두둑이 놓아야겠다고 생각하며 놓치기 아까운 꽃구경에 정신을 집중했다. 그러다 아름다운 아내와 알콩달콩 행복한 시간을 보내고 있을 이현을 생각하니 배가 아팠다.

"쳇. 모처럼 나도 자랑 좀 해야지."

휴대폰을 꺼내 아름다운 벚꽃 사진을 찍은 인후는 「부럽지? 이렇게 아름다운 꽃구경을 하고 있는 내가! 으하해」라고, 적은 메시지와 함께 이현에게 곧장 전송했다. 하지만 곧이어 도착한 메시지에 인후는 순간 얼굴이 굳었다.

「별로. 난 꽃보다 더 아름다운 아내랑 살고 있어서.」

"젠장! 졌다."

인후는 신경질적으로 중얼거리며 인상을 잔뜩 찌푸렸다. 방금 전까지 아름답게 보이던 벚꽃이 왠지 모르게 서글프게 보였다.

"금방 져 버릴 꽃이면서 넌 왜 이렇게 아름답냐?"

괜스레 감성적으로 변한 인후는 발로 애꿎은 바닥을 차며 처량하게 중얼거렸다.

†

『덕분에 꽃구경은 아주 잘했습니다.

말씀하신 것처럼 아주 아름다운 곳이더라고요.

좋은 곳 소개해 주어서 감사합니다.

이건 제 감사함의 표시이니 부담 가지지 말고 받아 주세요.』

쪽지와 함께 놓여 있는 5만 원권 지폐에 수린은 곤란한 표정을 지었다. 단순한 감사 표시라기엔 팁이 너무 많았다. 수린은 지폐를 그대로 놓아둔 채 펜을 들어 쪽지를 적었다.

『Dear. 최정후 님.

즐거운 꽃구경이 되었다니 정말 다행입니다.

하지만 팁이 너무 많습니다.

그냥 제가 아는 곳을 소개해 드린 것뿐인데요.

마음만 감사히 받겠습니다.

그럼 오늘도 좋은 하루 되세요.』

쪽지를 적어 놓고 수린은 객실을 빠져나갔다. 그리고 얼마 지나지 않아 인후가 호텔 헬스장에서 운동을 마치고 돌아왔다. 쪽지와 함께 그대로 놓인 팁을 보고 인후는 이마를 긁적였다.

"지나치게 예의가 바르시네."

누군지 몰라도 직접 전해 줘야겠다 생각을 하며 인후는 전화기를 들어 호텔 프런트에 연결했다.

— 네, 손님. 필요한 것이 있으십니까?

"여기 객실 룸 메이드 좀 불러 주세요."

— 무슨 문제 있습니까?

"그게 아니라 너무 청소를 깨끗하게 해 주셔서 감사를 좀 표하고 싶어서요."

— 알겠습니다. 지금 바로 올려 보내도록 하겠습니다.

전화를 내려놓은 인후는 편안한 옷으로 갈아입고 룸 메이드가 오기를 기다렸다. 대부분 룸 메이드가 그러하듯 자신보다 나이가 훨씬 많은 사람이 올 거라 생각하며 인후는 룸에 비치된 커피를 내렸다.

똑똑.

얼마 지나지 않아 낮은 노크 소리가 들려왔다.

"들어오세요."

인후는 대답을 하면서도 문 쪽은 보지 않고 있었다.

"부르셨습니까?"

"아, 이 팁이요. 정말 제가 드리고 싶어⋯⋯."

테이블에 놓여 있는 지폐를 챙겨 들던 인후는 자신의 눈에 보이는 여자의 모습에 얼굴이 그대로 굳었다. 저 얼굴은 수린이 분명했다. 비록 시간이 많이 흘렀지만 자신이 수린을 못 알아볼 리가 없었다.

"차수린?"

인후가 내뱉는 이름에 수린은 살짝 당황한 기색을 내비쳤다.

"네?"

자신의 가슴에 달린 명찰을 보고 이름을 말한 거라 생각한 그녀는 커다란 눈을 동그랗게 뜨며 대답했다.

"맞지? 너 차수린 맞지?"

수린 곁으로 단숨에 다가간 인후는 그녀의 가녀린 어깨를 붙잡으며 물었다.

"차수린은 맞는데. 누구신지?"

한눈에 수린을 알아본 인후와 다르게 그녀는 그를 알아보지 못하고 있었다. 그럴지도 모른다고 생각했지만 막상 수린이 자신을 알아보지 못하니 어쩔 수 없이 서운한 마음이 생겼다. 아니, 그런 건 아무래도 좋았다. 다시 수린을 만났다는 그 사실이 중요했다.

"나야. 최인후."

다행히 수린이 자신의 이름까지 잊어버린 건 아닌 것 같았다.

커다란 눈을 더욱 커다랗게 뜨며 수린은 당황한 얼굴로 자신을
바라봤다.

"보고 싶었어, 수린아."

드디어 다시 만났다. 만나야 할 운명은 기필코 다시 만나게
된다는 그 말을 믿었다. 인후는 앞으로 닥칠 시련과 고통의 시
간을 알지 못한 채 환하게 웃는 얼굴로 눈앞에 수린을 바라봤
다.

작가 후기

　서은호입니다. 〈란의 결혼〉이 생각보다 일찍 종이책으로 찾
아뵙게 되었네요. 여전히 부족한 점 많은 글이지만, 기대해 주
셨던 분이 단 몇 분이라도 계시다면 그것만으로도 행복할 것 같
습니다.

　〈란의 결혼〉은 남자 주인공 이현보다 여자 주인공이었던 란
에게 더 애정을 쏟았던 작품입니다. 사실 이런 타입의 여주 정
말 많이 답답하긴 하죠? 세상에 다시없을 착한 여자 란이잖아
요. 하지만 이 각박한 세상, 제가 저런 인물이 되진 못하지만
제 소설 속 인물이라도 그런 인물로 탄생시키고 싶었습니다. 글
솜씨가 좀 더 있었다면 더 좋은 인물을 만들 수 있었을 텐데.
제 부족한 글 솜씨가 그저 한탄스럽습니다.

　그래도 열심히 교정 봐 주시고, 편집 봐 주신 정시연 팀장님

덕분에 글이 좀 더 매끄럽게 가다듬어진 것 같습니다. 이 자리를 빌려 정말 감사하다는 말을 전하고 싶어요. 팀장님, 정말 수고 많으셨습니다!

아울러 연재 때 로망띠끄와 피우리넷에서 열심히 〈란의 결혼〉을 따라와 주신 많은 독자님들에게 감사드립니다. 독자님들이 계셨기에 완결까지 무사히 완주를 마칠 수 있었습니다. 정말 다시 한 번 감사드려요!

〈란의 결혼〉 이후 어떤 작품으로 다시 인사드리게 될지는 모르겠습니다만 더욱 발전된 모습으로 찾아올 수 있도록 더욱 정진하는 서은호가 되도록 하겠습니다. 지금 이 순간 작가후기까지 챙겨 읽고 계시고 있는 독자님들에게 끝으로 감사의 말을 전하며 이만 짧은 후기를 마칠까 합니다.

감사하고, 사랑합니다.

—5월, 슬프도록 아름다운 계절에

서은호 올림

p.s) 불과 얼마 전, 세월호 참사가 있었습니다. 지금 생각해도 너무 마음이 아픈 그런 일이었지요. 이런 어른이라, 희생당한 아이들에게 너무 미안하네요. 삼가 고인의 명복을 빕니다. 부디 그곳은 아픔도 없고, 고통도 없는 아름다운 세상이길, 간절히 기도합니다.

란의
결혼

1판 1쇄 찍음 2014년 5월 7일
1판 1쇄 펴냄 2014년 5월 13일

지은이 | 서은호
펴낸이 | 정 필
펴낸곳 | 도서출판 **뿔미디어**

편집장 | 이재권
기획 · 편집 | 정시연

출판등록 | 2002년 9월 11일 (제1081-1-132호)
주소 | 경기도 부천시 원미구 상동로 117번길 49(상동) 503호
전화 | 032)651-6513 / 팩스 032)651-6094
E-mail | scarlets2012@hanmail.net
블로그 | http://blog.naver.com/dahyangs
홈페이지 | http://bbulmedia.com

값 9,000원

ISBN 979-11-315-1139-8 03810

도서출판 뿔미디어 홈페이지 OPEN!!

안녕하세요.
지금껏 저희 뿔미디어를 응원해 주신
독자님들의 성원에 힘입어
이번에 새롭게 홈페이지를 오픈하였습니다.

저희 뿔미디어는 홈페이지에서 독자님들께서
보다 빠른 출간 소식과 미리보기 등
알찬 내용을 제공하기 위해 많은 노력을 기울였습니다.
또한 독자님들에게 도서 할인, 이벤트 등
다양한 혜택을 제공하고자 합니다.

저희 뿔미디어 홈페이지 오픈을 계기로
한층 더 독자님들과 가까워질 수 있는 기회가 되었으면 합니다

보다 많은 관심과 사랑 부탁드리며,
앞으로도 더 좋은 컨텐츠 제공에 힘쓰도록 하겠습니다.

감사합니다.

-도서출판 뿔미디어 올림-

www.bbulmedia.com